许结 著

香草美人

许结讲辞赋

江苏凤凰文艺出版社

图书在版编目(CIP)数据

香草美人：许结讲辞赋 / 许结著. —南京：江苏凤凰文艺出版社，2022.4
ISBN 978-7-5594-3803-4

Ⅰ.①香… Ⅱ.①许… Ⅲ.①赋—文学欣赏—中国 Ⅳ.①I207.224

中国版本图书馆 CIP 数据核字(2022)第 015921 号

香草美人：许结讲辞赋
许结 著

出 版 人	张在健
责任编辑	查品才　万馥蕾
装帧设计	薛顾璨
责任印制	刘　巍
出版发行	江苏凤凰文艺出版社
	南京市中央路 165 号，邮编：210009
网　　址	http://www.jswenyi.com
印　　刷	江苏凤凰数码印务有限公司
开　　本	880 毫米×1230 毫米　1/32
印　　张	12.625
字　　数	230 千字
版　　次	2022 年 4 月第 1 版
印　　次	2022 年 4 月第 1 次印刷
书　　号	ISBN 978-7-5594-3803-4
定　　价	68.00 元

江苏凤凰文艺版图书凡印刷、装订错误，可向出版社调换，联系电话 025-83280257

目　录

引言　001

第一讲　认识辞赋　009
　　从敛财开始讲起　011
　　寻访故居　016
　　篱畔花木有类分　036
　　唯君独步　062
　　辞赋的艺术特征　106

第二讲　辞赋小史　127
　　从荀子到张衡　129
　　魏晋风流与大唐气象　147
　　驼峰运动、复古与集大成　176

第三讲　辞赋家与创作　　　　　211
　历朝制度和赋家责任　　　　　213
　辞赋创作心要　　　　　　　　229
　石楠花新生　　　　　　　　　259

第四讲　辞赋之道　　　　　　　267
　先贤持论迥时流　　　　　　　269
　古人处其道，足以察臧否　　　302
　六大赋学理论范畴　　　　　　334

第五讲　辞赋名篇　　　　　　　351
　王延寿《鲁灵光殿赋》　　　　352
　成公绥《天地赋》　　　　　　364
　杜牧《阿房宫赋》　　　　　　373
　苏轼《赤壁赋》　　　　　　　385

文賦

引言

余每觀材士之作，竊有以得其用心矣。夫其放言遣辭，良多變矣，妍蚩好惡，可得而言，每自屬文，尤見其情，恒患意不稱物，文不逮意，蓋非知之難，能之難也，故作文賦记得上世纪90年代末在南京秦淮河畔召开的"第四届国际辞赋学学术研讨会",我当时拟的会议主题有二:一是辞赋历史与批评之展开,二是20世纪辞赋学研究之回顾与展望。届此世纪交变之际,立此课题,可谓意出多层:第一,赋体文学自战国迄晚清历时二千余年的发展史,兴衰隆替,内涵丰富,有必要进行全面而系统的探究与思考;第二,与赋的创作史研究相比,当时对赋的理论批评史研究比较薄弱,宜为重视;第三,20世纪为我国政体、文化巨变之时代,赋学新批评亦迥异于古贤,然其历经百年嬗变,可谓沧海桑田,成败得失,值得深切反思;第四,新世纪来临在即,学人回顾历史,重在展望未来,赋学研究的会通创新,将决定在新的历史阶段本学科发展的走向,交流切磋,自多启迪。合此数端,我当时的想法就是研究重点应在赋创作与理论并重,古老学问与现代意义交通。这是上世纪最后一次赋学会的主旨。时过境迁,二十年光阴很快过去,回首新世纪赋学的创作与研究成绩,似多印合我当年的思考,现出版本书,既保持固有的思考,又增添了为新时代的读者多一分了解赋体文学的念想。

　　饶宗颐先生在《辞赋大辞典·序》中说:"赋以夸饰为写作特技,西方修辞术所谓 Hyperbole 者也;夫其著辞之虚滥(Exaggeration),构想之奇幻(Fantastic),溯源诗骚,而变本加厉。"[1]这是从修辞学看待赋创作现象,可谓知言。然赋乃我国古代文学中一特殊体裁,在古典诗歌、散文、戏曲、小说诸文体外独树一帜,观其介乎韵文与散文之间且既音节浏亮又汪洋恣肆的创作特点,则势必绾合赋"体"起源与赋"文"至汉极"一代之盛"的经纬时空,进行探究。关于赋体的起源,历来有诗源说、辞源说、散文说、隐语说、俳词说、综合说等,其观点不同,然研究思路基本是两条:一是努力寻求赋这一体裁形式特点的最初来源,一是立足赋这一体裁完成后的文本(尤其是汉赋)所包含的思想内容、艺术手法探讨其渊源。前者在探讨赋体起源本始意义上较为准确,但因文献的亡佚和时间的隔膜,很难求其本真;后者由文本出发,根据所存文献线索寻其蛛丝马迹,往往凿凿可考,但却头绪纷挐,致生游离探源本义的"综合"之说。缘此,赋体渊源问题仍是学界不断有所发现、不断有所追寻的课题。比较准确地解释这一问题,对赋的体类、题材、特征的研究,是不无裨益的。而认识赋的特色,又必须关注汉赋的完形与成就,这也是汉赋至今仍为赋学研究热点之要因。元代虞集有云:"一代之兴,必有一代之绝艺足称于后世者:汉之文章,唐之律诗,宋之道学。"[2]其言"文章"应当包括汉代大赋。至清人明辨赋体,云"一代之所胜"于汉专取其赋,

---

1 详见霍松林等主编《辞赋大辞典》,江苏古籍出版社 1996 年版。
2 孔齐《静斋至正直记》卷三引虞集语。

可详清人焦循《易余龠录》的言说。近人王国维《宋元戏曲考·序》承其说,直谓:"凡一代有一代之文学:楚之骚,汉之赋,六代之骈语,唐之诗,宋之词,元之曲,皆所谓一代之文学,而后世莫能继焉者也。"这种说法确实标明了赋作为汉代文学主要样式以及至汉而铸就赋艺高峰的意义,但其偏颇则在如明代复古派文人"唐无赋"说,抹煞了赋体文学在汉以后的发展与流衍。所以从目前的研究状况来看,对晋唐以降赋创作本事、艺术努力钩沉显微,达于宏观整体之风貌,以明其"文变染乎世情"[1]的时代特质,尤为必要。其如对赋之体类的认识,不关注赋创作因时而变的发展,是不能深入了解赋体自身由骚赋到散赋、骈赋、律赋、文赋衍替的历史原因和艺术理论的。

辞赋家在中国文坛上是继无名氏的诗三百创作后崛起的第一代文人,并占据了楚汉文坛的主导地位,因此,我国古代文学批评的自觉,首先是以辞赋创作为鹄的。然而考察赋学的理论批评历史,显然又呈示出早熟、中衰、晚盛的发展轨迹:汉晋赋学理论(如司马迁、扬雄、班固、王逸、曹丕、挚虞、陆机、成公绥、皇甫谧、萧统、刘勰等文学史家对辞赋的批评)→唐宋时代供士子考试之需的《赋谱》类的指导作赋的书籍(李慈铭《越缦堂日记》评谓"陈陈相因,最无足

---

[1] 刘勰《文心雕龙·时序》。

观"的格律手册)→明清赋学批评(尤其是盛清时代出现的《赋话》类著作)。根据这一线索,中国古代文学理论史有两点值得注意的现象:一是汉晋赋论引领起诗、文批评理论的兴盛,二是赋话则为继诗话、文话、曲话等后出的批评形态。论其因,当追溯赋体异于其他文体特征的包容性与依附性。清人黄承吉云:"古今文章体制之变迁不一者,惟诗为綦多;而境地之变迁不一者,则惟赋为至广。"[1]正因为赋在总体上的容纳特征,古人制赋并不单纯作为文学创作,而是兼括天文、历数、生物、地理、心理、历史、语言、艺术、宗教等知识,综合运用,以经世致用,以观觇才学。这也就相对制约了赋论的发展,使其在魏晋以后远不及那些针对性强的如诗、词、曲等文体受文学理论家关注。同样,由于赋创作的包容性,当批评家从狭义的文体理论辨识和评判赋时,则因其体性模糊,又看到了赋的依附性。班固《两都赋序》引说"赋者,古诗之流也",以及章实斋论赋"纵横之派别,而兼诸子之余风"[2],从某种意义上看,也是由赋家的创作实践出发,于其体性相对依附诗歌或散文的认知。古代赋话长期依附于诗、文话乃至清代方自立,即为一典型例证。缘此,近代学者对赋论的研究亦相对薄弱,所以重新梳理中国古代赋论的发展历史,研究其批评形态与理论范畴,以及探讨

---

[1] 《梦陔堂文集》卷六《金雪舫文集(赋钞)序》。
[2] 章学诚《文史通义·诗教下》。

两千年来赋学研究自身的价值特色,是非常必要的。

《西京杂记》载司马相如《答盛览问作赋》有"合綦组以成文,列锦绣而为质,一经一纬,一宫一商"的"赋迹"说与"包括宇宙,总览人物"的"赋心"说,陆机《文赋》区分诗、赋艺术谓"诗缘情而绮靡,赋体物而浏亮",这些针对赋体自身特色的评价作为赋学批评自觉的先声,深深地启迪着当代学人的思考。自20世纪以来,赋学的批评虽历经坎坷,然其取得的新成就,却得益于以会通超越的精神,摆脱历史的羁缚,接受旧赋学之精华,尤得新文化土壤的滋养。

赋为古老之文体,又为年轻之学科,它的累累硕果,已为未来赋学研究铺垫了如砥之途。

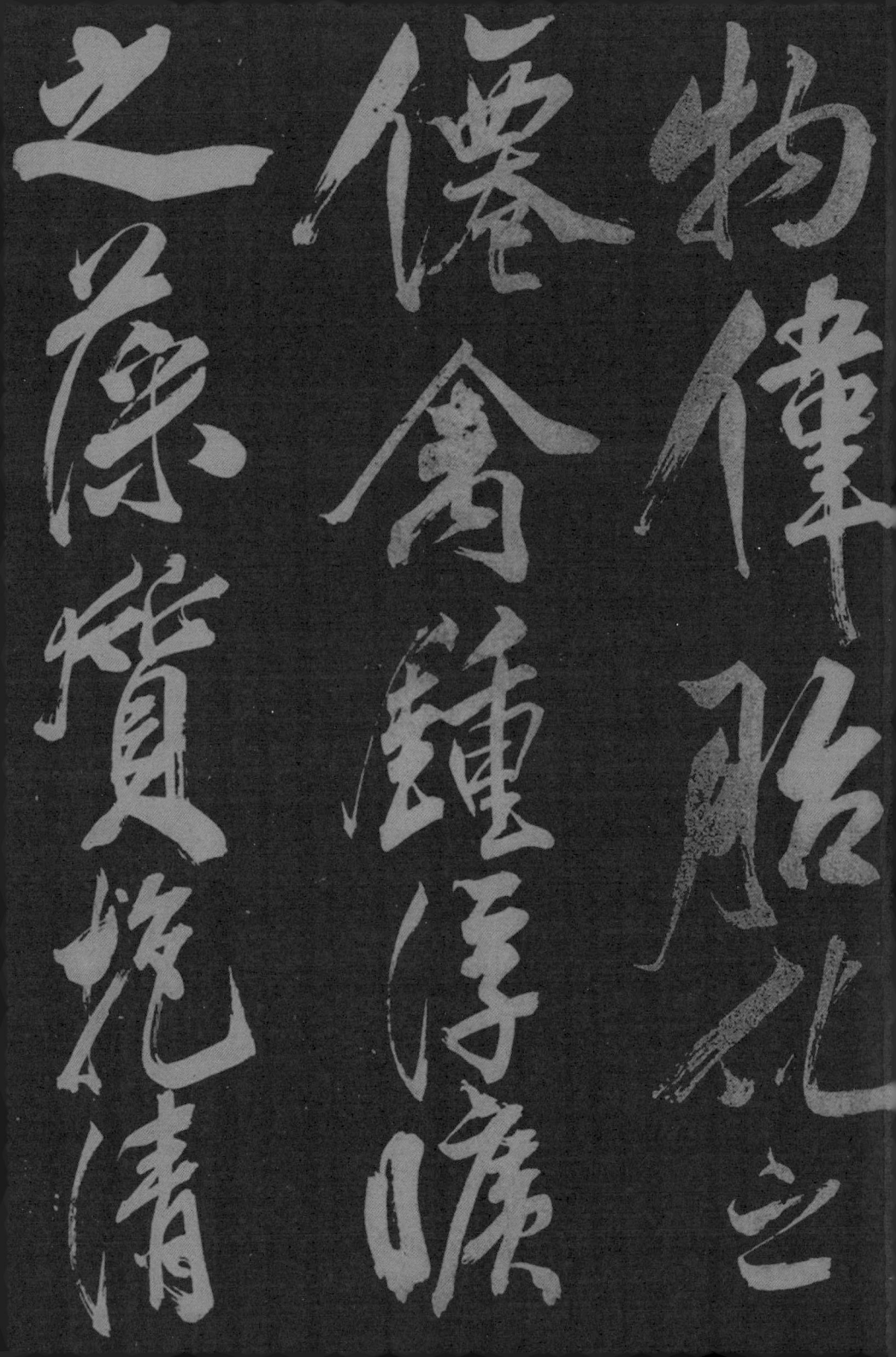

物偉貌九之僊禽鍾浮曠之象質煥清

第一讲
认识辞赋

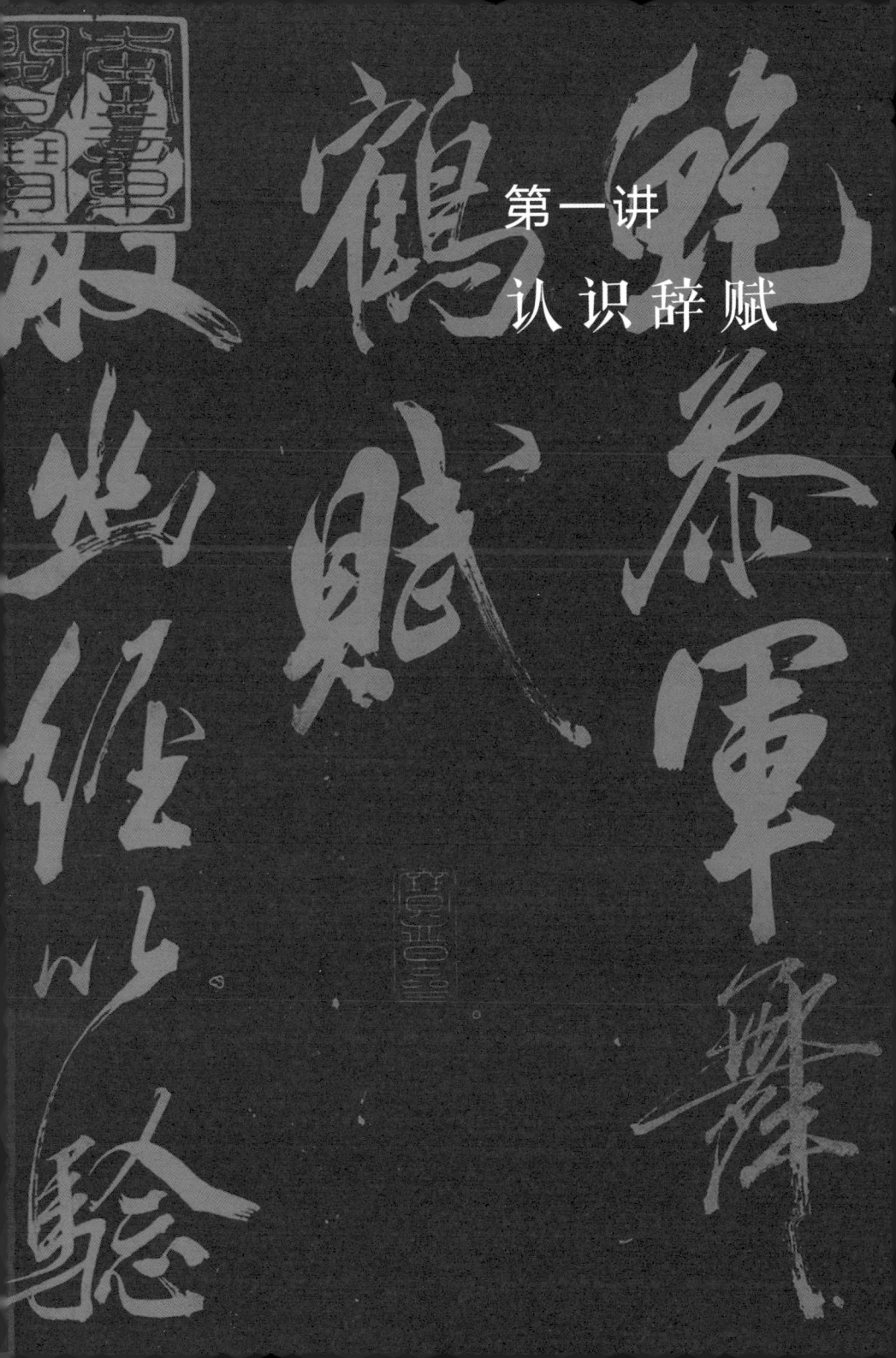

赋，又称辞赋，这是因为这一文体作为修辞艺术的存在，而具有辞章学的特征。所以历代的文学批评，从细目区分，"辞"（如楚辞）与"赋"（如汉赋）各有特点，从广义的角度看，辞赋又可以作为一种文学体裁，辞含赋内，是文体中一大类别的统称。赋作为一种文体名称出现，大约在战国年间，《韩非子·外储说左上》有"先王之赋、颂，钟鼎之铭"说，荀子有《赋篇》之作，可以推知。而屈原以楚地文辞兴新诗之体，与赋相埒，继后"楚有宋玉、唐勒、景差之徒者，皆好辞而以赋见称"[1]，已肇兴其体。至汉人参以散文体势作大赋之篇，赋体由蕞尔不邦而蔚然大国，赋文学的"体物而浏亮""极声貌以穷文"的特征渐成文学史家之共识。然稽考赋体之产生与早期之发展，歧义颇多，莫衷一是，阐微发明，当始于"赋"本义与延伸义之解析。

---

[1] 司马迁《史记·屈原贾生列传》。

从敛财开始讲起

在先秦典籍中,"赋"字的出现初在赋税制度,本义为赋敛。许慎《说文解字》释"赋"云:"赋,敛也,从贝,武声。"段玉裁注:"《周礼·大宰》:'以九赋敛财贿。'敛之曰赋,班之亦曰赋。经传中凡言以物班布与人曰赋。"此明周制赋敛财贿,政归大宰,即按田亩征赋收税,以供朝廷政事所用。邦国亦有赋敛之用。《韩非子·外储说右下》谓:"简公在上位,罚重而诛严,厚赋敛而杀戮民。"即责赋敛过重,民不堪负。所以《尔雅》谓:"赋,量也。"邢昺注:"赋税所以评量。"而"赋"之敛取,起初又指"军赋",与"税"特指义不尽相同。《论语·公冶长》:"千乘之国,可使治其赋也。"《左传》襄公二十五年、昭公十二年之"赋车籍马""赋皆千乘",皆言军事。继此义者,如《汉书·刑法志》:"畿方千里,有税有赋,

金文之"赋"　　　小篆之"赋"

税以足食,赋以足兵。"又《汉书·食货志》云:"有赋有税,税谓公田什一及工商衡虞之人也;赋,共车马、甲兵、士徒之役。"此将"赋""税"区分,"赋"仅以敛取车马甲兵诸实物和规定兵役为内涵。然段玉裁谓"班之亦曰赋",同取古义。从语言学考虑,"赋"由敛取反意为训作赋予意。其实,先秦语言反意为训例甚多,如《书·泰誓中》:"予有乱臣十人。"孔颖达疏:"《尔雅·释诂》:'乱,治也。'治理之臣有十人也。"即"乱"反训为"治"义。从情理而言,朝廷邦国敛财目的,在赋予所用,故亦含有"班"(颁分)的意思。如《周礼·宫正》注"若今赋冬夏衣"、《汉书·哀帝纪》"皆以赋贫民"、《汉书·翼奉传》"赋医药"等,均作分给、颁发、给与解。而赋作"班"意,在古籍中又有"布""敷""铺"诸异文,这是古音韵学字声同而义通的缘故。如《诗·大雅·烝民》:"赋政于外。"《商颂·长发》:"敷政优优。"《左传》成公二年:"布政优优。"又,《诗·大雅·烝民》:"明命使赋。"《传》曰:"赋,布也。"《诗·大雅·常武》:"铺敦淮濆。"《释》:"韩诗作敷。"所以清人王念孙《广雅疏证》卷三下云:"赋、布、敷、铺,并声近而义同。"其"赋""布""铺""敷"诸字"声近而义同",皆取铺陈义。

由敛取反意为训而生的铺陈义,虽与文体之"赋"隔膜甚远,然"赋,敷也,敷布其义谓之赋"[1]的训诂,却引起古代

---

[1] 刘熙《释名·释书契》。

赋论家的思考。挚虞《文章流别论》云："礼义之旨，须事以明之，故有赋焉，所以假象尽辞，敷陈其志。"刘勰《文心雕龙·诠赋》云："赋者，铺也，铺采摛文，体物写志也。"诸说均将赋内含"敷""布"义及同声通用之现象与"赋"体铺叙特征结合，作出与"立名"有关的解释。尽管将赋税之"赋"与文体之"赋"通合在本义上尚有窒碍，即如从文学创作着眼，铺叙之法非仅"赋"之专有和"赋"并非专一铺叙，难得正解，但是视铺陈、敷布与赋体存在一定联系，实由古人对诗三百的认识转换而来，故亦未可轻忽其内在的合理性。

取与文学相关的视角释"赋"，先秦典籍呈示的是赋与《诗》之关系这一意层。概举其要，约有三端：

一曰作诗之义。如《左传》隐公元年："公入而赋：'大隧之中，其乐也融融。'姜出而赋：'大隧之外，其乐也泄泄。'"又僖公五年：士𫇭"退而赋曰：'狐裘龙茸，一国三公，吾谁适从？'"又闵公二年"许穆夫人赋《载驰》"，同年"师溃而归，高克奔陈，郑人为之赋《清人》"，文公六年"国人哀之，为之赋《黄鸟》"等，都属作诗称"赋"例。至于前引所赋之诗是否有成篇，或在原诗基础上略作改动，说法或异，但从所赋之词与当时史实吻合之处，可以看出创作的意义。

二曰诵诗之义。先秦诵（赋）诗言志，《左传》所录最夥，于存诗传诗贡献亦最大。清人劳孝舆撰《春秋诗话》汇集

《诗》分五部分：赋诗；解诗；引诗；拾诗；评诗。劳氏云："《传》中多轶诗，皆左氏拾而出之者也。虽然，风雅之坠地久矣。左氏体圣人之志，传《春秋》以继《诗》之亡，则三百十一篇皆拾也。"据此可知，左氏以史学观记录春秋之世"赋诗"之风，于存诗贡献甚巨，未可轻忽。如襄公二十七年载"郑伯享赵孟于垂陇"，赵孟请郑国七位卿大夫赋诗言志；文公十三年郑伯道逢鲁侯，赋诗互答以寄意，皆为典型例证。又如《国语·晋语》载"秦伯赋《采菽》，子余使公子赋《黍苗》"等，亦属赋诵《诗》之成篇，系朗诵成诗，且"断章取义"。关于赋诗即诵读诗篇，起义较早。《国语·周语》载邵公对厉王言："故天子听政，使公卿至于列士献诗，瞽献曲，史献书，师箴，瞍赋，矇诵。"韦昭注："赋公卿列士所献诗也。"《墨子·公孟》云："歌诗三百，诵诗三百。"这里并举"歌"与"诵"，实春秋时外交酬酢中集会宴享时借诗言志的两种方法。考《仪礼》之《乡饮酒礼》《燕礼》，歌诗伴奏乐器有笙有瑟，《左传》襄公十六年"歌诗必类"，即指此。也就是说，与"歌诗"相对的"诵（赋）诗"，是无需乐器伴奏，抑或在没有乐器的场合借诗言志的一种方法。但是，"歌"与"诵"两动词倘非特定含义，常可互称或连文。如《汉书·朱买臣传》："担束薪，行且诵书，其妻亦负戴相随，数止买臣毋歌呕道中，买臣愈亦疾歌。"《汉书·艺文志》所云"不歌而诵谓之赋",即承"瞍赋"义而来。

这种"赋诗"之义,"或造篇,或诵古"[1],在先秦属于"借诗赋命",亦即"借诗言志"[2],是确乎无疑的。

三曰"六义"之一的"赋"。此义见《周礼·春官》大师:"教六诗:曰风,曰赋,曰比,曰兴,曰雅,曰颂。"至汉代《毛诗序》始称"诗有六义","赋"居其一。而郑玄注《周礼》云:"赋之言铺,直铺陈今之政教善恶。"乃汉人的解释,《周礼》所称"六诗"究竟是"体"(诗体)"义"(作用)"法"(方法),尚在龙蛇间,故与赋体之关系亦颇悬隔,直到晋人始将此义与赋体结合。

上述《诗》与"赋"字的三方面关联,作诗一项与赋体形成意义不大,后世推阐甚少,诵诗之法与六义之一倍受关注,成为历代赋论家探讨赋体形成的两个聚焦点:一是"不歌而诵",是否暗含我国诗歌由原始"声诗"(诗乐舞合一)向注重文辞、意义之"诵诗"演进的线索,并成为赋体形成于文学总体发展过程的契合点?二是"赋之言铺",这种对六义之赋的解释实际上形成了从"赋"字的"铺""布"意到"赋"体的铺陈的转换,其间从词义的发展衍化是否能窥及某种本质特征,且通合于赋的表现功能?这关系到赋体形成的渊源问题,是值得重新思考的。

---

[1] 《左传》隐公三年孔颖达疏引郑玄说。
[2] 参见朱自清《诗言志辨》。

由"赋"的敛取义反训为"铺""敷""班""布",是先秦典籍呈示的赋本义,其与《诗》的结合以及向赋体的演变,实已经过转换而来的意义延伸。至于字义训诂可知赋本义能否直视作为文学创作之赋体的本源,因古文献的散佚和文学艺术自身发展流动的复杂性,遽难断割,另当别论。

寻访故居

对赋体文学的起始、发展与衰落,我曾以"兴于诗而亡于诗"一语概括[1],由此考虑寻求赋这一体裁形式特点的最初来源,我是诗源论者,亦即广义的诗源说。而狭义的诗源说,是专指赋源于《诗经》的观点。同样,针对赋这一体裁完形的文本,尤其是从汉赋所包含的思想、艺术去探究其渊源,我又是综合论者[2],因为我考虑到一种新文体的完形必然是对诸多文学因素的吸纳。也许缘于中国古代文化哲学主流是"体用不二",如熊十力《新唯识论(壬辰删定本)赘语和删定记》云"夫用者体之显,用外无体,故即用而识体"[3],此深明中国哲学"体用不二"之义,落实到文学批评,古人文体论亦或持"体兼众制,文备多方"的多元特征。所谓"体兼

---

1 详见拙文《中国辞赋流变全程考察》,载《学术月刊》1994年第6期。
2 详拙文《论汉赋文化机制的多元性》,载《赋学研究论文集》,巴蜀书社1991年版。
3 引见《熊十力论著集之二》,中华书局1994年版。

众制,文备多方",系南朝萧子显自评赋体文《鸿序》语[1],其落实于汇流甚众、分支较广的赋体,尤宜如此。这也决定历代学者探讨赋体渊源各持异见。为求得相对合理的解释,有必要先对诸家赋源说主要见解作些梳理与考辨。

诗源说

持《诗经》为赋之渊源的学者,大抵均推尊汉人的两段言论:一是班固《两都赋序》所持的"赋者,古诗之流"说。兹录文中主要内容如次:

> 或曰:赋者,古诗之流也。昔成康没而颂声寝,王泽竭而诗不作。大汉初定,日不暇给,至于武、宣之世,乃崇礼官,考文章,内设金马石渠之署,外兴乐府协律之事,以兴废继绝,润色鸿业。是以众庶悦豫,福应尤盛。……故言语侍从之臣,若司马相如、虞丘寿王、东方朔、枚皋、王褒、刘向之属,朝夕论思,日月献纳。而公卿大臣御史大夫倪宽、太常孔臧、太中大夫董仲舒、宗正刘德、太子太傅萧望之等,时时间作。或以抒下情而通讽谕,或以宣上德而尽忠孝,雍容揄扬,著于后嗣,抑亦雅颂之亚也。故孝成之世,论而录之,盖奏御者千有余篇,而后大汉之文章,炳焉与三代同风。

---

[1] 载《梁书》卷三十五《萧子显传》。

「至于武宣之世,乃崇礼官,考文章,内设金马石渠之署,外兴乐府协律之事。」图为清代学者桂馥所书班固《两都赋序》中的句子。

所谓"流",宜为"类别"义,即《汉志》所称"儒家者流"类,指赋的功用同类于诗三百。所以从班氏这段话看,他主要是强调赋的讽颂作用,犹如《诗》之美刺,赋之于《诗》,是一种政教观的传承,并无"体"的意义。这种观念在司马迁《史记·司马相如列传》中早有同类表达:"相如虽多虚辞滥说,然其要归引之节俭,此与《诗》之讽谏何异!"将"古诗之流"说与赋之"体"结合,是后之学者承袭汉人说法之变。如《文选》卷四五皇甫谧《三都赋序》云:

> 昔之为文者,非苟尚辞而已。将以纽之王教,本乎劝戒也。……故孔子采万国之风,正雅颂之名,集而谓之诗。诗人之作,杂有赋体。子夏序《诗》曰:一曰风,二曰赋,故知赋者古诗之流也。

又李善《文选·两都赋序》注"古诗之流"云:

> 《毛诗序》曰:"诗有六义焉,二曰赋。"故赋为古诗之流也。

此皆以"六义"之"赋"解"古诗之流"义,将赋用之讽颂与赋体之铺陈凝合为一。考汉儒言"六义"之"赋",实偏重"义"。郑玄言赋"直铺陈今之政教善恶",实承先秦如《国语·晋语》"使工诵谏于朝"之遗义,明乎赋的讽颂特征。然作为文体,这种特征缘承续昔人"诵诗"之"诗"中的内涵,是依附于《诗》学思想,本义并不专属于"赋"。况且观诗三百创作实际,"赋"并非都是铺陈政教,故宋人或释为"赋者,敷陈其事而直言之者也"[1],或释为"叙物以言情,谓之赋,情尽物也"[2]。所谓直言、叙物,指异于比、兴的描写记叙手法,是在淡褪汉儒《诗》用观后对"六义"之赋法的确认,与赋体以铺陈为主的特征更为切近。

二是《汉书·艺文志·诗赋略》后序云:

《传》曰:"不歌而诵谓之赋,登高能赋可以为大夫。"言感物造端,材知深美,可与图事,故可以为列大夫也。古者诸侯卿大夫交接邻国,以微言相感,当揖让之时,必称《诗》以谕其志,盖以别贤不肖而观盛衰焉。故孔子曰"不学《诗》,无以言"也。春秋之后,周道寖坏,聘问歌咏不行于列国,学《诗》之士逸在布衣,而贤人失志之赋作矣。大儒孙卿及楚臣屈原离谗忧国,皆作赋以风,咸有恻隐古诗之义。其后宋玉、唐勒,汉兴枚乘、司马相如,下及扬子云,竞为侈丽闳衍之词,没其风谕之义。

---

[1] 朱熹《诗集传·葛覃注》。
[2] 王应麟《困学纪闻》引李仲蒙说。

考班固《汉志》，系对刘歆《七略》"删其要"而写成，故所存刘氏文字甚多，观这段引文有关汉赋的评价与班固《两都赋序》迥异。从上引文字的段落结构来看，首言春秋时《诗》在政治、外交中的运用与作用，次言《诗》在邦国社交间消失而"贤人失志之赋"出现，再就战国宋玉至西汉末诸家赋创作进行评价。由此可见，《汉志》所言"不歌而诵"的"赋"，完全是诵《诗》意，重在社会作用，只是在诵《诗》的社会作用消失后方有"失志之赋"出现，前后之"赋"一为动词，一为名词，之间没有直接关联。到了晋人皇甫谧在《三都赋序》中，始谓"古人称：'不歌而颂谓之赋。'然则赋也者，所以因物造端，敷弘体理，欲人不能加也。引而申之，故文必极美；触类而长之，故辞必尽丽"云，才将"不歌而诵（颂）"引申为赋体定义。很显然，皇甫氏是针对汉代体物大赋创作审美而借用"不歌而诵"之起义，后代学者视"不歌而诵"为赋体本源，实承晋人的解读（或误读）而来。考"不歌而诵"，已如前说，汉人以为"或造篇，或诵古"（郑玄说），皆视此意向之"赋"为动词，如王逸注《楚辞·招魂》"人有所极，同心赋些"云："赋，诵也，言众坐之人，各欲尽情，与己同心者，独诵忠信与道德也。"此解同"不歌而诵"，亦为动词。至于"诵诗"之"赋"如何从动词转化为名词，亦即文体之"赋"，以及"诵诗"与"歌诗"对举如何表现新诗体非乐化的出现，是值得思考的。就赋体之"赋"是否"诵诗"之"赋"转化出，史无实证，均属推衍,而"歌诗"与"诵诗"间是否内含新诗体的演进,我想就文学之发展来看,这种演进确乎无疑,然仅将其捆绑于赋《诗》言志并狭义理解为赋体之源,殊觉未安。

因此,汉人"古诗之流"与"不歌而诵"均定义在《诗经》,一重作用,一重方法,是由后人经转换而视为赋体之源的。

辞源说

持这一说法者是将屈原《楚辞》创作视为赋体的直接源头,东汉王逸为其最早的代表。其《楚辞章句叙》云:

> 周室衰微,战国并争,道德陵迟,谲诈萌生。……屈原履忠被谮,忧悲愁思,独依诗人之义,而作《离骚》。上以讽谏,下以自慰。……楚人高其行义,玮其文采,以相教传。……屈原之词,诚博远矣,自终没以来,名儒博达之士,著造词赋,莫不拟则其仪表,祖式其模范,取其要妙,窃其华藻。

刘勰《文心雕龙·诠赋》谓赋"受命于诗人,拓宇于楚辞",实传承于此。这一说法的特征是同样承认《诗》为辞赋源头,惟赋体之成,乃由楚骚演进而来。后世沿承此说者甚多,然于中两个问题,似缺乏考辨。第一,王逸等有关"诗→辞→赋"的派生结构,主要是指其内涵的道德意义和讽谏作用,

《文心雕龙·诠赋》云:"赋也者,受命于诗人,拓宇于楚辞。"

虽已注意到"要妙"之趣,"华藻"之词,"体"的意义并不明显。同样,如果从"体"的意义考虑,屈原诸家楚骚创作是否完全直承诗三百,也是颇有疑虑的。因为观《诗》中居十五国风之首的《周南》《召南》(二南),即为"楚歌",亦由此产生"诗之萌芽,自楚人发之"[1]、楚声入诗乃"王化行于南国"之因[2]的异说。不管"诗之萌芽"源于楚人说能否成立,屈原

1　王应麟《困学纪闻》卷三"艾轩谓诗之萌芽"。
2　吴讷《文章辨体序说》引祝尧《古赋辨体》"屈原为《骚》时,江汉皆楚地"。

骚辞在很大程度上源自早于整理后之《诗》的楚地民歌祝辞，毋庸置疑。第二，《辞》为赋源，一重要疑点在"辞"之为体问题，亦即秦汉时人言"辞"（词）皆文辞义。虽然《史记·酷吏列传》已有"买臣以'楚辞'与助俱幸"说，可是"楚辞"为楚地（国）（人）之文辞，当为正解。相对而言，《史记·屈原贾生列传》称屈原"乃作《怀沙》之赋"，《司马相如列传》称"会景帝不好辞赋"，或称"赋"，或"辞赋"连称，视楚骚为赋体，比较明晰。而汉人论楚辞，最早在王逸撰《楚辞章句》时才略有"体"的意识。

考辞与赋的亲缘关系，尤其是古人视辞为赋源的根由，关键在创作上的"尚词"特征。如刘师培《论文杂记》云："凡古籍'言辞''文辞'诸字，古字莫不作词，特秦汉以降，误词为辞耳。"考《易·系辞》之《释文》："辞，说也，辞本作词。"《周礼·司寇》"协辞命"郑玄注："故书……作'协词命'。"《诗·大雅·板》"辞之辑矣"，《说文》引作"词之辑矣"。均为佐证。在先秦文献中，"辞"专用于"诉讼""祭祝"和"聘问"，然皆内含"文词"的意思。《说文解字》释"辞"："辞，说也……犹理辜也。""理辜"即"讼辞"。《尚书·吕刑》："民之乱，罔不中听狱之两辞。"《礼记·大学》："子曰：听讼，吾犹人也，必也使无讼乎，无情者不得尽其辞。"皆指讼辞。"辞"用于祭祀，则为"祝辞"。考《周礼·宗伯》"大祝，掌六祝之辞"与《尚书·金縢》所载祝辞，感情曲折，文词复叠，已见审美价值。应用于聘问的言辞是谓"辞命"。《周礼·司寇》"大行人"之职以及"王之所以抚邦国诸侯者,岁遍存,三岁遍𬤊,五岁遍省,七岁属象胥,谕言语,协辞命"的制度,记述甚详。然观《左传》襄公三十一年载录郑国子产善谋善断,尚为辞命故事,叔向赞谓"辞之不可以已也如是夫!子产有辞,诸侯赖之",可知文词在当时外交酬酢中作用之巨大。而在先秦"圣人之情见乎辞"的重辞氛围中,楚人对文词表现功能和审美要求的提高,以及其对汉赋的影响,是显而易见的。关于辞与赋的铺陈、叙事、用韵、构篇、藻采诸法之相同,还可参见我与郭维森先生合著的《中国辞赋发展史》[1]的"总论"部分。而扬雄《法言·吾子》回答"君子尚辞"提问时云"君子事之为尚。事胜辞则伉,辞胜事则赋,事辞称则经",以"赋"言"辞胜",其认识也是以赋体创作为基础的。

散文说

视先秦散文为赋体的一重要来源,论者似不及诗源说固执,但态度亦甚明确。清人章学诚《校雠通义·汉志诗赋第十五》云:

1　江苏教育出版社1996年版。

古之赋家者流，原本诗、骚，出入战国诸子。假设问对，《庄》《列》寓言之遗也；恢宏声势，苏、张纵横之体也；排比谐隐，韩非《储说》之属也；征材聚事，《吕览》类辑之义也。

此虽议论风发，却仅以先秦散文为一源，而在他的《文史通义·诗教下》，则直谓赋乃"纵横之派别，而兼诸子之余风"，持论更为坚确。姚鼐编《古文辞类纂》，径以《战国策》中《淳于髡讽齐威王》《楚人以弋说顷襄王》《庄辛说襄王》入"辞赋类"，选文之意，与章说切合。近人章炳麟说："纵横既黜，然后退为赋家。"（《国故论衡·辨诗》）由人及文，同于此论。而刘师培《论文杂记》谓："诗赋之学，亦出行人之官。……推古人立法之旨，即望其能赋诗而为行人之官耳；故以古人奉使之诗，励其初学进修之志。而后世文章之士，赓诗作赋，亦多浮夸矜诩之词，此则纵横家尚谖弃信之流弊也。欲考诗赋之流别者，盍溯源于纵横家哉！"刘说虽夹杂诗、骚诸源说，颇不纯粹，但视纵横散文为赋之一源，亦凿凿可考。第论散文为赋体之源的观点，实从创作实践中来，如句法之整齐排比、结构之主客首引、用词之象声拟态、手法之铺陈描写，皆散文与辞赋相同之处。目前学界对散文与辞赋关系的研究颇为重视，域外汉学亦多论及于此。日人兴膳宏《宫廷文人の登场——枚乘について》对枚乘、司马相如大赋句法与孟子散文的关系探析甚明[1]，谷口洋《从诸子文体的扩大看汉大赋的形成》对大赋与散文从思想艺术到句法结构的探讨[2]，均类此说。但从探源而论，这种说法却不及《诗》源说影响深广。

隐语说

这一说法是以《荀子·赋篇》之《礼》《智》《云》《蚕》《箴》五篇谜语式短赋为创作范例。古之隐语，初流行民间，春秋时渐入宫廷，言语侍从、俳优调笑成为专职，《左传》《国语》，颇记其史事；刘向《说苑·正谏》，明载宫廷"隐官"之职。而至战国间，齐国稷下隐风最盛，威王、宣王父子好之弥笃。如刘向《新序》载丑女无盐见齐宣王，好隐，数语而去，宣王"大惊，立发《隐书》而读之，退而惟之"，即为一例。关于"隐语"性质，刘勰《文心雕龙·谐隐》以"遁辞以隐意，谲譬以指

---

[1] 文载《文学》第四十五卷、第十一号，东京"岩波书社"1977。
[2] 文载《第三届国际辞赋学学术研讨会论文集》，台北政治大学文学院编印，1996。

事"定义,未言与赋的渊系,然在《时序》篇则略有涉及。其云:"(战国)唯齐楚两国,颇有文学。齐开庄衢之第,楚广兰台之宫。孟轲宾馆,荀卿宰邑。故稷下扇其清风,兰陵郁其茂俗。邹子以谈天飞誉,驺奭以雕龙驰响;屈平联藻于日月,宋玉交彩于风云。观其艳说,则笼罩雅颂。故知炜烨之奇意,出乎纵横之诡俗也。"此借特定的文化氛围,阐明隐语家与辞赋家同居言语侍从的地位,耐人寻味。明确在理论上界定隐为赋源的是近人朱光潜。他的《诗论》第二章《诗与谐隐》认为:

> (隐语)是一种雏形的描写诗。民间许多谜语都可以作描写诗看。中国大规模的描写诗是赋,赋就是隐语的化身。战国秦汉间嗜好隐语的风气最盛,赋也最发达,荀卿是赋的始祖。

《诗论》初版于1947年,据作者1984年版后记,书中主要章节写定于20世纪30年代中期,所以近代学者认为隐为赋源以朱氏说法较早。与朱氏见解相近,陶秋英的《汉赋之史的研究》[1]、刘斯翰的《赋的溯源》[2]与周勋初的《释

---

[1] 1939年由上海中华书局初版,1985年由浙江古籍出版社重版,更名《汉赋研究》。
[2] 《华南师范大学学报》1988年第1期。

"赋》»[1]，均以"隐"为赋源最为合理。然就朱说而论，隐为赋源说要在"描写诗"特征与"谜语形式"。事实上，"谜语形式"仅能界定荀赋一端，且"描写诗"在先秦亦非隐语独有。至于春秋、战国间隐语作者的言语侍从身份以及隐的游戏性质，又与俳词交互，另当别论。

俳词说

赋源俳词说与隐语说较多相通，比如皆由民间渐入宫廷，皆为言语侍从所为，皆具游戏性质。然不同处亦颇明显，即优人俳词具有浓厚的巫系文化色彩，故王国维《宋元戏曲史》以之为戏剧之祖；而隐语则源于民间谜语游戏，与古巫无关。冯沅君《汉赋与古优》首次提出"汉赋乃是'优语'的支流"[2]。任二北《优语集·总说》复引冯说，同意"汉赋乃是'古优'的支流"的见解。

---

1 《古典文学知识》1990年第3期。
2 《中原月刊》第1卷第2期，1943年9月。

汉简《神乌赋》局部

而随着敦煌赋研究的深入与汉简《神乌赋》的出土，一些学者（如程毅中、周绍良）已倾向于赋源于一种接近民间文学的诙谐文体的观点。其实，早在1938年，郑振铎著《中国俗文学史》论敦煌俗赋的渊源、体制，就认为《晏子赋》是民间流行的游戏文章一体，即幽默机警的小品赋，《韩朋赋》是一篇包括着民间隐语之沉痛的叙事诗。这实质上将俗赋之源推导于俳词与隐语两端，值得重视。这种观点在古代赋论中虽未曾明确出现，但也不乏史料佐证。如《汉书·礼乐志》载："以李延年为协律都尉，多举司马相如等数十人造为诗赋，略论律吕，以合八音之调，作十九章之歌。"按，李氏为《佞幸传》中的优人，却为相如诸家诗赋作曲，由此优人与赋的亲近度，似可领悟。又如《汉书·枚乘（附枚皋）传》载："皋不通经术，诙笑类俳倡，为赋颂，好嫚戏。……又言为赋乃俳，见视如倡；自悔类倡也。"同类说法又见《汉书》东方朔、王褒、扬雄等人传记。从汉代赋家视赋为俳、自悔类倡的生存处境和创作处境，似可反证俳优与赋体的关系，而汉人提升赋于"古诗之流"，一则与文学经学化有关，一则也可视为赋家对自身创作的一种崇高的涂饰。就创作而言，如果以"遂客主以首引，极声貌以穷文，斯盖别诗之原始，命赋之厥初"[1]为赋体准式，对照战国赋（荀

1　刘勰《文心雕龙·诠赋》。

卿、宋玉、唐勒诸家)与《史记·滑稽列传》载春秋时优孟谏楚庄王爱马、淳于髡谏齐威王长夜饮等俳词,主客问答的结构、韵散相间的描写,颇为相似,此亦系俳词说一力证。但是,根据现有文献和战国汉初赋创作实践,俳词说亦有未妥。其一,主客问答并非俳词与赋专有,在先秦诗、骚、散文中可谓普遍存在。其二,赋的"极声貌以穷文"的特征,视俳词与楚辞,显然更近于后者。其三,汉人"为赋乃倡"的提法重在赋的社会作用或赋家政治地位,与"体"亦有隔膜。其四,汉初第一篇以赋命题的贾谊《鵩鸟赋》,体式殊不类俳词,而承骚体。

综合说

这种认识主要是基于汉赋完形之审美经验,由创作论上溯其渊源。因为从汉赋创作之体国经野、义尚光大的艺术思想和铺采摛文、宏衍博丽的艺术风格来看,均非先秦任何一种文体所能包容,所以古人对赋"义"的诠释,若谓探赋体文学之源,难免有"断章取义"之嫌。章学诚《校雠通义》所称"古之赋家者流,原本《诗》《骚》,出入战国诸子",代表了这种取向。综合说从另一意义上说,是关于赋流别的探讨。班固《汉志》承刘歆《七略》,总七十八家赋系于屈原赋、荀卿赋、陆贾赋、杂赋四类,前三类因人分流,各具特色。这种目录学分类本身,已兼含了对赋源的认识。缘此,刘师培

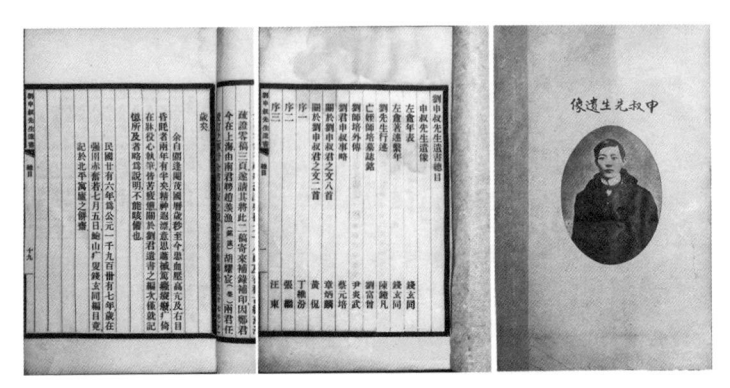

刘师培(1884—1919年),晚清著名学者。一生著作极多,后收入《刘申叔先生遗书》,图为该书书影。

《汉书艺文志书后》云:

> 盖屈平以下二十家,均缘情托兴之作也,体兼比兴,情为里而物为表。陆贾以下二十一家,均骋辞之作也,聚事征材,旨诡而词肆。荀卿以下二十五家,均指物类情之作也,俟色揣声,品物毕图,舍文而从质。

又《论文杂记》云:

> 有写怀之赋,有骋辞之赋,有阐理之赋。……写怀之赋其源出于《诗经》,骋辞之赋其源出于纵横家,阐理之赋其源出于儒、道两家。

既示渊源,又辨学术影响。章炳麟《国故论衡·辨诗》亦云:"屈原言情,孙卿效物,陆贾赋……盖纵横之变也。"持同类见解者,尚有顾实《汉书艺文志讲疏》。今人马积高《赋史》在确认"赋是一种不歌而诵的文体"时,又指出赋形成的三种途径:由楚歌演变而来的骚体赋,由诸子问答体和游士的说辞演变而来的文赋和由诗三百篇演变而来的诗体赋[1]。如此分类溯源,固能说明赋分支较多的创作特征,但视赋为一文体,其体裁形式的最初来源,仍不甚明了。

前述诸端,各执一源,虽内含赋体发生之多元机制,均偏于静态思维之绝对化理解。倘将视点置放于先秦诗史之动态发展,或可综会诸说,对赋源于诗这一问题有深明切著的把握。试作三层次阐释:

首先,由创作论观之,赋的发生具先秦诗歌之发展的历史意义。先秦诗歌之肇端与发展,历程漫长,沈约"歌咏所兴,宜自生民始"[2]、沈德潜"康衢击壤,肇开声诗"[3]诸说,皆溯源之论。而原始诗歌(情诗、史诗、图腾歌舞唱词、甲骨卜辞、《易》爻辞)多"以音乐的性质为主,而诗的意义不过是次要的东西"[4]。所以先秦诗歌到诗三百之创制,艺术上已发

---

1 详见马积高《赋史》第一章《导言》"赋与赋的形成",上海古籍出版社1987年版第4—6页。
2 《宋书·谢灵运传论》。
3 《古诗源·例言》。
4 格罗塞《艺术的起源》。

生重大飞跃,其变化导向于赋创作,又突现于三方面:其一,《诗》反映姬周人文精神,已脱离殷商巫风神氛,其大量"可采而声不入乐"[1]的作品,显示出中国诗歌演进不重声乐、伴舞,更重展现诗"志"的审美导向,《楚辞》由"声诗"向"诵诗"的创作转变,赋体铺叙特征的出现,实为诗体变化之延伸。其二,《诗》变原始诗歌简笔描写和单体兴象,以复笔构合诗歌之多重审美意象(如《汉广》《硕人》《月出》《采薇》等),与屈骚"依诗取兴,引类譬喻"[2],"总杂重复,兴寄不一"[3]之整体形象、整体意境的创造,汉赋"汪秽博富"[4]的内涵,无疑具有动态的创作联系。其三,周代采风制诗,使山歌民谣经专人润饰,文词由简古趋向繁藻,而从"唐虞之世,辞未极文"[5]的原始歌谣到文采渐繁的《诗经》,再到刻形镂法、崇盛丽词的辞赋,正是我国诗史早期发展的形式特征。

其次,由文体论观之,赋之形成具一体多元之征象。从诸家探讨赋源之多元性来看,持辞源论者固以屈辞为赋体先驱,但实际上内含了早期楚人"祝辞"(如招魂词)和《诗经》中楚歌(如"二南")之源头,而"祝辞"本质上也是一种诗歌形态。持隐语、俳词论者与诗源说分庭抗礼,关键在义域

---

[1] 程大昌《考古编》卷一《诗论一》。
[2] 王逸《楚辞章句叙》。
[3] 许学夷《诗源辩体》卷二。
[4] 葛洪《抱朴子·钧世》。
[5] 刘勰《文心雕龙·丽辞》。

之分,即取"辞浅会俗,皆悦笑也","遁辞以隐意,谲譬以指事"区分于《诗》之庄语;然返观隐语、俳词本身,也是韵语诗体。翻检《左传》《史记》等史著所存先秦隐语,以及荀卿《赋篇》之隐喻,皆以诗体寓哲理,确乎无疑。至于战国诸子散文骋辞、论辩、假设对问等对赋的影响,非仅见于《庄》《孟》与纵横说辞,而在《诗》《书》的铺写以及俳词中亦多见,这也是先秦文学由简而繁之整体趋态使然,殊非赋源之本体探究。相对而言,诗源论差近。但应注意,前人论《诗》为赋源皆奉汉人论春秋赋诗之志、"不歌而诵"、"六义"之一等为圭臬,未知汉人论诗兼"赋"进以诗教价值取向要求赋家之社会作用,实与赋"体"义域疏隔。因此,论赋之源,不在诗三百之规范,而在诗体之自变,刘勰以"铺采摛文,体物写志"定赋义,绾合先秦诗歌精神与赋体审美之发展,是较为融通的。

再者,由流变论观之,赋文学既标明先秦诗史的演进轨迹,又决定了先秦诗歌形式的解体,终成两汉时代"词赋竞爽,而吟咏靡闻"[1]的局面。辞赋艺术孕于诗、变于诗而独立成体的原因甚多,从词源学来看,如前所述"辞"字运用于"讼辞""祝辞""说辞"诸端,无不内含"文词"之雄辩华美表达思想义理的作用;而赋由"敛"反训为"班",与"布""敷"

---

1 钟嵘《诗品序》。

"铺"同声通义,渐衍为"铺采摛文"文体名义。这种词义的延伸运用,与先秦文学日见繁缛之发展同趋。从文化学来看,屈辞在南国崛兴,固有特定的文化土壤和楚人擅"辞"的渊源,然其创作本身即为周朝末年"必通南北驿骑而后可"[1]的产物,故已具南北文化兼综的特征。这种情形由楚辞到汉赋,又形成北方诗文化与南方楚文化的重整、融通。从历史学来看,《汉志》称"周室寖坏"而"贤人失志之赋作"实与《孟子·离娄下》"《诗》亡然后《春秋》作"同义,说明辞赋家变诗而继绝之精神。然观辞赋文学创作在脱离先秦诗歌轨道的过程中,亦有异同变复的发展。关于辞、赋之异,如有言情、效物之分,幽深、恢广之别,古代赋论家论述甚备,然对辞赋游离于诗歌氛围更重铺叙、藻采的"大同"之处,卓见却少。事实上,辞与赋由歧异到融合,正以《楚辞》变声诗为诵诗为基础,到汉赋进一步散文化而完成。

赋源于诗而兴,变于诗而成,并以其完形后的文体征象,为中国文学增添了一道特异的风景线。

篱畔花木有类分

"体"是中国古代文学理论的元概念,系域值极宽的文

---

[1] 王国维《屈子文学之精神》。

论范畴。从古代文学批评实践考察,"体"又指向三个层面:一指品目众多的文学体裁种类,二指形貌各异的文学风格样式,三指缘体定则的文学创作规范。对赋文学之"体"的研究,为第一层面,而探讨"赋的体类"又是这一层面的分支,即赋域中的不同的创作种类。

刘勰《文心雕龙·风骨》云:"若夫熔铸经典之范,翔集子史之术,洞晓情变,曲昭文体,然后能孚甲新意,雕画奇辞。"点破"昭体"的重要性;其《通变》又云:"设文之体有常,变文之数无方。"虽兼括文学风格与时序变化,非专论文体,然"有常之体"与"无方之数"说于文体特质及发展变化的研究,不无启迪。赋体文学的分支,亦即体类的出现,实与时序之变化紧密相关,表现了"体含于变"的规律。对赋中之"体"的研究,历来众说纷纭,胪举其要,有三种指向:一是溯源而以作家论为主,如《汉志·诗赋略》分赋四类,前三类分为屈原赋、荀卿赋与陆贾赋;后人衍其说,又生出抒情、说理与骋词的创作风格之别(详前)。二是与其他文体的交叉而以语言论为主,这便是赋学研究最常见的分类方法,即诗体赋、骚体赋、散体赋、骈体赋与律体赋等。三是从结构着眼而依形式划分为骋辞大赋与小品赋。骋辞大赋或称体物大赋,小品赋为今人说法,旧称小赋,如清人王芑孙《读赋卮言》单立"小赋"一目。对第一种指向,因文献亡佚(如"陆贾赋"不存)和屈原赋至汉晋以后另辟"楚辞"一目,其划分方法对今人赋学研究影响甚微，不拟复述。关于第三种指向，昔人研究甚少，且与第二种指向颇有交互（如散体赋即含有骋辞大赋与短篇文赋），体类特征不明豁；至于大赋与小赋内涵、风格或异，拟于有关赋的题材中涉及，此不专论。这里试就为赋学界最关注的以语言形式划分的第二种指向作些探讨与说明。

从语言形式来看赋的体类，同具时间与空间的意识。就时间意识而论，其诗、骚、散、骈、律的衍化实与文学总体发展趋态相维系，如骈赋包含于魏晋以降兴起的骈文，律赋与齐、梁以后格律诗发展同步。就空间意识而论，赋的各"体"又在特定的时期凝定了与它体相异的语境与风格，并经后世的不断摹拟完成一种超越时间限制的创作范式。

诗体赋

诗体赋是今人研究辞赋中句法以"四言"为主之作所定的名称，意缘体式效法诗三百四言体诗之故[1]，而万光治《汉赋通论》第三章《汉赋三体溯源及变迁》则径称"四言赋"[2]。而从整个赋史的发展来看，我认为诗体赋不仅是四言，还宜包括随着新诗体而出现的五言、七言赋。

从历史的发展脉络看，四言赋伴生于四言诗体，在战国

1　详马积高《赋史》。
2　详巴蜀书社 1989 年版第 34 页。

时期已经出现,属于最早的一种赋体。屈原《橘颂》已肇其端,荀卿赋篇亦以此体为主。试观其《箴赋》前半部分:

> 有物于此,生于山阜,处于室堂。无智无巧,善治衣裳;不盗不窃,穿窬而行,日夜合离,以成文章。以能合纵,又善连衡,下覆百姓,上饰帝王。功业甚博,不见贤良。时用则存,不用则亡。臣愚不识,敢请之王。

又如《战国策·楚策》载荀子被谗去楚,为书遗春申君,言疠人怜王之故,"因为赋曰"一段,亦全用四言。汉人四言赋甚多,如刘胜《文木赋》、孔臧《蓼虫赋》、邹阳《酒赋》、扬雄《逐贫赋》等,皆传承战国赋风,表现出间句协韵的语言形式。就内涵言,此类赋亦直承屈、荀,有三种创作倾向:一曰咏物,传《橘颂》之绪,将赋家的心志附着于物的形象与属性中;二曰说理,传荀赋儒门道德观念,借物或事,宣发义理;三曰诙谐,此与早期赋同俳词隐语联系紧密相关。值得注意的是,根据现有文献与考古发现,汉代四言俳谐赋又有两类:一是渊承民间赋的传统,以游戏为主,1993年3月江苏连云港东海县尹湾村出土汉墓中竹简《神乌傅(赋)》是目前所见的最早代表[1]。此赋通篇四言,风格诙谑俚俗,堪称唐

1　参见滕昭宗《尹湾汉墓简牍概述》,载《文物》1996年第8期。

敦煌遗书于1900年被发现,《韩朋赋》《晏子赋》均见于其中

敦煌俗赋(如《韩朋赋》《晏子赋》)的先声。二是经文人化或学者化寄庄于谐的赋作,如扬雄《逐贫赋》以诙谐的语言描述作者与"贫"的交往,终取君子固穷之义理,即为明例。由于四言诗体赋与箴、颂、赞、铭诸文体交互,且部分流入类赋之文(如韩愈《送穷文》等),在汉以后日渐衍解。

五、七言诗体赋是附着于五、七言诗而出现的。这首先源自诗赋同体亦即自东汉以来日渐众多的赋末乱辞与赋中系诗。赋末乱辞源自楚骚,汉人沿袭或称"乱曰""系曰""辞曰""颂曰""重曰"等,至东汉始用整齐的诗句。如马融《长笛赋》乱辞"近世双笛从羌起,羌人伐竹未及己"七言十句,一韵到底,张衡《思玄赋》系曰"天长地久岁不留,俟河之清只怀忧",七言十二句,两句一换韵,最为典型。汉末赵壹

《刺世疾邪赋》篇末系五言诗两首,形式完整,音声抑扬,内容亦深孚赋文之意。到五言诗娴熟、七言诗发展的南朝时期,五、七言诗句已大量融入赋中,成为新的诗体赋创作。试观萧悫的《春赋》首四句:

落花无限数,飞鸟排花度。禁苑至饶风,吹花春满路。

犹如一首五言绝句。又如徐陵《鸳鸯赋》首四句云:

山鸡映水那自得,孤鸾照镜不成双。天下真成长合会,无胜比翼双鸳鸯。

亦如一首七言小诗。洪迈《容斋随笔》卷一"黄鲁直诗"条称黄庭坚《题画睡鸭》诗"山鸡照影空自爱,孤鸾舞镜不作双。天下真成长合会,两凫相倚睡秋江","全用徐语点化"。对照徐赋、黄诗,句法意韵,均无大别[1]。唐初骆宾王撰《荡子从军赋》,极类七言歌行,且多对偶,如:

边城暖气从来少,关塞寒云本自多。严寒凛凛将

---

[1] 详见程章灿《魏晋南北朝赋史》,江苏古籍出版社1992年版第246页。

军树,苦雾苍苍太史河。

楼船一举争沸腾,烽火四连相隐见。戈文耿耿悬落星,马足骎骎拥飞电。

全赋虽夹杂有一些五言、六言句,然以七言为主,实与唐初七言诗之兴盛符契。无怪明人李梦阳将骆宾王这篇赋略作改动,即为一长篇七言歌行。与四言赋相比,五、七言擅长写景抒情,咏物见少,又淡褪了诙谐、义理,这同诗赋艺术的衍化是相关的。

骚体赋

骚体实质上即为楚辞体,而这里所谓的骚体赋,亦即楚臣屈原创作思想及形式的摹拟与延续。宋人黄伯思《校定楚辞序》形容楚骚特质云:"屈宋诸骚,皆书楚语,作楚声,纪楚地,名楚物,故可谓之楚词。"此云屈宋楚词,颇合情理,然对后世千年未绝的仿骚赋,则属不侔。因为后世骚赋作者已不限于楚人,而仅是对一种文学情感与形式的追寻,所以"楚物""楚地"云云皆无关要紧,而重在取法楚人创作的骚怨情绪和语言形式。

关于骚情,章学诚《文史通义·诗教》云:"廊庙山林,江湖魏阙,旷世而相感,不知悲喜之所从,文人情深于诗、骚,古今一也。"是就骚情同于《诗》之风雅而言。倘究其相异,骚情又以两方面最为强烈：一曰悲剧情感。"哀如屈原"[1]，如一曲悲歌，撞击着历代仿骚作家的心灵，所谓"诗道雍容，骚人凄惋。读其词，如逐客放臣，羁人嫠妇，当新秋革序，荒榻幽灯，坐冷风凄雨中，隐隐令人肠断"[2]，最为知音。而"《楚辞》气悲"[3]的哀歌理论，实与仿骚诸家心灵相契。二曰个性情感。从历史观看，骚辞作家屈原"举世皆浊而我独清，众人皆醉而我独醒"[4]的个性，是变世精神的表现；从审美观言，屈子作骚辞是面视斑驳漫漶的现实忧患，澡雪精神，扬举个性，将殉道殉情的人格寄托于神奇浪漫的文学创作，又以崇高的诗灵予后世以无限启迪。这不仅决定了后世仿骚作家的不合于时的思想情绪，而且即便楚辞研究家（如司马迁、朱熹、蒋之翘等）亦多处于封建专制压抑下而治骚学，以抒泄痛苦心态与抗俗精神。

　　骚体的语言形式，其表现于先秦诗歌形式的变化，要在三端：一是以六言为主夹一"兮"字的楚声新调，显出灵活的形式与自然韵律之美。如屈原骚体创作句式有三种：第一种承袭《诗》之四言且夹一"兮"，如《橘颂》"后皇嘉树，橘来服兮"；第二、三种皆六言，惟"兮"字或夹句中，或缀句末，如《国殇》"带长剑兮挟秦弓，身首离兮心不惩"与《离骚》"帝高

1　柳宗元《与杨京兆凭书》。
2　陆时雍评《楚辞》语，引自蒋之翘《七十二家评楚辞》。
3　李涂《文章精义》。
4　屈原《楚辞·渔父》。

阳之苗裔兮,朕皇考曰伯庸"之别。其中四言体可视为《诗》的承袭,六言体当为其新创[1]。二是在章法上改变段首语言、音韵的重叠,而贯以符合通体长诗要求的旋律、意趣。三是在体制上由歌诗向诵诗的转变。然形变决定于情变,正因为骚人为表达特有的缠绵悱恻之思想感情,才变短诗一物兴一事的简单方式,构成长诗重合体式的整体形象与整体意境。所以许学夷《诗源辩体》卷二说:"骚辞虽总杂重复,兴寄不一,细绎之,未尝不联络有绪。学者苟能熟读涵咏,于窈冥恍惚之中得其脉络,识其深永之妙,则骚之真趣乃见。"十分准确。

由于屈辞创作情绪与语言特征凝定成骚体范式,后人仿骚之作屡出不穷,虽情感因时而变,然其"长于言幽怨之情"[2]本身,以及其语言形式,则转向摹拟,千年一脉。考骚体赋创作风气,开自赋体文学兴起之初。汉初赋家贾谊,堪称继楚辞后第一位骚赋家。他的《吊屈原赋》《鹏鸟赋》《旱云赋》等,皆为骚体创作,尤其是前两赋一假屈子以自况,开"吊屈"创作题材,一借骚辞以抒幽怨之怀,宣泄自我情感。试观汉人的两则骚体创作:

---

[1] 参见铃木虎雄《中国文学论集·论骚赋的生成》,神州国光社 1930 年版;郭建勋《汉魏六朝骚体文学研究》,湖南教育出版社 1997 年版。
[2] 程廷祚《骚赋论》。

临汨罗而自陨兮,恐日薄于西山。解扶桑之总辔兮,纵令之遂奔驰。鸾皇腾而不属兮,岂独飞廉与云师。卷薜芷与若蕙兮,临湘渊而投之。棍申椒与菌桂兮,赴江湖而沤之。费椒糈以要神兮,又勤索彼琼茅。违灵氛而不从兮,反湛身于江皋。(扬雄《反离骚》)

余有行于京洛兮,遘淫雨之经时。涂迍邅其蹇连兮,潦汗滞而为灾。乘马蹒而不进兮,心郁悒而愤思。聊弘虑以存古兮,宣幽情而属词。(蔡邕《述行赋》)

前者系"吊屈"创作,故处处围绕屈原事件以展开,并抒发独自的幽怨情怀;后者全写自己经历,遥接骚人情绪,同样是抒发幽怨情怀,这两种大同小异的创作,也成为后世骚体作家最基本的情感模式。继汉人贾谊、扬雄、班固、张衡、蔡邕等骚体创作之后,历代著名文人如王粲、阮籍、向秀、潘岳、江淹、李白、柳宗元、苏轼、黄庭坚、杨维祯、刘基、夏完淳、王夫之、汪琬、洪亮吉、林昌彝等,均有佳构,使骚体成为赋文学中相对独立而又经久不衰的创作形式。

散体赋

散体赋在汉代的发展,形成了一代之盛的骈辞大文,刘勰《诠赋》所云"体国经野,义尚光大"主要就此而论。考察汉代散体大赋的兴盛,与先秦诸子问答体、纵横说辞之铺排相关,然勘究散体赋发生之初,实在"遂客主以首引,极声貌以穷文"的战国宋玉、唐勒诸赋已初具规模。唐勒、景差赋失传,1972年山东临沂银雀山汉墓出土竹简有唐勒《驭赋》残篇,与《汉志》记载相符,且系散体赋,又与宋玉赋相埒。单从宋玉《风赋》诸作看散体赋形式,有三点最为明豁:一是打破诗语结构,用词造句韵散结合,散文化倾向尤为明显。清人刘熙载《艺概·赋概》云:"赋中骈偶处,语取蔚茂;单行处,语取清瘦。此自宋玉、相如已然。"如果说骈语偶句为我国语言文字特征所决定,并在先秦文学中普遍存在,则辞赋散文化倾向,无疑具有改变诗语拘束,以便于自由发挥的意味。这对于散体赋作为汉赋的代表,独立于诗的存在具有重大的意义。二是主客问对之构篇方式的定型。主客问对,初兴于先秦诗文俳词,尤以诸子(如《孟》《庄》)与纵横散文多采此法。而推衍于赋,始于荀、宋,宋赋之《高唐》《神女》《风》《对楚王问》已为典型。至汉代散体大赋,如司马相如《子虚》《上林》之"子虚""乌有""亡是公",扬雄《长杨》之"子墨客卿""翰林主人",班固《两都》之"西都宾""东都主人",张衡《二京》之"凭虚公子""安处先生"等人物的问对论辩,莫不取法于此。三是铺采摛文的描写形态。宋玉散体赋为扩大描写容量,已见汪秽藻饰,如《高唐赋》先写巫山高峻之势,次写山腰草木之盛,后写当年遨游、祭祀、纵猎诸事,每一铺陈,极尽夸饰,而物态描绘,具象分明;意态刻画,出神入化。明人陈第以为"《子虚》《上林》实踵此而发挥畅大之耳"[1],程廷祚云"《子虚》《上林》,总众类而不厌其繁,会群采而不流于靡,高文绝丽,其宋玉之流亚乎"[2],确实道破宋玉赋的历史作用,然于其缘自以散文之笔为赋的功用则未予展示。

其实,宋玉赋的贡献,很大程度源于散文赋的奠定,而汉赋的成就,更在以文为赋,大其堂庑,开拓新境。首先,汉代散文赋铺采扬厉的风格,使文学由抒情向体物转化,标志了我国描绘性文学的成熟。试观枚乘《梁王菟园赋》中"西望西山"的一节敷陈状物的描写:

> 西望西山,山鹊野鸠,白鹭鹍鹧,鸒鹦鹍雕,翡翠鸲鹆。守狗戴胜,巢枝穴藏。被塘临谷,声音相闻。喙尾离属,翱翔群熙。交颈援翼,阖而未至。徐飞䎙(羽沓),往来霞水,离散而没合;疾疾纷纷,若尘埃之间白云也。

枚氏为汉赋创作史上的转扭人物,功在骋辞大赋的草创,观此似整实散的描写,在汉初骚体赋中实属罕见。他的《七发》笔势尤为豪纵,类似秦汉散文。如果说枚氏大赋尚不成

---

1 陈第《屈宋古音考》。
2 程廷祚《骚赋论》。

熟,其《梁王菟园赋》状物而欠敷采,《七发》铺陈而未状物,那么,到司马相如笔下,以《子虚》《上林》为代表的散体赋则将敷采与状物结合起来,艺术地再现了山河壮丽、园林繁华、宫室精美、心胸博大的盛汉现实。其次,由抒发个人心绪向发表关心国计民生之议论的转化,是汉代散体赋的一大发展,并影响了宋代文赋创作重义理的倾向。可以认为,由于以文为赋使汉赋语言不断散化,赋家述怀写志也向议论化发展。枚乘《七发》从"楚太子有疾"引起,七段铺排即为七篇讽喻明理的议论文章。相如散体大赋"材极富,辞极丽,而运笔极古雅,精神极流动,意极高"[1],要在铺排渲染天子游猎上林之苑的壮观后,以议论出之,文笔晓畅,义理明豁。张衡《二京》将帝王侈靡纵欲与江山社稷联系起来,通过对历史教训的回顾,阐发"君人者,黈纩塞耳,车中不内顾","遵节俭,尚素朴","所贵惟贤,所宝惟谷"的劝农恤民思想。可见汉赋的议论,正是伴随以文为赋的散化趋势,而达至高峰的。

汉代大赋由汉初骚体狭小境界和单调结构渐变为气势磅礴的多层次描写,与其散文化的发展是同步的。李涂《文章精义》云:"做大文字,须放胸襟如太虚始得。太虚何心哉?轻清之气旋转于外,而山川之流峙,草木之荣华,禽兽

---

[1] 王世贞《艺苑卮言》卷二。

弗利尔美术馆所藏明仇英(传)《上林图卷》水域局部

昆虫之飞跃游乎重浊渣滓之中,而莫觉其所以然之故。"以此论汉散体大赋,尤为切合。正是散体赋家以纵横驰骤之笔总揽众物,才使其作品既包罗繁富,又结构谨严;既气势雄健,又法度宏整。如状物,则若相如《上林赋》之铺叙苑囿之水:

左苍梧,右西极。丹水更其南,紫渊经其北。始终灞滻,出入泾渭。酆镐潦潏,纡余委蛇,经营乎其内。荡荡兮八川分流,相背而异态。东西南北,驰骛往来,出乎椒丘之阙,行乎洲淤之浦,经乎桂林之中,过乎泱漭之野。汨乎混流,顺阿而下,赴隘之口。触穹石,激堆埼,沸乎暴怒,汹涌彭湃。滭弗宓汩,偪侧泌㴬,横流逆折,转腾潎洌,滂濞沆溉,穹隆云桡,宛潭胶戾。逾波趋浥,涖涖下濑。批岩冲拥,奔扬滞沛。临坻注壑,瀺

> 濳賈坠。沈沈隐隐，砰磅訇磕。潏潏淈淈，湁潗鼎沸。驰波跳沫，汩濦漂疾。悠远长怀，寂漻无声，肆乎永归。然后灏溔潢漾，安翔徐回。翯乎滈滈，东注太湖。衍溢陂池。

论事，则若班固《东都赋》阐扬光武中兴：

> 于是圣皇乃握乾符，阐坤珍，披皇图，稽帝文，赫然发愤，应若兴云，霆击昆阳，凭怒雷震。遂超大河，跨北岳，立号高邑，建都河洛。绍百王之荒屯，因造化之荡涤。体元立制，继天而作，系唐统，接汉绪，茂育群生，恢复疆宇。

言一物，必汇聚群象以为烘托；言一事，必纵横骋势以明其所指；绘景抒情，气壮势急，不可阻扼。然论其法度，则字法玑珠入彀，句法疏不失整，章法气势生动，篇法开合排宕。浦铣云："汉人赋，气骨雄健，自不可及。"[1]曾国藩评张廉卿文谓："足下气体近柔，望熟读扬、韩各文而参以两汉古赋，以救其短。"[2]所云汉赋，当指散体大赋，褒扬之意，诚于汉人的创造有所领悟。

1　浦铣《复小斋赋话》下卷。
2　曾国藩《与张廉卿书》。

在赋学史上,继汉人以后自觉地以散文体笔法、形式创作赋,是宋人新文赋的出现。宋人以文为赋如同以文为诗,均契合于自中唐迄北宋相继两朝的古文革新运动。然就赋而论,宋人文赋创作一则继汉代散体赋气象与笔法,一则是针对齐梁骈体与唐代科举律赋之弊的变革。可以说,宋人以散文气格作赋与汉人以文为赋,同为脱弃赋学困境,拓开艺术空间,以获得更多的创作自由。如欧阳修创作骈、律体赋,已有散文法度,而其文赋《秋声》诸篇,擅长议论的审美特征,平易晓畅、不事雕琢的审美风格和损悲自达、尚理造境的审美趣味,基本代表了宋文赋的艺术形态。在欧公前后,赋家如王禹偁、范仲淹、赵湘、宋庠、邵雍、周敦颐、王安石、王令、刘敞等,亦多文赋创作。如梅尧臣《灵乌后赋》极似议论之文,虽乏情韵,然自出机杼,不假雕饰,以挺拔笔力造横空盘硬之语,自与场屋律赋不侔。宋文赋到苏轼笔下已体圆意熟。如其《后赤壁赋》以梦道士羽化束篇云:

须臾客去,予亦就睡。梦一道士,羽衣翩跹,过临皋之下,揖予而言曰:"赤壁之游乐乎?"问其姓名,俯而不答。"呜呼噫嘻!我知之矣!畴昔之夜,飞鸣而过我者,非子也耶?"道士顾笑,予亦惊悟。开户视之,不见其处。

纪游赋写得如此惝恍迷离,若非以自由散体任情挥洒,很难有此神韵。他如苏辙的《墨竹赋》、苏过的《飓风赋》、黄庭坚的《苦笋赋》、张耒的《鸣蛙赋》,或瘦硬苍劲,或气势雄肆,或想象奇突,或平矜释躁,均为一时文赋佳构。与汉代散体赋相比,宋人文赋在形式结构方面变汉代长篇巨制,而多为灵便小篇;在运用词藻方面仿汉人气骨,去汉赋藻采,以清丽为宗;在内涵方面由汉人对外部空间的描写转向心理空间的营构。尽管有诸多差异,汉宋赋家好以散文气势入赋,则是相同的,只是前者为变骚体以开拓赋的境域,后者为针对骈、律体以变化赋的情趣。

骈体赋

骈体作为一种文体形式,在中国文学史上有着渊久的历史。黄侃《书〈后汉书〉论赞》云:"诸夏语文,单觭成义,所以句能成匹,语可同韵。是则联类之思,人类所共有;排比之文,吾族所独擅。"此说明这一有民族特色的文体,渊承既久,其来有渐。由创作论观之,先秦经史诸子,已多俪辞;经屈骚汉赋,偶句尤甚;而魏晋文章,骈语滋盛,至齐、梁声律大兴,梁、陈创作繁富,骈体文乃达鼎盛程度。骈赋之兴,实伴骈文而起,亦盛于南朝,孙梅论赋谓"两汉以来,斯道为盛,承学之士,专精于此。赋一物则究此物之情状,论一都则包一朝之沿革。……左(思)、陆(机)以下,渐趋整炼;齐、梁而降,益事妍华;古赋一变而为骈赋。江(淹)、鲍(照)虎步于前,金声玉润;徐(陵)、庾(信)鸿骞于后,绣错绮交;固非古音之洋洋,亦未如律体之靡靡也"[1],颇明骈赋介乎汉代散体与唐宋律体之间的历史地位和风格特征。

第论骈赋之义,既蕴含于骈文之内,又关乎赋体自身之发展,故狭义而言,骈赋与一般意义的骈文又当有区别。考述古人对待骈赋,所持标准亦异。如清人选录骈文,一种是凡赋皆不入选,如曾燠《国朝骈体正宗》;一种是凡赋不论是否骈偶皆入选,如姚燮《骈文类苑》、王先谦《骈体类纂》。两种方法均属偏颇。要而言之,其一,赋兼众体,骈赋只是赋史发展中的一种体裁,时常与骚、散交叉;而骈文则日趋程式化、定型化。其二,骈赋基本协韵,狭义的骈文以对仗为主,时常无韵律限制。其三,赋与诗、词、曲相类,是文学体裁,而骈文则多为章表奏记及墓志书信等应用文。依此,从创作实际来看,除标明赋名之外,一些不标明为赋的俪体文如陆机《吊魏武帝文》、王勃《滕王阁序》也属骈赋作品。考察南朝骈赋创作,其特色主要在声律与对仗。就声律言,沈约《宋书·谢灵运传论》云:"欲使宫羽相变,低昂舛节;若前有浮声,则后须切响。一简之内,音韵尽殊;两句之中,轻重悉异。"这段话探讨诗文的平仄、调值、声纽、韵母诸端及要

---

[1] 孙梅《四六丛话》卷四。

求,于骈赋亦甚合契。譬如江淹《别赋》:

> 至如一赴绝国,讵相见期,视乔木兮故里,决北梁兮永辞。左右兮魂动,亲宾兮泪滋。可班荆兮赠恨,唯樽酒兮叙悲。值秋雁兮飞日,当白露兮下时。怨复怨兮远山曲,去复去兮长河湄。

正是"浮声""切响",韵声相协。至于该篇首两句"黯然销魂者,唯别而已矣",乃声纽、清浊、韵部、四声、调值最为变化,属"两句之中,轻重悉异"之例;而"结绶兮千里"一句,平仄协和,调值抑扬,又是"一简之内,音韵尽殊"典型。就对仗言,骈赋异于散体,在"变单为复"。韦金满曾依据《文镜秘府论》所载对仗方式,以江淹《别赋》为例,列出当句对(朱轩绣轴)、的名对(日下壁而沈彩,月上轩而飞光)、互成对(况秦吴兮绝国,复燕宋兮千里)、异类对(或春苔兮始生,乍秋风兮暂起)、同类对(芍药之诗,佳人之歌)、联绵对(风萧萧而异响,云漫漫而奇色)、事类对(帐饮东都,送客金谷)、流水对(驱征马而不顾,见行尘之时起)、颜色对(见红兰之受露,望青楸之离霜)、数字对(别虽一绪,事乃万族)十类对仗方式[1],堪称详尽。而南朝赋的对仗,因骈俪文的发展,也

---

[1] 《略论江淹恨别二赋之声律》,载《新亚学术集刊》第13期"赋学专辑",香港中文大学新亚书院1994年版。

早稻田大学藏和刻本《文镜秘府论》

是司空见惯。如：

> 看朝云之抱岫，听夕流之注涧。（谢灵运《岭表赋》）
> 水筛空而照底，风入树而香枝。（萧纲《晚春赋》）
> 经千霜而得拱，仰百尺而方枝。（沈约《高松赋》）
> 菊散芳于山林，雁流哀于江濑。（谢庄《月赋》）
> 青田之鹤，昼夜俱飞；日南之雁，从来共归。（萧绎《鸳鸯赋》）
> 海外之云，处处而秋色；河中之雁，一一而学飞。（江淹《横吹赋》）

> 落花与芝盖齐飞,杨柳共春旗一色。(庾信《三月三日华林园马射赋》)

无不对仗工稳,音声谐和,属南朝形式美文学之典范。

唐宋以降,律赋、文赋替兴,骈体又渐入四六,骈赋鲜有新创,直至清代康、乾、嘉、道间,一批学者、文士好为俪文,号称骈文中兴,骈赋又呈回光返照之势。其代表作如陈维崧的《看弈轩赋》、吴兆骞的《长白山赋》、胡天游的《窃曲赋》、洪亮吉的《过旧居赋》、彭兆荪的《雁门关赋》、董祐诚的《西岳华山神庙赋》、方履的《别知己赋》等,皆一时传诵的名篇。试观陈维崧《看弈轩赋》写"三湘之乱"主人归隐一节:

> 矧复三湘骇浪,六诏烟迷,田园烽火,乡关鼓鼙。嗟巢幕而如燕,叹触藩其类羝。杜老则堂无鹅鸭,于陵则井有螬蛴。于是斟焉寡欢,悄然不怿。爰葺斯轩,聊云看弈。然而寂寂空堂,寥寥短几,既无坐隐之宾,复鲜呼谈之器。潜窥而不见烂柯,窃听而谁闻落子?几同庄叟之寓言,莫测醉翁之微意。

化用故典,声情激越,使人于静境中见动势,淡雅间见骨力。又如彭兆荪《雁门关赋》写汉妾辞宫一节:

若其就辇庭,辞兰苑,走玉轮,张油幰,明妃去番,翁主嫁远。走跂跂之明驼,感芳华之婉娩。睹此天苍野茫,露宿星饭,角起哀来,云黄春断,能无琵琶不和,襜褕失暖,长吁白登之台,弹泪紫濛之馆。

俪词婉意,缠绵复叠,悲怨交织,给人以凝重的伤感。从上引两段文字,我们也可以发现清人追摹六朝精工富丽,然不局限于形式,所以他们的骈赋兼得汉人气势,尤重深婉的思理与沉雄的风格,称为中兴,信而不诬。

律体赋

唐代律体赋创作格律化与格律诗之形成、发展同步,就韵律而言,是赋诗化形式的极端表现;就句式言,又有散文化倾向。孙梅在《四六丛话》中评述骈赋后云:"自唐迄宋,以赋造士,刱为律赋,用便程式,新巧以制题,险难以立韵,课以四声之切,幅以八韵之凡。"甚明其造赋之因与创作体式。对律赋的创作体式,徐师曾《文体明辨序说》则以唐代律诗为参照云:"唐兴,沈、宋之流,研练精切,稳顺声势,号为律诗,其后寖盛。虽不及古诗之高远,然对偶音律,亦文章之不可缺者。""至于律赋,其变愈下。始于沈约'四声八病'之拘,中于徐、庾'隔句作对'之陋,终于隋、唐、宋'取士限韵'之制,但以音律谐协、对偶精切为工,而情与辞皆置弗论。"徐氏虽出于明代复古派理论主张对律赋持否定态度，然所论及唐代诗赋律化特征（平仄、对仗、黏合），基本符合史实。唐代律赋兴盛与科举考试关系紧密，但艺术形式则由齐梁骈体及声律学启导。将律赋与骈赋比较，律体在以下四方面尤为严格：

一曰韵律。律赋用韵种类繁多，据洪迈《容斋随笔》所记及《文苑英华》所载赋例，有"二韵"至"八韵"及"十韵"者，其限韵或有任用自由，但韵律本身则要求严格。如常例"八韵"格中，初无平仄要求，随诗赋格律化的发展，渐分二平六仄、三平五仄或五平三仄、六平二仄等式，至中晚唐始以四平四仄交错施韵，衍为定式。而其用韵，又有宽窄松紧（如偷韵为宽松，声病为紧窄），虽或"巧法未备，往往瑕瑜互见"[1]。然篇必入韵、字必谐声，与律诗同埒，定后世律法格式。

二曰句法。诗讲佳词秀句，自西晋始，而历东晋南朝，尤重句法，唐人作诗炼句，已为普遍风气。唐律赋之重句法，亦如诗歌用意之密。如唐代无名氏《赋谱》所列。唐无名氏《赋谱》国内久佚，仅存日本五岛庆太氏藏抄本，近年始转录回国[2]，有壮（三字句）、紧（四字句）、长（上二下三句或"上三字，下三字"句等）及隔、漫、发、送诸句法，其中隔句法尤繁复，有六体：轻、重、疏、密、平、杂。如轻隔体，句法为上

1　李元度《赋学正鹄·序目》。
2　初见《中华文史论丛》第 49 辑柏夷《〈赋谱〉略述》。

四下六：

> 器将导志，五色发以成文；化尽欢心，百兽舞而叶曲。（裴度《萧韶九成赋》）

又如疏隔上三而下不限：

> 俯而察，焕乎呈科斗之文；静而观，炯而见雕虫之艺。（蒋防《萤光照字赋》）

而密隔则上五以上，下六以下：

> 咏团扇而见托，班姬恨起于长门；履坚冰以是阶，袁安欲惊于陋巷。（崔损《霜降赋》）

其对句法的讲求，是有规可循的。

三曰结构。唐以前赋分段自由，至律赋始以四段构篇，所谓头、项、腹、尾四部分，与律诗首、颔、颈、尾四联相类，成为常式。而就中解析，如腹段又分胸、上腹、中腹、下腹、腰五节，发语转韵，回环往扣，开明清制义分股之法。然律赋因结构整饬，副以音韵，故情景理义，多有诗趣。如钱起《尺波赋》中数联云：

圆规可验,疑沈璧之旧痕;前后相伴,若浮书而竞起。迹叠相近,萍萦有余,促涟漪之散漫,拥跳沫以虚徐。流脉中移,类蠖影求伸之际;浮光上透,若雪华呈瑞之初。

浦铣《复小斋赋话》评谓"数联皆藏尺字在内",可称妙巧。李调元《赋话》评"流脉中移"等四句,以为"妙绪茧抽,巧思绮合",亦点到律赋锦心绣口之处。

四曰体势。《赋谱》云:"凡赋题有虚实、古今、比喻、双关。当量其体势,乃裁制之。"论其方法,如虚实体势,虚则"无形象之事,先叙其事理,令可以发明",如白居易《性习相近远赋》"感德以慎立,而性由习分";实则"有形象之物,则究其物象,体其形势",如蒋防《隙尘赋》"惟隙有光,惟尘是依"。由于律赋于宏整结构中注重体势生动,故一些佳篇着色绘声,而能疏笔纵横,密意内蕴。白居易以律体《赋赋》评律赋艺术价值与历史地位云:"义类错综,词采分布,文谐宫律,言中章句,华而不艳,美而有度……其工者究精微,穷旨趣,何惭《两京》于班固?其妙者抽秘思,骋妍词,岂谢《三都》于左思?"此将律赋与汉晋赋比美,固然内涵唐世文化气象,然对律赋格式化的肯定,也是彰明昭著。

迨至明清时代,应试律赋与科举制义(艺)八股之文发生交互,于是采用分股制义方法写作的律赋能否称作"股赋"，"股赋"能否被视为明清时期的一种新赋体，在本世纪赋学研究中即产生了两种相左的意见。持"股赋"为一种赋体说法者，如铃木虎雄《赋史大要》、李曰刚《辞赋流变史》，反对者如马积高《赋史》、叶幼明《论八股文赋之说不能成立》[1]。然而这一争论焦点仅在赋与八股文影响与被影响的先后问题方面，至于律赋与八股之关系以及对清世应试赋的影响，是没有疑义的。比如八股之破题，名见五代王定保《唐摭言》，明末顾炎武《日知录·试文格式》即谓"本之唐人赋格"。李程《日五色赋》开篇八字"德动天鉴，祥开日华"，即著名破题。又如大结，为八股作手收束而自抒胸臆处，观唐人王棨《江南春赋》结尾"今日并为天下春，无江南兮江北"，被誉为名结。而八股股对之法，李调元《赋话》引举元稹《镇圭赋》、白居易《动静交相养赋》，以为"制义分股之法，实滥觞于此种"[2]。同样，唐代兴起的律赋，虽经宋代文赋作家与元明复古派的冲击，其作为应制体裁一直延伸到清末，其流布之广远，亦可见一斑。

赋的体类分法甚多，除前述以作家或结构划分之外，尚有以风格内涵划分如序志赋、抒情赋、体物赋等，以创作方式划分如应制赋、拟古赋、和赋等，繁杂不一，难以胪述。而从赋体的创建与赋史的流变来看，通过语言形式划分展示

1　《学术研究》1990年第6期。
2　参见邝健行《律赋与八股文》，收入《诗赋与律调》，中华书局1994年版。

哈佛大学图书馆藏康熙四十五年内府版《历代赋汇》书影

的诗体赋、骚体赋、散体赋、骈体赋与律体赋等，最能表现赋体文学内涵与性征。

唯君独步

赋体文学因具擅长描写的性征，在中国古典文学领域中于创作题材的拓展意义十分重大，一些文学主题的创造，即由赋家著其先鞭。比如宋玉《风赋》、枚乘《七发》之于自然物象，相如《子虚》《上林》之于帝王游猎，班固《两都赋》之于帝京描写，扬雄《太玄赋》之于性道玄理，以及王褒《洞箫》开音乐赋先声，班彪《览海》启后世海洋描写，王延寿的《王孙赋》《梦赋》，蔡邕的《瞽师赋》《短人赋》，专题描绘，皆前人所无。然而从研究的眼光看待赋的题材，由于赋之体类复杂，在总体意义上作定量的科学划分困难殊多。例如骚体与散体，一偏于抒情，一擅为体物，壁垒森严。大赋与小赋，前者善于描写京殿明堂、都市风物、山川胜境、军国大事，后者则多以一物一景，触泄情思，残山剩水，兴发意趣。宫廷赋与民间赋，一典重雅赡，讽颂有度；一俚俗风趣，讽戏谐谑。各有适宜，诚为事实，加之赋之题材亦因时代变化而潜移，且汉散体大赋尤以包罗万象见长，众沤难显，更增辟发之惑。

缘此，昔人划分赋之题材，即感于较其他文体特殊，因时而增，日见繁密。萧统《文选》分赋类十五，新辟"志""哀伤""情"三目，即与当时文学思潮攸关。对赋题材的划分，至清人大备。陈元龙奉敕编《历代赋汇》，分为"天象"等三十八类，其中正集三十类，外集八类，并依类分收自战国迄晚明赋三千八百三十四篇。根据陈氏划分类别并参照历代赋创作，有几点现象值得注意：

其一，陈氏所分类别，汉晋时代赋创作已基本出现。具体说，汉代已有其中三十类题材，魏晋时代又增加七类，计三十七类。为便于说明，依《赋汇》分类将汉魏两晋赋家已有三十七类题材择要列表于次：

《赋汇》正集三十类

类目	时代	赋家	作品
天象	汉	贾谊	旱云
岁时	汉	杜笃	祓禊
地理	汉	张衡	温泉
都邑	汉	班固	两都
治道	汉	崔寔	大赦
典礼	汉	扬雄	河东
祯祥	魏	刘邵	嘉瑞
临幸	魏	曹丕	登台
蒐狩	汉	司马相如	上林
文学	汉	蔡邕	笔
武功	汉	崔骃	大将军西征
性道	汉	扬雄	太玄
农桑	汉	王逸	机
宫殿	汉	刘歆	甘泉
室宇	汉	枚乘	梁王菟园
器用	汉	班固	竹
舟车	晋	枣据	船
音乐	汉	马融	长笛
玉帛	汉	班婕妤	捣素
服饰	晋	夏侯湛	雀钗

续　表

类目	时代	赋家	作品
饮食	汉	邹阳	酒
书画	三国吴	杨泉	草书
巧艺	汉	蔡邕	弹棋
仙释	汉	桓谭	仙
览古	汉	贾谊	吊屈原
寓言	唐	蒋防	草上之风
草木	汉	中山王	文木
花果	三国吴	闵鸿	芙蓉
鸟兽	汉	贾谊	鹏鸟
鳞虫	汉	孔臧	蓼虫

《赋汇》外集八类

类目	时代	赋家	作品
言志	汉	刘歆	遂初
怀思	魏	曹植	离思
行旅	汉	班彪	北征
旷达	汉	司马相如	大人
美丽	汉	司马相如	美人
讽喻	汉	边让	章华
情感	汉	王延寿	梦
人事	汉	扬雄	逐贫

据此可知,《赋汇》三十八类别中仅寓言一类收唐及以后赋作五十九篇,余则汉晋赋家皆已有作。按:又据汉墓出土的《神乌赋》来看,寓言故事类赋也早已出现。

其二,由于《赋汇》分类过密,类别之间多有交互,比如京殿与都邑,蒐狩与武功,情感与言志,仙释与性道等,相间描写,内涵复叠,颇多难以断割的机缘。

其三,分类细还有名目难以涵盖其实的情况,比如刘歆《遂初赋》因述行而言志,相如《大人》缘游仙得旷达,枚乘《梁王菟园》多写园林建筑,班婕妤《捣素》意在怨情,《赋汇》分类颇难尽意。

其四,从《赋汇》类别划分在汉晋赋作已大备来看,一则说明汉晋(尤其是汉代)对赋题材拓展的巨大贡献,一则也反映了古人划分赋类忽视汉晋以后的新创。

陈元龙生于清初,编《赋汇》仅收至明代,所以对清代赋在题材方面的新创自然不能涉及。比如唐宋时代兴起的科技赋(如天文类的《浑天》《海潮》,医药类的《药性》)、类书赋(如《事类》)和边疆赋(如唐代的边塞赋,清代的疆舆赋),皆不能简单地归于天象、地理的。

题材之于文学十分重要,歌德认为离开题材就没有艺术,"如果题材不适合,一切才能都会浪费掉"[1]。赋作为一

---

[1] 《歌德谈话录》。

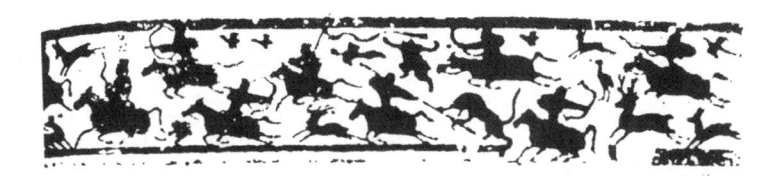

陕西出土的汉画像石狩猎图拓本

种文体，自有适合其语言形式的题材，所以认识这一点，必须把握赋体独擅之题材，以及与它体共有而赋自有其特色之处。可以说，赋题材的复杂性与赋体的包容性相关，赋题材的特色同样缘自赋体的特色，考其基本征象，一在异于诗歌类文体之隐秀婉转，而以骋才炫学，体示万类见长；一在不同于政论散文及颂赞箴铭类文体之简明尚理，而以文学性的描绘见其铺采摛文的才华。基于这一认识，结合古人分类方法与二千年汗牛充栋的赋家创作，择其比较能反映赋创作实际并呈示特色的十二类别，分述如下。

狩猎武功类

帝王狩猎与表现武功的战争题材，在先秦诗文中已有反映，然至汉赋始专题刻画。"狩猎"或称"蒐狩""校猎""羽猎"，《左传》："春蒐，夏苗，秋狝，冬狩。"《公羊传》："春曰苗，秋曰蒐。"又，扬雄《校猎赋》一作《羽猎赋》。考王者狩猎之意，一在古代人稀兽多，为田除害；一在简集士众，为军事演

仇英《上林图卷》局部

习。班固《白虎通·田猎》云:"王者诸侯所以田猎者何?为民除害,上以共宗庙,下以简集士众也。"《续汉书》引蔡邕《月令章句》:"寄戎事之教于田猎。武事不空设,必有以戒,

故寄教于田猎,闲肆五兵焉。"[1]可见其阅武之意。由此可知,汉赋中大量出现的狩猎题材,虽内含作家反对过度侈费,倡扬节俭的思想,然其客观反映大汉武功,确为其体国

---

1 陈立《白虎通疏证》卷十二《阙文》"田猎"条。

经野的一个重要方面。试观司马相如《子虚》写楚王出猎之状：

> 楚王乃驾驯之驷，乘雕玉之舆；靡鱼须之桡旃，曳明月之珠旗，建干将之雄戟；左乌号之雕弓，右夏服之劲箭。阳子骖乘，孅阿为御。案节未舒，即陵狡兽。蹴蛩蛩，辚距虚，轶野马，轊陶駼，乘遗风，射游骐。倏眒倩浰，雷动熛至，星流霆击，弓不虚发，中必决眦，洞胸达掖，绝乎心系。获若雨兽，揜草蔽地。

又《上林》写天子田猎情形：

> 天子校猎，乘镂象，六玉虬，拖蜺旌，靡云旗，前皮轩，后道游，孙叔奉辔，卫公参乘。扈从横行，出乎四校之中。鼓严薄，纵猎者。河江为阹，泰山为橹。车骑雷起，殷天动地。先后陆离，离散别追。淫淫裔裔，缘陵流泽，云布雨施。生貔豹，搏豺狼。手熊黑，足野羊。蒙鹖苏，绔白虎，被班文，跨野马。凌三嵏之危，下碛历之坻，径峻赴险，越壑厉水。椎蜚廉，弄獬豸，格虾蛤，铤猛氏，羂騕褭，射封豕，箭不苟害，解脰陷脑。弓不虚发，应声而倒……

这两段描绘，一写诸侯，一写天子，并通过前者"观壮士之暴怒""睹众兽之变态"与后者"睨部曲之进退，览将帅之变态"的差异，以表达天子狩猎驭人的胸襟和一统帝国的抱负，然赋家透过校猎场景表达的盛世尚武精神，则显而易见。

这种尚武精神由狩猎题材引起，在赋学领域向三方面拓展：

一是描写战争情形。如汉末建安中，战事频繁，出现了诸如陈琳《神武》、曹植《东征》、杨修《出征》、繁钦《征天山》等一批战争赋。而这类赋亦随时序之变迁而变化，比如唐代继汉人尚武，故多雄张之气。如骆宾王《荡子从军赋》"胡兵十万起妖氛，汉骑三千扫阵云；隐隐地中鸣战鼓，迢迢天上出将军"的描述，是与李白《大猎赋》"擢倚天之剑，弯落月之弓，昆仑叱兮可倒，宇宙噫兮增雄"的尚武精神一致，写出了横扫一切的气势。而在赵宋文治社会，战争赋又显出一种不战而屈人之兵的德化与理智。比如北宋范镇与宋祁同作《长啸却胡骑赋》，范赋破题云："制动以静，善胜不争。"宋赋破题云："月满边塞，人登戍楼。"宋见范赋，自叹弗如，将己作"潜于袖中毁之"。[1] 对照今本范赋，首句多两"者"字，即"制动者以静，善胜者不争"，为宋祁建言所增。由范、宋二赋之高低，则可见宋代赋写武功重在见识与雅赡。如果说战争赋在军事强大的盛世表现的是英武之气，则至衰世

---

[1] 事载吴曾《能改斋漫录》卷十四《记文》"赋长啸却边骑"条。

赋家通常是通过战事的描写宣泄其悲怨之情。南朝末年庾信亲历江南兵乱而作《哀江南赋》、明末夏完淳目睹明亡之败而作《大哀赋》，凄厉痛彻，堪称衰世赋家战争赋之典型。而清道光、咸丰间鸦片战争起，赋家如金应麟之《哀江南赋》、林昌彝之《碧海掣鲸鱼赋》，又开启了以战争为题材的现代意义的爱国篇章。晚清赋坛围绕中日甲午战争等而出现的喻长霖《鸭绿江》、欧阳鼎《七痛》、易顺豫《哀台湾》、陈蜕《哀朝鲜》、章炳麟《哀山东》诸赋，实为我国古代战争赋画上了一个悲怆的句号。

二是描写将军英武。这类赋以东汉文人崔骃的《大将军临洛观赋》《大将军西征赋》肇端，其以人为中心对武功的颂扬，也奠定了后世同类赋的基调。如唐人乔潭作《裴将军舞剑赋》，其描绘舞剑之情景云：

锋随指顾，锷应回翔。取诸身而辇跃，上其手以激昂。纵横耀颖，左右交光。观乎此剑之跃也，乍雄飞，俄虎吼，摇辘轳，射牛斗。空中悍慓，不下将久。飙风落而雨来，累愜心而应手。

此通过对将军裴旻剑舞的豪迈风格与英雄气概的描写，传达的则是如作者赋序所谓"将军以幽燕劲卒，耀武穷发，俘海夷，虏山羯"的显赫边功。其他如宋人田锡的《鄂公夺槊嘆曰嘻嘻有恃而生者失其所恃則悲彼有啄乎廣莫之野飲于清泠之淵隨林邱而止息順風氣而騰騫一鳴九皋聲聞于天若然者又豈衡從之能好而支適之可憐哉

郭子儀單騎見虜賦 以汾陽征虜壓以垒賦

唐祚中微胡塵內侮承范陽猖獗之亂值永泰因循之主金繒不足以塞其貪嗜鎮仗不足以止其擾取雲屯三輔但分諸將之兵烏合萬群難破重圍之虜子儀乃外弛嚴備中輸至誠氣干霄而直上身按轡以徐行於是露刃者膽喪控弦者骨聳謂公尚臨於金甲想可汗未厭於戎羯於襄瀛頓釋前憾來尋舊盟彼何人斯忽有幡之盛果吾父也歎論戈甲之精宣非事方急則宜有異謀軍既孤則難拘常法遭彼虜之悍勁屬我師之困走校之力則理必敗露示以誠則意當親狎所以撤衛

回紇入寇汾陽出征何單騎以見虜蓋臨戎而示情匹馬雄趨方傳呼而免冑諸羌駭騰俄下拜以投兵方其四環去兵兩夾雖鋒無鏌邪之銳而勢有泰山之壓擣鞍以出若乘擒虎之驄失仗而驚如秦華元之甲金石至堅也以誠可動天也至大也以誠可聞㓲爾熊羆之屬焚乎虵豕之羣於是時也將乘驕而必敗兵不戰而將焚惟有明信乃戒茂黷吐蕃由是而引歸師殪靈夏僕固於焉狩龍失水也侵於蠭蟻胃為鋒鏑之交下遽於孤狸神龍失水也侵於蠭蟻胃為鋒鏑之交下遽遺紀綱而不以蓋念至威無恃於張皇大智不賈於恢

詭遠同光武輕行銅馬之營近類曹成獨造國良之壘於勇士之場攻且攻兮天變色戰復戰兮星動芒如此則雖驍雄而必斃顧病以何長符秦吞南伐之師坐投肥水新室恃北來之衆立潰昆陽固知精擊刺者非為之良敢殺伐者非用兵之況億兽之身積宜福祥之天畀故中書二十四考焉由此而致

和淵明歸去來辭

秦观《郭子仪单骑见虏赋》

赋》、秦观的《郭子仪单骑见虏赋》,歌颂武事,堪称雄劲。

三是引申于对兵器的歌颂。描写兵器以表现尚武精神,盛行于唐代。唐玄宗天宝年间任礼部侍郎的达奚珣,即倾心于莲锷锋霜,写过《剑赋》《秦客相剑赋》《丰城宝剑赋》系列作品。如其《丰城宝剑赋》形容宝剑之状为"锻霆电,明秋水,杀气森映,光辉四起",叙述宝剑效用是"君其试将倚天外,不日为君清绝塞,苟军国之用在,岂能雌伏于一代",其中欲有功于边塞的思想,体现了盛唐的精神。当然,对兵器的描写也有借题发挥,而不以单纯尚武为目的之赋。如宋人陆游亦作《丰城剑赋》,则能翻新旧橐,以"夫九鼎不能保东周之存,则二剑岂能救西晋之颠乎"立意,借兵器鞭笞北宋君臣昏庸误国,战败南逃的行径。

京殿都邑类

我国城市文学的展开缘自赋体的描写,汉代京殿都邑类大赋的出现,为其代表。这种源自汉代的城市赋创作,一类是由扬雄《蜀都赋》、张衡《南都赋》开启的地方都邑繁荣形胜的描写,且千年传响,历世未绝。如清人褚邦庆之《常州赋》、程先甲之《金陵赋》规模宏整,尤过前人。都邑赋的创作思想,主要在自然形胜与人文风俗两方面。如扬雄《蜀都》开篇即云:"蜀都之地,古曰梁州,禹治其江,渟皋弥望,郁乎青葱,沃野千里。"继以东、南、西、北全方位描绘自然景观,以状其胜。又如程先甲《金陵赋》凡岁时、风物、礼俗、典故、方言、俚语、人情,纤屑毕载,其写清明节金陵"踏青品泉"时"聚似京峙,散似山摧,亘延十里之外,景铄百廛之歧"的景象,写"秦淮竞渡"时"倏而转舵以僄狡,勃兮如掉尾之夭;倏而打桨以旁划,歘兮如鳞爪之纷挐",既为珍贵史料,又颇形象生动。与此类赋相比,东汉以班固《两都》、张衡《二京》为代表的京都赋更能代表都市文化风采和大赋雄阔的气派。比较而言,张衡《二京》格局基本承袭班赋,惟于京畿人物描绘中增添百戏表演一节,尤为精彩。试以班固《西都赋》为例:赋分六大部分(三十一个段落),一写西都长安地理位置、历史沿革;二写城市全貌,包括都市格局、经济富庶、各色人物等;三写京畿环境,包括阴阳昏晓与四郊景观;四写群体建筑,且分总体风格、内部结构、装饰特点描绘;五写主体建筑,亦即宫殿描写,为全赋中心;六写天子游猎娱戏活动,收以颂扬盛世之德。由此可见,京都大赋有两点最为突出:一是对京都物态与文化的全面展示,二是以帝王为中心,突出宫殿的描写,再现了我国古代精湛的建筑艺术之美。如《西都赋》对昭阳殿装饰状况的形容:

> 昭阳特盛,隆乎孝成。屋不呈材,墙不露形。裹以藻绣,络以纶连。随侯明月,错落其间。金釭衔璧,是

为列钱。翡翠火齐,流耀含英。悬黎垂棘,夜光在焉。于是玄墀釦切,玉阶彤庭,碝磩彩致,琳珉青荧,珊瑚碧树,周阿而生。

继此,班赋又对昭阳殿中美人风姿、佐命大臣、典籍之府、著作之庭以及其他司职进行全面描写,勾画出以建筑为主的立体形态。又如张衡《西京赋》描述未央宫之外势:

正紫宫于未央,表峣阙于闾阖。疏龙首以抗殿,状巍峨以岌嶪。亘雄虹之长梁,结棼橑以相接。蒂倒茄于藻井,披红葩之狎猎。饰华榱与璧珰,流景曜之韡晔。雕楹玉碣,绣栭云楣。三阶重轩,镂槛文㮰。右平左城,青琐丹墀。刊层平堂,设切厓隒。坻崿鳞眗,栈齴巉崄。

张赋以宫殿为主构,还对亭台池苑进行了细致的刻画形容,对建筑群体之美起到烘云托月的艺术效果。

继汉代京殿大赋之后,代有新作,有的专注于宫殿描写,如唐李华的《含元殿赋》;有的仍以京都为题材,突出宫殿艺术形象描写,如晋左思的《三都赋》、宋周邦彦的《汴都赋》、元黄文仲的《大都赋》、明初诸多文人(如陈敬宗、李时勉、桑悦等)的《北京赋》以及清高宗爱新觉罗·弘历的《盛京赋》等,皆"极铺张混一之盛,创业守成之规"[1],既为大一统帝国文学多雄张之意的代表(如《明史·文苑传》载,桑悦因高丽使者"市本朝《两都赋》,无有","以为耻,遂赋之"。按,"两都"指北京与南京),又以记载城市文化的状况而显诸史册(按,汉以后史著如《三辅黄图》《洛阳伽蓝记》《长安志》等,采录班固《两都》、张衡《二京》赋资料极多),可知京都大赋的文化史价值较正史记载尤为详赡。

祭祀典礼类

古者王立祭典,诸侯朝聘,神道设教,以礼为本,故荀子说"礼有三本","天地者生之本","先祖者类之本","君师者治之本"[2]。自赋由民间进入宫廷,祭祀典礼尤为赋家所重。司马相如撰《上林》已多描述,又作《封禅文》以隆其事。而其他赋家如王褒之《甘泉赋》、扬雄之《河东赋》、杜笃之《祓禊赋》、邓耽之《郊祀赋》、廉品之《大傩赋》、潘岳之《藉田赋》、傅玄之《辟雍乡饮酒赋》、李白之《明堂赋》、杜甫之《朝享太庙赋》、张耒之《大礼庆成赋》、徐容之《太常赋》、于慎行之《经筵赋》等,娱神明礼,颂德张本,于自然景物和人文风俗,皆能极文词之美,达赋者之意。如扬雄《河东赋》记述汉

---

1 李调元《赋话》引周叙《送致仕训导彭先生序》。
2 《荀子·礼论》。

成帝祭祀后土之事,其写皇帝率群臣往祭之状有云:

> 于是命群臣,齐法服,整灵舆,乃抚翠凤之驾,六先景之乘[1]。掉奔星之流旃,彏天狼之威弧。张耀日之玄旄,扬左纛,被云梢,奋电鞭,骖雷辎,鸣洪钟,建五旗。羲和司日,颜伦奉舆。风发飙拂,神腾鬼趡。千乘霆乱,万骑屈桥,嘻嘻旭旭,天地稠嗷。

略引几句,已见祭典之隆,气势之盛。然作者之意,在"以为临川羡鱼,不如归而结网",以善政美德,取信于民,所以在崇礼之中,寄注了持俭恤民的思想。又如李白的《明堂赋》,借帝王祭天之地,誉扬国体。观其颂扬明堂形状与作用:

> 尔乃划岝崿以岳立,郁穹崇而鸿纷,冠百王而垂勋,烛万象而腾文。窊惚恍以洞豁,呼嵌岩而旁分。又比夫昆山之天柱,矗九霄而垂云。于是结构乎黄道,峣峣乎紫微;络勾陈以缭垣,辟阊阖而启扉。峥嵘𡾰嶫,粲宇宙之光辉;崔嵬赫奕,张天地之神威。

由于赋家好为夸饰,这类赋作颇入瑞应祯祥,受到历代赋论

---

[1] 此据《汉书·扬雄传》。按,"六先景",《艺文类聚》引作"驰光影"。

家的轻忽,然其显示汉民族的礼治思想,以及对各朝礼节制度的再现,是有独特意义的。

边塞疆舆类

如果说汉代大赋的重镇在京都赋与游猎赋,而其中因与西域的交通已内含边关风俗的内容,则随着晋唐以降的开边政策和与外域的频通交流,地域大赋也渐多边塞疆舆的描写。如盛唐时代张嵩、吕令问有同题《云中古城赋》,虽写一具体城池,然其中边关景色,已大异前人赋作。张赋云:"徒观其风马哀鸣,霜鸿苦声。尘昏白日,云绕丹旌。虏障万里,戍沙四平,乘蒙恬之古筑,得拓拔之遗城。"与盛唐边塞描写相类。又,吕赋写边关之景"是时阴闭群山,寒凋众木,川平塞迥,冰饮霜宿。慷慨乎大荒,徜徉乎游目",亦极浑茫飞动。这类赋至明清时代大张其帜。明人如丘濬的《南溟奇甸赋》写海南岛"民物繁庶"之景象,虽有感于明太祖朱元璋《劳海南卫指挥敕》作,然以纵放的文词描绘和赞美大明南海疆域之开辟与奇观,拓展了赋的表现内涵。董越的《朝鲜赋》系作者于明弘治初出使明藩属李氏朝鲜时撰著,其于朝鲜"山川风俗,人情物态",以及宫室、百戏、礼仪、建筑、服饰,均有详尽描写,特别是赋家采用新闻纪实方式直陈敷事,堪称中朝两国政治、文化交往史上宝贵的真实记录。

清乾嘉之世,疆域大赋创作极一时之盛。嘉庆十年(1805年)进士徐松为业师英和《卜魁城赋》题跋云:"恭读高宗纯皇帝圣制《盛京赋》,流天苍以阐地符,一时名公巨卿如周海山先生使琉球作《中山赋》,纪晓岚先生谪西域作《乌鲁木齐赋》,和太庵先生镇卫藏作《西藏赋》,独黑龙江界在东北边,曩惟方恪敏公有卜魁杂诗及竹枝之作;而研都炼京,天则留待我树琴夫子发摅文章,为封疆增色。"在徐说之外,一时疆舆赋作尚有全祖望《皇舆图赋》、朱筠《平定准噶尔赋》、文守元《四塞纪略赋》,以及徐松自制的《新疆赋》。而论其源起与作用,亦如徐松所说,系围绕乾隆《盛京赋》产生,可谓京都之衍流,要在"为封疆增色"。如和宁《西藏赋》描写藏中形胜:

粤坤维之奥城,实井络之南阡。风来阊阖,日跃虞渊,斗杓乐偃,月窦西联。三危地广,五竺名沿。吐蕃种别,突厥流延,乌斯旧号,拉萨今传。其阳则牛魔僧格,搴云蔽天,札拉罗布,俯麓环川。其阴则浪荡色拉,精金韫其渊;根柏洞噶,神螺现其巅。左脚孜而奔巴,仰青龙于角箕之宿;右登龙而聂党,伏白虎于奎觜之躔。变庚达乎四维,羌蛮兜矣;铁围周乎百里,城郭天然。

写奇山异水,时生突兀之笔,其回环跌宕,层层深入,又见驰骤之势。而由此西藏外部环境的描写逐渐收束到拉萨城、布达拉宫等,展开赋笔,为人文风俗的铺写拓开境地。姚莹评述此赋:"其于藏中山川风俗制度,言之甚详。而疆域要隘,通诸外藩形势,尤为讲边务者所当留意,不仅供文人学士之披寻也。"[1]深明其翔实资料和实用意义。至于《西藏赋》有关达赖与班禅两大宗教统系的阐述,徐松《新疆赋》对边关国际商贸之繁荣的描绘,皆与盛清之世精神相符契,创辟之境,前世所无。

人物歌舞类

在文学史上,人物歌舞的描写早见于《诗经》,如《卫风·硕人》"硕人其颀,衣锦褧衣。……手如柔荑,肤如凝脂,领如蝤蛴,齿如瓠犀。螓首蛾眉,巧笑倩兮,美目盼兮",被后世称誉为"千古颂美人者无出其右"[2]。然与赋体描写相比,仍有隐显详略之别。古代人物赋章,大略有神人与世人两类。神人又以"神女"题材为最,初见于屈子《离骚》之中,发扬于宋玉《高唐》《神女》。如宋玉《神女赋》描摹神女之状:

---

1 《康輏纪行》卷九。
2 姚际恒《诗经通论》。

其始来也,耀乎若白日初出照屋梁;其少进也,皎若明月舒其光。须臾之间,美貌横生。烨兮如华,温乎如莹。五色并驰,不可殚形。详而视之,夺人目精。其盛饰也,则罗纨绮缋盛文章,极服妙采照万方。振绣衣,被袿裳,襛不短,纤不长,步裔裔兮曜殿堂。忽兮改容,婉若游龙乘云翔。

静态与动态描绘结合,使神女形象栩栩如生。魏晋时摹写以人神交欢为旨趣的神女题材之赋家甚多,其中曹植《洛神赋》最著,如描写洛神形态:

其形也,翩若惊鸿,婉若游龙;荣曜秋菊,华茂春松。仿佛兮若轻云之蔽月,飘摇兮若流风之回雪。远而望之,皎若太阳升朝霞;迫而察之,灼若芙蕖出渌波。

而因洛神长吟唤出众神嬉游之状:"体迅飞凫,飘忽若神。陵波微步,罗袜生尘。动无常则,若危若安;进止难期,若往若还。转眄流精,光润玉颜。含辞未吐,气若幽兰。"比宋玉《神女》形象之描写更为自由飞动,亦与诗歌短语隐情不侔。至于"世人"描写,或写美女(如相如《美人》),或写将军(如秦观《郭子仪单骑见虏》),或写艺人(如蔡邕《青衣》),或写丑角(如蒲松龄《酒人》),皆体物赋形,摹写尽肖。

顾恺之《洛神赋图》线描局部

赵孟頫书《洛神赋》局部。右起第二行倒数第五字始,其文曰:"其形也,翩若惊鸿,婉若游龙;荣曜秋菊,华茂春松。髣髴兮若轻云之蔽月,飘飘兮若流风之回雪,远而望之,皎若太阳升朝霞;迫而察之,灼若芙蕖出渌波。"

歌舞可视为人物赋的动态表现，特别是汉晋以来赋成为宫廷贵族之文学，游宴歌舞内容遽增，故成为热门题材。最早以"舞"为题的赋是傅毅的《舞赋》，其性质是宋玉《高唐》《神女》的演绎。其赋序明言："楚襄王既游云梦使宋玉赋高唐之事。"而描写舞态如"其始兴也，若俯若仰，若来若往"一段，拟宋赋痕迹甚明。至张衡写《观舞赋》，始变其神氛而为现实的观赏。如写舞者优美姿态：

搦纤腰而互折，嬛倾倚兮低昂。增芙蓉之红华兮，光灼烁以发扬。腾嫮目以顾眄兮，盼烂烂以流光。连翩骆驿，乍续乍绝。裾似飞燕，袖如回雪。……

倘若说张赋诚如赋序所称，尚属"客有观舞于淮南者，美而赋之"，则萧纲的《舞赋》则已是饮宴之作。其谓"或前异而始同，乍初离而后赴。不迟不疾，若轻若重，盼鼓微吟，回巾自拥。发乱难持，簪低易捧，牵情恃恩，怀娇妒宠"，好色帝王的轻浮之心和求宠宫女的矫揉之态，溢于言表。而唐代如陈嘏等人的《霓裳羽衣曲赋》、阎伯屿等人的《歌赋》，均与当时歌舞艺术发展同步，具有现实的意义。

言志明理类

言志与明理，在文学创作中的表现应该是一整体概念，但从赋创作实际考察,又略有异:言志偏于抒写个人情怀,明理较多哲学的思考。陆机《遂初赋序》曾论及汉晋述志赋云:"昔崔篆作诗以明道述志,而冯衍又作《显志赋》、班固作《幽通赋》,皆相依仿焉。张衡《思玄》、蔡邕《玄表》、张叔《哀系》,此前世之可得言者也。崔氏简而有情,《显志》壮而泛滥,《哀系》俗而时靡,《玄表》雅而微素,《思玄》精炼和惠欲丽前人,而优游清典,漏《幽通》矣。"评述较为系统。对发端于西汉,繁滋于东汉魏晋的言志赋,萧统《文选》新辟"志"类,录班固《幽通》,张衡《思玄》《归田》,潘岳《闲居》四篇,分类甚狭。清陈元龙编《历代赋汇》"言志"类收录崔篆《慰志》等六卷二十二篇,又《补遗》增录曹丕《感物》等三篇,从创作实况看,分类仍窄。比如居天象、地理、情感、旷达、述行甚至咏物类一些作品,很难与"言志"区分。仅据汉代言志赋创作,我认为至少有三种较为明显:一是纯粹仿骚类,如贾谊《吊屈》、严忌《哀时命》、扬雄《反骚》、梁𣗋《悼骚》以及"九"(刘向《九叹》等)"七"(东方朔《七谏》等)体创作;其言志之法,皆吊屈以自悲。二是答难论辩类,有东方朔《答客难》、扬雄《解嘲》、班固《答宾戏》、张衡《应闲》、蔡邕《释诲》、赵壹《解摈》;其言志之法,设驳论以自解。三是铺排明理类,内涵极为丰富:或写不遇(如董仲舒《士不遇》、司马迁《悲士不遇》),或兼述行(如刘歆《遂初》),或直言志(如崔篆《慰志》、冯衍《显志》、丁仪《厉志》、刘桢《遂志》),或论玄理

(《如扬雄《太玄》、刘骃骎《玄根》、张衡《思玄》、蔡邕《玄表》、潘勖《玄达》);然其言志之法,均以赋体铺陈兼取骚体婉曲,述心明理,体达人生哲学境界。从上述三种创作体式来看,赋史发展到魏晋以后,前两类数量明显减少,而第三类与日俱增,且向谈玄明理方向发展。如曹植《玄畅》、阮籍《清思》、杨泉《养性》、傅咸《明意》、李充《玄宗》、仲长敖《覈性》等,皆崇尚玄理。如傅咸《明意》云:

> 春秋既不吾与,日月忽其不屈。周道兮如砥,吉人兮是由;材曲兮枉挠,朽木兮难抽。

寥寥数语,以理涵情。至宋代理学家赋兴,侈言性道,殊多大篇,如范镇之《大报天赋》、徐晋卿之《春秋类对赋》,颇觉词冗意费。然宋人言志明理之赋,亦不乏清奇警策之作。比如范仲淹的易学赋系列(如《穷神知化》《易兼三才》等),清通可诵。他的《以天下心为心赋》中"如天听卑乎惟大,若水善下兮孰当"数语,李调元以为"不知费几许学问,才得此境界"[1]。又如周敦颐《拙赋》:

> 巧者言,拙者默;巧者劳,拙者逸;巧者贼,拙者德;

---

[1] 《雨村赋话》卷五。

巧者凶,拙者吉。呜呼!天下拙,刑政彻,上安下顺,风清弊绝。

几行对句兼综老子"守拙"之心和孔门"教化"之理,而表现出作者如在《爱莲说》中"出污泥而不染"的精神风范。这些赋作文辞未赡,情韵不足,然追求一种理性美,自有别趣。

述行游观类

古人征行,多奔波之劳、迁谪之苦,故形诸文字,或怀古发思,或抚今自怜;然因行旅见闻,渐生山水游趣,辞赋创作由述行而山水游观,自成一大类别。第论山水描写,在述行赋兴起前已早存在,如宋玉《高唐》的景氛、枚乘《七发》的观涛,特别是京都大赋中写景呈象,比比皆是。然不应忽略的是,自述行赋兴起,山水描写则多贯穿了个人的情感,促进了魏晋时代意义相对独立的山水赋的出现。汉代述行赋如刘歆的《遂初赋》、蔡邕的《述行赋》,均穿插了诸如"野萧条以寥廓兮,陵谷错以盘纡"(刘赋)、"冈岑纡以连属兮,溪谷夐其杳冥"(蔡赋)山川景象的描写。行旅游观入赋,至魏晋而大其堂庑。如居"魏晋赋首"的王粲,其著名的《登楼》《游海》二赋皆述行游观之作。如前赋登高而见中州景象:

王粲登樓賦

登茲樓以四望兮聊暇日以銷憂覽斯宇之所處兮實顯敞而寡仇挾清漳之通浦兮倚曲沮之長洲背墳衍之廣陸兮臨皋隰之沃流北彌陶牧西接昭丘華實蔽野黍稷盈疇雖信美而非吾土兮曾何

足以少留遭紛濁而遷逝兮漫踰紀以迄今情眷眷而懷歸兮孰憂思之可任憑軒檻以遙望兮向北風而開襟平原遠而極目兮蔽荊山之高岑路逶迤而脩迥兮川既漾而濟深悲舊鄉之壅隔兮涕橫墜而弗禁昔尼父之在陳兮有歸

歟之歎音鍾儀幽而楚奏兮莊舄顯而越吟人情同於懷土兮豈窮達而異心惟日月之逾邁兮俟河清其未極冀王道之一平兮假高衢而騁力惟懼匏瓜之徒懸兮畏井渫之莫食步棲遲以徙倚兮白日忽其將匿風蕭瑟而並興兮天慘

慘而無色獸狂顧以求群兮鳥相鳴而舉翼原野闃其無人兮征夫行而未息心悽愴以感發兮意忉怛而憯惻循階除而下降兮氣交憤於胸臆夜參半而不寐兮悵盤桓以反側

甲寅初霜息翁書奉中南學長有道時同客杭州

李叔同书王粲《登楼赋》

> 挟清漳之通浦兮,倚曲沮之长洲。背坟衍之广陆兮,临皋隰之沃流。北弥陶牧,西接昭丘。华实蔽野,黍稷盈畴。

又如《游海》观览之景致:

> 登阴隅以东望兮,览沧海之体势。吐星出日,天与水际。其深不测,其广无臬。寻之冥地,不见涯泄。……洪涛奋荡,大浪踊跃。山隆谷窊,宛亶相搏。

王赋虽为抒愤之作,然观其山水描绘,却不乏自然美的鉴赏价值。因魏晋中人多寄情山水,山水媚道之风渐掩述行之苦楚,比如孙绰游道教名胜作《游天台山赋》,那些"赤城霞起以建标,瀑布飞流以界道""跨穹窿之悬磴,临万丈之绝冥"的奇景,已伴随着赋家的步履进入"浑万象以冥观,兀同体于自然"的超远之境。

魏晋山水赋的兴盛,又向两方面衍推:一是专注于一种自然景观的描写,如谢惠连《雪赋》、谢庄《月赋》等,皆因景出情,构思精美;二是描写景候,明四季变化,寄托人生之感慨,如湛方生《怀春赋》、黄滔《秋色赋》等,皆感时抒情,借景明意。唐宋以后,山水游观之赋久变不衰,作家层出不穷[1],或登高,或临水,或怀古,或伤今,或纵目于大化万千宏博之象,或钟情于一花一鸟精美之景,所谓"山川之秀,实生人才;人才之出,益显山川"[2],诚亦赋家钦羡之因。

咏物托喻类

陆机《演连珠》说:"积实虽微,必动于物。"刘勰《文心雕龙·物色》说:"物色之动,心亦摇焉。"心与物之关系,乃文学表现之主题,咏物之章,更是赋家创作最广最多的题材。赋家咏物,有器物、植物与动物之分,又有自然物和创造物之别,然"穷万物之宜"[3],"体物而浏亮"[4],既为赋体所独擅,亦系赋家追求的审美意趣。从创作论来看,赋之咏物方式又缘大赋与小赋结构之异表现出两种企向:一是以汉大赋为代表的"感物造端""体国经野"的特点。在汉大赋中,物态描写极为繁富,言山水,谈鸟兽,皆罗列数十种名词和形容词,以炫人耳目,叹为观止。如相如《上林赋》写水族:

---

1 参见章沧授编《历代山水名胜赋鉴赏辞典》,中国旅游出版社1997年版。
2 王鏊《洞庭两山赋序》。
3 挚虞《文章流别志论》。
4 陆机《文赋》。

魏晋壁画中的人物

蛟龙赤螭,鲲鳣渐离,鰅鳙鳍魼,禺禺魼鳎,揵鳍掉尾,振鳞奋翼,潜处乎深岩。鱼鳖欢声,万物众夥。明月珠子,的皪江靡。

写山形:

崇山矗矗,巃嵷崔巍。深林巨木,崭岩参嵯。九嵕巀嶭,南山峨峨。岩陁甗锜,摧崣崛崎。

至于状山之高峻、高大、不齐、众多、深空、险峻、连属、断绝、相戾、盘屈、对起、倾倒、陡绝、斜平、尖锐、高而长、平而长等,皆有各种形容词加以摹状,甚至"高峻"一意,即有崔巍、峥嵘等二十余种词汇形容,所谓"推而广之,不可胜载"[1]。然汉大赋物态虽丰,要在比德,或颂扬,或讽谏,物只是其他

---

[1] 萧统《文选序》。

题材的陪衬,缺乏独立的咏物意义。

相对而言,另一类以"随物赋形""体物托喻"为创作特点的小品赋,才真正使咏物题材在赋创作领域独立。咏物小赋起于西汉,相传为梁王宾客时枚乘作《柳赋》、邹阳作《几赋》、路乔如作《鹤赋》为之肇端。这类赋至西汉中叶京殿游猎大赋兴而衰歇,至魏晋始盛,凡室宇、器用、鸟兽、鳞虫、草木、花果,无不入赋,且同题反复,为数至多。如曹丕、王粲、应玚、繁钦、傅玄、成公绥同题《柳赋》,即以毕肖其像为佳。繁钦赋云:

> 有寄生之孤柳,托余寝之南隅。顺肇阳以吐芽,因春风以扬葩。交绿叶而垂葩,转纷错以扶疏。郁青青以畅茂,纷冉冉以陆离。浸朝露之清泫,晖华采之猗猗。

而此类咏物小赋之盛,又与魏晋"体物"风格转移相关。陆机《文赋》提出"赋体物而浏亮",尤以为"无取乎冗长";这种倡扬简明畅达、反对隐晦冗长的审美主张,是具有理论反思与指导创作双重意蕴的。观严可均《全晋文》收陆机赋三十首,亦皆为咏物与抒情两类小赋。然"物无妄然,必有其理"[1],咏物小赋或状人品,或寄讽喻,亦因时而变,反映现实。中晚唐之时,政事衰窳,士风败坏,李商隐有咏《虱》之短赋:

1　王弼《易略例》。

亦气而孕，亦卵而成，晨鹜露鹤，不如其生。汝职惟啮，回臭而多，跖香而绝。

咏微物以表讽情，明示唾骂。宋代党派纷争，明代阉宦毒世，蚊、蝇、蝎、虱诸丑入赋，成为攻讦、批判利器；而晚清之世爱国文士又好以鸦片烟入赋，抵御殖民主义之侵掠，以"叩头虫"入赋，讥嘲奴事异邦之丑陋，短章激情，借物托喻。

1927年《桑梓纪闻》卷一中的《鸦片烟赋》。此文字字稳切，引发时人争相传抄。

科技巧艺类

以科技巧艺为赋的创作题材,在汉晋时代已见端倪,如郑玄、傅玄、傅咸、潘岳的同题《相风赋》,徐干的《漏卮赋》,殷巨的《奇布赋》等,为数甚少,至唐宋以后,始蔚然大观。浦铣《复小斋赋话》上卷云:"唐人赋好为玄言。"所云"玄言",非仅哲理,亦含科技,可以说,真正以科技问题为重要创作取向,且兼括科技史料和科学研究的赋作,宜为唐人初创。有关唐代科技巧艺赋数量的剧增以及这类赋的价值,我曾撰文《说〈浑天〉谈〈海潮〉——兼论唐代科技赋的创作与成就》[1],因为从唐代科技巧艺赋的创作内容来看,以天文学为最,其中又包括天体现象与岁时历法两方面。论天体,则如《灵台》《浑天》《老人星》《新浑仪》《北斗》《观风台》《测景台》《众星拱北斗》《众星环北极》《雷发声》《气赋》等;论岁历,则如《刻漏》《太阳合朔不亏》《击柝》《闰赋》等,虽多取则天象,以喻人事,然其中对天文学知识的介绍与发明,是值得重视的。其次为器物创造,如《度赋》《大厦》《指南车》《大章车》《水轮》《舟赋》等,于其对技术与工艺的刻摹中可窥赋家的审美追求。再次为天文与地理交叉类的创作,如《海重润》《盖地图》《盐池》《海潮》《融结为河岳》等,由命

---

[1] 载《南京大学学报》1999年第1期。

题到写作,皆迥异一般山水赋作,能寄哲理思考于科学知识。在诸多赋作中,杨炯的《浑天赋》和卢肇的《海潮赋》皆精心制作,为唐科技大赋的代表。试观杨赋首论浑天之本的一节:

> 原夫杳杳冥冥,天地之精;混混沌沌,阴阳之本。……天之运也,一北而物生,一南而物死;地之平也,影短而多暑,影长而多寒。太阴当日之冲也,成其薄蚀;众星傅月之光也,因其波澜。乾坤阖辟,天地成矣;动静有常,阴阳行矣。

杨氏接受了前人太虚生物的元气论,天圆地平的宇宙观,天体因黄、赤道运行并以二至、二分为主的气节观,以及暗虚薄蚀诸思想,基本反映了当时浑天家对天体结构的研究成果。与之相比,卢赋在科学史上创辟尤多。如《海潮》论事,作者排比出如太阳与海潮、月亮朔望与潮之大小、海潮的周期性等有关潮汐的十四个问题,逐一解答,其炫博骋学,历代论潮诸家无出其右。特别是以杨、卢赋为代表的唐科技赋皆由具体科学问题阐论,淡褪传统论天地自然赋的游仙神氛,着力于现实社会与人生,在科技史与赋史上均有贡献。

唐以后科技巧艺赋的创作基本传承唐人,惟随科技进程，题材或有拓展。如南宋学者李东垣著《药性赋》，分寒性、热性、温性、平性四大类，分述解析中药近三百种，堪称赋学之独创，医家之指南。明清时代，西学东渐，奇巧则如眼镜、自鸣钟等纷纷入赋，而科技则电光声气，亦令人耳目一新。如晚清赋家章桂馨写《电报赋》赞美泰西科技"关山咫尺"而"夺天工之巧"云：

电火流红，电轮飞紫，列缺前身，阿香知己。收取爂光，融成镪水，雷车砰訇，骏马疾。一刻千程，纵声万里。……到处有声，传时不见，晨递霜寒，宵驰日练。有如空谷，响答千峰；又似听筒，声延一线。

19世纪西方电报事业发展，对长期闭国的清人来说，受此启蒙，自生惊奇，而融诸赋史，更见精光摇曳，前无古人。值得注意的是，由于赋擅长体物叙事的功能，结合科技巧艺的阐发描绘宜显明而不宜隐晦，所以入文学，也是宜赋不宜诗，古代科技类赋的价值可由此文体特征勘破。

怀古言情类

文学抒情，为各体共意，而赋之怀古言情，已多见诸述行游观之作，与诗歌创作也无大异。但是，就赋学之独造而言，有两种表情方式值得注意：一是"吊屈"情结。从体类

吊屈原賦

賈誼

恭承嘉惠兮俟罪長沙，仄聞屈原兮自湛汨羅。造托湘流兮敬吊先生，遭世罔極兮乃隕厥身。嗚呼哀哉兮逢時不祥，鸞鳳伏竄兮鴟鴞翱翔。闒茸尊顯兮讒諛得志，賢聖逆曳兮方正倒植。謂隨夷溷兮謂蹠蹻廉，莫邪為鈍兮鉛刀為銛。吁嗟默默生之亡故兮，斡棄周鼎寶康瓠，騰駕罷牛驂蹇驢兮，驥垂兩耳服鹽車。章甫薦履漸不可久兮，嗟苦先生獨離此咎。

訊曰：已矣國其莫吾知兮，子獨壹鬱其誰語。鳳縹縹其高逝兮，夫固自引而遠去。襲九淵之神龍兮，沕深潛以自珍。偭蟂獺以隱處兮，夫豈從蝦與蛭螾。所貴聖人之神德兮，遠濁世而自藏。使麒麟可係而羈兮，豈云異夫犬羊。般紛紛其離此郵兮，亦夫子之故也。歷九州而相其君兮，何必懷此都也。鳳凰翔于千仞兮，覽德輝而下之。見細德之險微兮，遙增擊而去之。彼尋常之汙瀆兮，豈容吞舟之魚。橫江湖之鱣鯨兮，固將制於螻蟻。

石斋书《吊屈原赋》

看,这是仿骚体赋的共同特征,就题材论,则肇始于贾谊的《吊屈原赋》。据《汉书》本传载:贾谊遭周勃、灌婴等将相大臣谗忌,于汉文帝四年(前176年)贬长沙王太傅,渡湘水而怀屈原,哀其不幸,抒发遭谗迁谪之愤。赋中云:

乌乎哀哉兮,逢时不祥。鸾凤伏窜兮,鸱鸮翱翔。阘茸尊显兮,谗谀得志,贤圣逆曳兮,方正倒植。谓随夷溷兮,谓跖蹻廉。莫邪为钝兮,铅刀为铦。

这种"方正倒植""贤圣逆曳"的情绪,千年吊屈赋家,一脉相承。如明人王守仁上疏忤抗权阉刘瑾,谪贬途经沅湘作《吊屈原赋》,揭示的也是那种忠愤自沉的悲剧和蔑视谗佞的品格。由"吊屈"拓展,历代赋家又有吊伍子胥、廉颇、严光、曹操、岳飞等作品,发思古幽思,寄人生情怀,哀怨情氛,一以贯之。当然,也有如近代学者章太炎反意为之,作《吊伊藤博文赋》,以诙谐的笔法鞭笞日本军国主义者伊藤博文的丑行,淋漓痛快。二是将一种情绪作为描写对象,以寄发赋家的独特感情。这类赋的代表作品如《梦赋》(王延寿)、《笑赋》(孙楚、袁枚等)、《别赋》《泣赋》《恨赋》(江淹)、《拟恨赋》(李白、李东阳等)、《愁赋》(符载、王世贞等)、《望赋》(刘禹锡)等,其中以江淹《别》《恨》两赋最为著名。如《别赋》以"黯然销魂"四字提起,凸现"别"字,许梿《六朝文絜》谓"起四字无限凄凉,一篇之骨",得其精神。继以显贵、剑客、从军、出使、伉俪、游仙、情侣七种人的各自特点,描绘"别"这一特殊的心理情绪。如写从军之别:

> 或乃边郡未和,负羽从军。辽水无极,雁山参云。闺中风暖,陌上草薰。日出天而耀景,露下地而腾文。镜朱尘之照烂,袭青气之烟煴。攀桃李兮不忍别,送爱子兮沾罗裙。

行者陌上,居者闺中,情景融织,将游子、思妇之别离感受,刻画得极为逼真细腻。诗歌创作,亦多抒发别情,然像这般将"别"情作对象化的铺排描写,实为罕见。

论文谈艺类

以赋体论文谈艺,初以咏物形式,如贾谊《虡赋》、傅毅《琴赋》、王褒《洞箫》、马融《长笛》,自晋人陆机《文赋》始开专论,后继有唐白居易《赋赋》、司空图《诗赋》,清沈叔埏《文心雕龙赋》等,成一创作系列。这类赋既为赋体文学创作,又是重要的文艺批评论文。如陆机《文赋》即以形象精美的语言讨论了有关文源、文体、主体、创作、语言、风格六方面的文艺批评问题。试观其对创作思维过程的描述:

其始也,皆收视反听,耽思旁讯,精骛八极,心游万仞。其致也,情曈昽而弥鲜,物昭晰而互进;倾群言之沥液,漱六艺之芳润;浮天渊以安流,濯下泉而潜浸。于是沉辞怫悦,若游鱼衔钩而出重渊之深;浮藻联翩,若翰鸟缨缴而坠曾云之峻。收百世之阙文,采千载之遗韵;谢朝华于已披,启夕秀于未振;观古今于须臾,抚四海于一瞬。

作者以精心的艺术构思和俊秀的词语,为读者展示了文学创造的驰骋空间和自由想象,其赋作本身,也是一篇"其会意也尚巧,其遣言也贵妍"的佳构。统计数量表明,论文谈艺赋更多小品,例如蔡邕《弹棋》、束晳《读书》、吴均《笔格》、薛收《琵琶》、司空图《诗赋》、黄庭坚《东坡居士墨戏》、惠洪《墨梅》、张惠言《邓石如篆势》等,皆以明晰短语阐发赋家对文艺的一得之见。如束晳《读书赋》写"耽道先生"之"澹泊闲居",是通过对读书的点滴体悟和艺术感受,达到一种人生的境界。而司空图《诗赋》语简意远,尤多文学性的开拓:

神而不知,知而难状;挥之八垠,卷之万象。河浑沈清,放恣纵横;涛怒霆踬,掀鳌倒鲸。镜空攫璧,峥冰掷戟;鼓煦呵春,露溶露滴。

赋心神奇，诗情纵逸，疏朗勾勒，境界弘远。其它如黄庭坚《东坡居士墨戏赋》以"天才逸群，心法无轨；笔与心机，释冰为水"两句涵括东坡画艺，以精彩点拨，妙契意境见胜。

寓言故事类

这类题材的赋可分为两种，一是文人借古籍中的寓言典故敷衍成赋，以渲染自己的生存处境和表达某一思想或理念。比如蒋防的《草上之风赋》用《论语》的典故，王起的《烹小鲜赋》用《老子》的典故，陈仲节的《得鱼忘筌赋》用《庄子》的寓言，郗昂的《蚌鹬相持赋》用《战国策·燕策》的寓言，皆借题发挥，往往阐发人生处世之道和推衍圣人之意，且以应制赋居多。另一是民间流传的故事赋，属非文人创作的俗赋系统，其内容主要也是演绎历史故事或寓言故事，以阐发某种道理。这种题材的赋在上世纪末发现的敦煌文献中，即有《晏子赋》《燕子赋》和《韩朋赋》等作。1993年3月，江苏连云港市东海县尹湾村发掘汉墓，出土了西汉《神乌傅（赋）》残简，使学界认识到民间故事赋早在汉代即已存在的事实。据经整理后的《神乌赋》残简，一说赋文主要讲述了雌雄二鸟在阳春三月筑巢而遇盗鸟偷盗，雄鸟搏斗受伤，盗鸟完好，雄鸟临终求雌鸟同死，雌鸟则言风云莫测，世事艰难,独自高翔而去的故事[1]。另一说认为雌鸟被盗鸟打伤,断然求死,雄鸟欲同殉,后在雌鸟的嘱托下"高翔而去"[2]。比较而言,后说差是。然这篇赋通过三只鸟的纠葛故事揭露人世险恶及赋家"哀哉穷通"的高蹈思想,大致不讹。

相比而言,唐代敦煌俗赋如《燕子赋》构篇情节与《神乌赋》类似,只是语言更为生动,故事更加详细。如《燕子赋》写鹞奉凤凰之命捉拿盗夺燕巢的"雀儿",用了数百字篇幅详加描绘,极为生动有趣。而赋中诸鸟拟人化的对白,用语俚俗,令人发噱。试观黄雀侵占燕巢后,得意忘形地自夸海口:

> 得伊造作,耕田人打兔,蹑履人吃朦,古语分明,果然不错;硬努拳头,偏脱胳膊,燕若入来,把棒撩脚。伊且单身独手,喽我阿荞萨斫,更被唇口嗫嚅,与你到头尿却。

语言俚俗,却极富个性,黄雀的狂妄形象,跃然纸上;而其描写自由活泼,更显民间文学的特征。

---

1 参见滕昭宗《尹湾汉墓简牍概述》,载《文物》1996年第8期。
2 参见周凤五《新订尹湾汉简神乌赋释文》,载《第三届国际辞赋学学术研讨会论文集》,1996年12月。

四海於一瞬然後選義按部鈞若翰鳥纓繳而墜曾雲之峻收百世之闕文採千載之遺韻謝朝華於已披啟夕秀於未振觀古今於須臾撫

"其始也,皆收视反听,耽思旁讯。精骛八极,心游万忍(仞)。其致也,情瞳曨而弥鲜,物昭晰而互进;倾群言之沥液,漱六艺之芳润;浮天渊以安流,濯下泉而潜浸。于是沉辞怫悦,若游鱼衔钩而出重渊之深;浮藻联翩,若翰鸟缨缴而坠曾云之峻。收百世之阙文,採千载之遗韵;谢朝华于已披,启夕秀于未振;观古今于须臾,抚四海于一瞬。"唐陆柬之书陆机《文赋》局部。

上述十二类赋创作题材，此其荦荦大者，至于魏晋宋元文人好为园林闲适类赋，隋唐以后出现的试帖酬和类赋，明清时代大量的谐谑游戏类赋，因与诗文相近，故不作专门梳理。仅就十二大类题材的赋作情况来看，第一、二、三、四、八、九、十、十二类堪称赋之独擅，而第五、六、七、十一类虽它体（如诗歌）亦擅，但其对人物、哲理、山水、文论的描绘，赋体仍以其铺陈方式显示出独造之境，这又决定于赋体艺术的个性化特征。

辞赋的艺术特征

赋作为独立文体，兴于战国，盛于两汉，经晋唐以来千年衍递，自成统绪。近人刘咸炘《文学述林·文变论》云："赋之于诗，诗之为词，词之为曲，其变也，乃移也，非代也。盖诗虽兴而赋体自在也。铺陈物色固有宜赋，不宜诗者矣。"此从诗体因时而变着眼，却接触到了赋体"自在"的意义。从文学史的角度看待赋体的独立，古人颇有诸如"体物浏亮""体物写志"类只语片言，而从文学理论批评的层次探讨赋的创作特征及审美内涵，则尤为零散，更没有构成完整的批评形式。究其因，关键在古人"以诗代赋"批评观的一灯相传。缘于"以诗代赋"批评，一则因诗三百在汉代凝定为"经"，批评家以赋继《诗》，故多在思想上提升其地位，即

"与《诗》之讽谏何异"[1]"体则风雅"[2]云云；二则在艺术形式上比附于《诗》，轻视其特色，程廷祚《骚赋论》谓："至于赋家，则专于侈丽宏衍之词，不必裁以正道，有助淫靡之思，无益于劝戒之旨，此其所短也。"实为典型。因此，古代赋论家对赋的形式美缺乏应有的重视和研究，也是顺理成章了。

法国艺术批评家丹纳在《艺术哲学》中认为"美学的第一个和主要的问题是艺术的定义"，而艺术定义后的"主要特征是一种属性；所有别的属性，或至少是许多别的属性，都是根据一定关系从主要特征引申出来的"[3]。一种狭义的文体艺术同样需要定义，而在"正名"之后，赋的主要属性从词源学考虑就是铺陈，什么夸张之特技、奇幻之构想，以及修饰之藻采等，皆由此引申而来，构成赋体艺术的复合整体。从这一思路生发，且以其他文体为参照，赋艺审美特征可概括为四美，即修辞美、描绘美、结构美与才学美。

从语言学的角度考察赋的创作特性，赋是一种典型的修辞艺术。章太炎《国故论衡·文学总略》说："小学亡而赋不作。"是从文字学的角度看的，然就赋作品本身的鉴赏论，赋并非文字的堆砌，而是以修辞为美的。晋人葛洪认为："《毛诗》者，华彩之辞也，然不及《上林》《羽猎》《二京》《三

1　司马迁《史记·司马相如传赞》。
2　《文选》卷五十《宋书·谢灵运传论》李善注引《续晋阳秋》。
3　《艺术哲学》第一编第一章《艺术品的本质》，安徽文艺出版社1991年版傅雷译本第51页、第65页。

都》之汪秽博富也。……若夫俱论宫室,而奚斯路寝之颂,何如王生之赋灵光乎?同说游猎,而《叔畋》《卢铃》之诗,何如相如之言上林乎?并美祭祀,而《清庙》《云汉》之辞,何如郭氏《南郊》之艳乎?等称征伐,而《出车》《六月》之作,何如陈琳《武军》之壮乎?则举条可以觉焉。"[1]很显然,赋不仅内含丰富的语言修辞材料,而且本身就是修辞方法的审美实践。这又主要表现在三个方面:其一,赋的口诵特征决定其追求一种听觉之美,而形诸文字,自然表现出修饰的视觉效果;换言之,吟唱的诗歌重音律,口诵的辞赋更重词采。司马相如《上林赋》一段描写水流、水势、水声的文字:

> 出乎椒兰之阙,行乎洲淤之浦,经乎桂林之中,过乎泱漭之野。汩乎混流,顺阿而下,赴隘之口。触穹石,激堆埼,沸乎暴怒,汹涌澎湃。滭弗宓汩,偪侧泌滞。横流逆折,转腾潎洌。滂濞沆溉,穹隆云桡。宛潭胶戾,逾波趋浥。涖涖下濑,批岩冲拥。奔扬滞沛,临坁注壑。瀺灂霣坠,沈沈隐隐。砰磅訇磕,潏潏淈淈。湁潗鼎沸,驰波跳沫。汩濦漂疾,悠远长怀。寂漻无声,肆乎永归。然后灏溔潢漾,安翔徐回。翯乎滈滈,东注太湖,衍溢陂池。

---

[1] 《抱朴子》外编《钧世》卷第三十。

汉画像石《农作·养老图》，此图左下为水域，内有舟楫、鱼、莲蓬、水草等。见《中国画像石全集》第七卷《四川汉画像石》，河南美术出版社、山东美术出版社2000年版，第40页。

这里先用"出""行""经""过"四个动词勾画水流路线,继以大量的形声字摹拟水流的声音,用大量形容词描绘水的流向与动态,音声抑扬,词汇繁富,在强调听觉效果的同时,也打消了听觉与视觉的隔膜[1]。也正是赋的口诵作用并由此产生的美文效果,西汉赋家王褒侍太子(元帝)病榻时"朝夕诵读奇文及所自造作",乃至太子平复后"喜褒所为甘泉及洞箫颂,令后宫贵人左右皆诵读之"[2]。体物大赋如此,抒情小赋亦保存着口诵的艺术特色。如陶渊明的《闲情赋》"愿在衣而为领,承华首之余芳;悲罗襟之宵离,怨秋夜之未央"等"十愿"描写,词采纷纭,即重口诵效果,以致毛先舒批评"声响之徒借为辞柄,总是未彻《风》《骚》源委"[3]。其二,由于诵读需要,赋的用韵方式亦有通篇合韵或韵散夹杂两种,尤其是散体大赋兴起,用韵作用渐屈服于文辞,韵散相杂现象也就成为赋的一个重要修辞特征。据文献可考,先秦文学有一渐进过程。从早期歌谣和甲骨卜辞来看,很多是以音乐性质为主而缺乏意义的。至姬周文明兴起,一方面诗歌向注重修辞发展,如诗三百的铺叙与比喻;一方面散文串杂用韵,如《书》《礼》中颇多合韵文字,诸子散文这种现象更加普遍,其中"多用韵文,唯老子独密"[4],尽管如此,阮

---

1 参见万光治《汉赋通论》,巴蜀书社1989年版第324页。
2 班固《汉书·王褒传》。
3 毛先舒《诗辩坻·总论》。
4 邓廷桢《双砚斋笔记》卷三。

元《文言说》认为其"寡其词,协其音,以文其言,使人易于记诵",还是明显的。所以,真正接受先秦诗、文用韵形式,增强修辞效果,并发扬这种优势提升到一自觉的创作境地,则为赋体的贡献。其三,赋注重文词的修饰作用,所以在赋创作中各种修辞方法诸如比喻、摹状、仿拟、拈连、讽喻、夸张、复叠、对偶、排比等等,应有尽备,然与其他诗文之不同,则在赋家更着意于藻采。刘勰《文心雕龙·丽辞》云:

> 自扬马张蔡,崇盛丽辞,如宋画吴冶,刻形镂法。丽句与深采并流,偶意共逸韵俱发。……故丽辞之体,凡有四对。……长卿《上林赋》云"修容乎礼园,翱翔乎书圃",此言对之类也。宋玉《神女赋》云"毛嫱鄣袂,不足程式;西施掩面,比之无色",此事对之类也。仲宣《登楼》云"钟仪幽而楚奏,庄舄显而越吟",此反对之类也。孟阳《七哀》云"汉祖想枌榆,光武思白水",此正对之类也。

辞赋藻采,要在骈词偶句,刘勰谈丽辞之兴之美,皆围绕赋体文学设论,显然易晓。汉代赋家扬雄从赋的作用区分两类赋作谓"诗人之赋丽以则,辞人之赋丽以淫"[1],肯定

---

1 《法言·吾子》。

赋体之"丽",自不待说;而其出于儒经思想对辞人赋"丽以淫"的批评,也恰好道破赋文在脱离诗歌的轨道上愈来愈显的审美导向。《南史·张融传》载:"融作《海赋》,文辞诡激,独与众异。后示顾凯之,凯之曰:'卿此赋实超玄虚(木华),但恨不道盐耳。'融即求笔注曰:'漉沙构白,熬波出素。积雪中春,飞霜暑路。'此四句后所足也。"顾氏赞美融赋,在"文辞诡激",又以征实心态责求融赋,而观融赋后补写"盐"四句,尤见文辞诡激,修饰藻采之功。赋之藻丽,于斯可见。

从创作论来看,赋以描绘性为其文体的基本特征。文学描绘与描绘性文体义域不同,前者是文学创作的共性,后者则是赋体文学所独有,虽然从文学描绘的产生到描绘性文体的形成有着漫长渐进的发展过程。由于赋以炫才骋学、体示万物见长,故其赋作中无论表现抒情、叙事,还是论说诸内涵,充分地描绘可说是唯一的功能,这使之与诗歌之隐秀婉曲划出疆界。对此,清代文学批评家出于"诗赋不同"[1]的理论视角,尝以为"诗有清虚之赏,赋唯博丽为能"[2]、赋之"化工妙处,全在随物赋形"[3],均说明赋重描绘的特色。夷考赋体描绘,要在两端:

1　吴乔《围炉诗话》卷二。
2　王芑孙《读赋卮言·审体》。
3　李重华《贞一斋诗说》。

一曰直陈铺叙。《诗大序》孔颖达正义云:"诗之直陈其事不譬喻者,皆辞赋也。"此虽就《诗》中直陈叙事篇章言,然赋之直陈显豁,铺张叙事,诚为共识。刘熙《释名》"敷布其义谓之赋"、陆机《文赋》"赋体物而浏亮"、成公绥《天地赋序》"赋者,贵能分理赋物,敷演无方"、刘勰《文心雕龙·诠赋》"赋者,铺也,铺采摛文,体物写志"云云,皆从赋体特质着眼,明其直陈描写之意。试比较汉乐府鼓吹曲辞《上林诗》[1]与相如《上林赋》有关上林苑物状的描写:

> 沧海之雀赤翅鸿,白雁随(堕)。山林乍开乍合,曾不知日月明。醴泉之水,光泽何蔚蔚。芝为车,龙为马,览遂游,四海外。(《上林诗》)
>
> 君未睹夫巨丽也,独不闻天子之上林乎?左苍梧,右西极。丹水更其南,紫渊径其北……(以下略去写水名、水流、水势、水态202字。)于是乎蛟龙赤螭,鲖鳙渐离……(以下略去写水中动物、植物107字。)于是崇山矗矗,巃嵷崔巍……(以下略去写山形、山势与山中物产162字)于是乎周览泛观,缜纷轧芴,芒芒恍忽……(以下略去"其南""其北"季节与动物78字。)于是乎离宫别馆,弥山跨谷……(以下略去宫室名物、形势、珍奇

---

[1] 《上林诗》,旧题《上陵》,题与诗中"上陵""山林"皆"上林"之误,从逯钦立《先秦汉魏晋南北朝诗》说。

149字。)于是乎卢橘夏熟,黄甘橙楱,枇杷橪柿……(以下略去宫室间四季果木及情景167字。)于是玄猨素雌……(以下略去林间灵巧动物名称、行为、姿态53字。)若此者数百千处,娱游往来,宫宿馆舍。庖厨不徙,后宫不移,百官备具。(《上林赋》)

对照之下,可见前者寥寥数语,不着边际;后者仅写上林物态(以下尚有大段描写人物行为),已达一千余言,华彰之辞,汪秽博富。而这种直陈铺叙功能,正为赋体文学作为人对自然事物作对象化审美观照和人对外部世界整体性审美观照的艺术所决定。即如抒情短篇,如王粲《登楼赋》继"人情同于怀土兮,岂穷达而异心"的感叹后,复写其怀才不遇情怀与异乡战乱景象云:

惧匏瓜之徒悬兮,畏井渫之莫食。步栖迟以徙倚兮,白日忽其将匿。风萧瑟而并兴兮,天惨惨而无色。兽狂顾以求群兮,鸟相鸣而举翼。原野阒其无人兮,征夫行而未息。心凄怆以感发兮,意忉怛而憯恻。循阶除而下降兮,气交愤于胸臆。

文字虽少,然直陈铺写所见所感,描摹物态与心态,与汉大赋一致。因此李元度《赋学正鹄》评王赋"段落自明,文意悠然不尽,此汉赋规模也"。就是被后人视为欲写又罢、婉曲难言的向秀《思旧赋》,从仅存的文句看,其用典抒情,也是以铺张的手法表达的。赋"文锦千尺,思理秩然"[1],因与其体之描绘性相关,非徒汉大赋之铺排。

二曰虚构夸张。赋发展到汉代,充分提高了中国文学进化初期对自然外物体认、把握、摹现的水平,发展了先秦文学人与自然的关系,如神话之幻构、诗之起兴、骚之象征、诸子纵横散文之骋辩,从而以描绘艺术扩大和深化了再现自然和表现自然的能力和范围。从这层意义考虑,颇遭古代批评家非议的虚构夸张,应该属于描绘性文体之赋的必不可少的性征与特色。再以赋圣司马相如为例,他的《上林赋》虽有具体描写对象,然叙分界则曰"左苍梧,右西极",举四方则曰"日出东沼,入于西陂",言狩猎所极则曰"江河为阹,泰山为橹",环四海皆为天子苑囿,创造的是一个无限广袤的虚幻世界。他的游仙之作《大人赋》更是一篇虚构作品,以致天子得之"飘飘有凌云之气,似游天地之间意"[2]。对此,晋人颇多微词。如皇甫谧《三都赋序》云:"宋玉之徒,淫文放发,言过其实,夸竞之兴,体失之渐,风雅之则,于是乎乖。……而长卿之俦,过以非方之物,寄以中域,虚张异类,托有于无。"左思自撰《三都赋序》亦批评相如、扬雄、班

1　王世贞《艺苑卮言》卷一。
2　司马迁《史记·司马相如列传》。

章炳麟节录左思《三都赋序》中的句子:"盖诗有六义,其二曰赋。先王采焉,以观士风。见'绿竹猗猗'则知卫地淇澳之产,见'在其版屋'则知秦野西戎之宅,故能居然而辨八方。"

固、张衡诸赋"假称珍怪,以为润色","于辞则易为藻饰,于义则虚而无征"。然而值得重视的是,对汉赋"虚滥"的批评,不始于晋人,而是在东汉班固、蔡邕等赋家已大张其帜,以后如挚虞、左思以至唐代王勃等,皆倡反赋淫靡理论,这固然与东汉以后文学征实思潮相关,但更重要的是反映了赋"托有于无"的夸饰风格。也正因此,上举批评家对汉赋虚词滥说提出质疑的同时,自己的辞赋创作同样表现出虚构与夸张。比如班固在《汉书》中对西汉赋家虚夸颇多批评之语,然观他作《东都赋》颂扬光武中兴所云"于是圣皇乃握乾符,阐坤珍,披皇图,稽帝文,赫然发愤,应若兴云",皆图谶浮虚之言,殊无征应。而左思、王勃自撰赋作,并非拘求实际,却同是以夸张藻采见奇于时的。迨至盛唐之世,李白撰《大猎赋》并自序谓:"相如、子云竞夸辞赋,历代以为文雄,莫敢诋评。臣谓语其略,窃或褊其用心。"对照李白《大猎》与扬、马诸赋,李赋欲为穷壮极丽,表现盛唐气象,尤重夸张作用,此固与其诗心的天真狂放相关,然其批评汉人"褊其用心"更壮其势与词,实质还是赋自身虚构夸张性质的延伸和拓展。

  赋体本质,就空间艺术而论,其创作无论是客观性描写,还是主观性描写,无论是静态描写,还是动态描写,以描写为表现功能所展示的艺术形态和审美意识,则是共同的。而从时间概念出发,尽管赋体文学在历史流程中呈示出复杂的现象和衍变的趋势,如汉赋以体物为主的夸饰铺排,魏晋六朝赋出现的抒情与写物二元游离现象,唐宋时代赋随诗歌艺术的成熟向物我、情景、意象互契和谐的转化,然赋之描绘性特征,却仍是宏观评价赋艺文学史作用的主旋律。

如果说中国古代诗歌创作追求的是一种意境,散文创作追求的是一种理趣,则赋体虽介乎二者之间,同有意境与理趣的追求,但其卓然独立的,更在一种结构美。当代学者尝以西方结构理论评析中国古典文学,我以为于赋体尤为契合。据法国结构主义文艺批评家谢拉·谢奈德的理论,文艺批评有三条经验:一是作品的结构由其本身的结构决定,而不能由其他的外界因素强加于作品;二是作品的结构是一个内在框架,它体现客观对象的可知性;三是对作品结构进行分析可以发现新意义[1]。这第一条经验,可对参赋体文学铺陈描绘、参伍错综的艺术特征。第二条经验则与赋艺兼括经纬交织之赋迹(形式)与总揽人物之赋心(内容)契合。第三条经验可启发读者了解,赋的审美价值常不在作家的创作动机或曲终奏雅的结果,而是作家为表现其创作精神和艺术思想形成的结构;在此结构中,内蕴着赋家潜在审美的深层意趣。汉代体物骋辞大赋,描述天地山川、日月星辰、花草树木、飞禽走兽、宫室楼台、人物服饰、豪聚宴饮、狩猎巡游等,一方面是反映盛汉现实,然更重要的是为其整体结构之艺术模式所决定。缘此,赋家的具体分述如相如《子虚》叙云梦之山、土、石,由东南西北四节分写,而南西北三节中,复述高埠、中外、上下,综叙草木、鸟兽、鳞甲之

---

[1] 参见文化部教育局编《西方现代哲学与文艺思潮》,上海文艺出版社1987年版。

属,雄夸藻饰,繁类成艳。相形之下,汉诗汉文绝无这般气象,究其因在赋家追求的是经纬交织、符采相胜的结构美。《西京杂记》载司马相如答盛览问作赋云:"合綦组以成文,列锦绣而为质,一经一纬,一宫一商,此作赋之迹也。赋家之心,苞括宇宙,总览人物,斯乃得之于内,不可得而传也。"刘勰《文心雕龙·诠赋》论立赋"大体":"丽词雅义,符采相胜,如组织之品朱紫,画绘之著玄黄,文虽新而有质,色虽糅而有本。"祝尧《古赋辨体》卷三评骋辞大赋之美:"取天地百神之奇怪,使其词夸;取风云山川之形态,使其词媚;取鸟兽草木之名物,使其词赡;取金璧彩缯之容色,使其词藻;取宫室城阙之制度,使其词庄。"诸说角度或异,但均能反映赋内在框架体现客观现象的结构。如果借用西方完形心理学术语,汉大赋组织结构已形成一特定的"格式塔"(Gestalt),这一"格式塔"包含了诸如铺陈描绘、颂德讽喻、宏衍巨丽、依类托寓、兼包才学、穷物之变等因素。因此,后代赋家每欲振兴赋学,无不规摹汉赋"格式塔"。

汉代体物大赋如此,而历代仿骚之赋以及抒情咏物诸小赋,同样不可能脱离赋体自身的结构美创作特征。试以张衡《思玄赋》为例。这是一篇仿骚言志抒情赋,其游离于体物而阐发玄思,意象飘忽,似乎很难把握,倘从整体原则分析全赋结构,则可清晰看到这样几个层次:其一,赋首标先哲"玄训",明思玄之意。其二,继以作者自诩"不群而介立"的孤高人格与"泯规矩之圆方"的混乱世道对照,激活起"不抑操而苟容兮,譬临河而无航"的人生忧患。其三,由此生出尘外之思、神游之词,试图摆脱一切明与暗、吉与凶、是与非、荣与辱的缠绕,得"精粹""脱俗"心情。其四,经星际游行进入"载太华之玉女兮,召洛浦之宓妃"的神话境界。其五,在众仙侣"咏诗而清歌"的吟讴声中,作者"精魄回移",进入一种既虚且实、既幻且真的归途。其六,"回移"的"精魄"带着浑茫的神氛灵气和强烈的返归意念休止于与"仁义""逍遥"的当下"仙界",这也是赋家"系诗"点明的"回志揭来从玄谋,获我所求夫何思"的精神世界。由于《思玄赋》兼含游仙、写志内涵,思绪纷杂,古人分段方法很多。如姚鼐《古文辞类纂》按游仙方位与顺序分为东方、南方、西方、中央、北方、入地、仙居、登天八段,曾国藩《经史百家杂钞》则分为自修、伤不遇、卜筮、东方、南方、西方、中央、北方、入地、升天、反本自修十一段,后者兼括游仙、写志,较为全面。回到赋文,由发轫于玄训而旨归于致用的演化历程,我们可以探寻到《思玄》作者人生、艺术徘徊于儒道之间,内含着东汉中后期文人的玄儒心态。这一方面标示了赋体文学创作内涵丰富,一方面又说明通过结构分析易于发现赋家的思想。短篇小赋也是如此。如欧阳修文赋《秋声》,篇制短小,寓意深邃,迥异恒蹊,然观赋中主要部分"秋之为状"的描写,也是结构整饬:

> 盖夫秋之为状也,其色惨淡,烟霏云敛;其容清明,天高日晶;其气慄冽,砭人肌骨;其意萧条,山川寂寥。故其为声也,凄凄切切,呼号愤发。丰草绿缛而争茂,佳木葱茏而可悦。草拂之而色变,木遭之而叶脱。其所以摧败零落者,乃其一气之余烈。

即通过色、容、气、意、声五层次的对衬铺排,使自然之秋的物象与赋家之心的意象在特定的情境中叠合渗融,显出了深层的结构意识。而赋的结构优势,既决定于赋体的描绘性,又与其包容才学的艺术思想契合。

赋作为介乎诗文间的综合性文体,固非一般诗文之形象、理趣、意境所能表现,它的"恢廓声势""征材聚事"博杂之象,还在其重视才学的艺术内涵。刘熙载《艺概·赋概》谓"赋兼才学",并引《汉书·艺文志》"感物造端,材智深美",《北史·魏收传》"会须作赋,始成大才士"论赋"才";引扬雄"能读赋千首,则善为之"论赋"学",得出"古人一生之志,往往于赋寓之","以赋视诗,较若纷至沓来,气猛势恶。故才弱者往往能为诗,不能为赋"的结论。而论赋取博象,炫才骋学,首先与赋家自身的角色或素质相关。早在"与诗画境"的荀卿、宋玉赋创作之初,即与民间隐语、俳优相关。而据《战国策》等史著记叙,好隐与好俳之人皆知识渊博,能言善辩,宋玉也是一位典型的侍奉于楚国宫廷的文人化的俳优。特别是后代戏剧中穿插赋文,如《琵琶记》中《黄门赋》等,诵赋之人多为末角,骋才炫学,可谓渊源有自。关于末角,元人杜仁杰《般涉调·耍孩儿》(庄家不识勾栏)套曲有描绘其表演云:"念了会诗会词,说了会赋与歌,无差错。唇天口地无高下,巧语花言记许多。"可见其胸中烂熟诗文,且有能言善辩、巧嘴利舌的特性。赋入宫廷,以汉代为最,而"汉人作赋,必读万卷书"[1],方能拓其规模,骋其文藻。即如唐宋以后厕身文苑之人,也多因赋学赋才见重于时。如唐李白以《选》赋为蓝本精心模仿[2],杜甫以"精熟《文选》理"[3]惨淡经营而成《三大礼赋》,名噪京师。宋秦观作《黄楼赋》被苏轼誉为"有屈、宋才";周邦彦十七岁游京师"献《汴都赋》万余言,神宗异之,命侍臣读于迩莫阁"[4];金文士宋九嘉"少游太学,有能赋声"[5];明文士陈沂十二岁作《赤宝山赋》,袁中道十余岁作《黄山雪赋》,俞允文十五岁作《马鞍山赋》,皆"援据该博,传诵一时"[6]。至于清代文士胡天游于四方名彦云集的京城"每置酒高会,分题命赋,天游辄出数千言,沉博绝丽,见者咸惊服";袁枚十二岁作《铜鼓

---

1 谢榛《四溟诗话》卷二。
2 参见《酉阳杂俎》卷十二的记载。
3 杜甫《宗武生日》诗句。
4 《宋史·文苑传》。
5 《金史·文艺传》。
6 《明史·文苑传》。

赋》,惊动广西巡抚金,遂得疏荐[1]。诸如此类,例不胜举,然古人重赋之才与学,实一以贯之。

由于赋重才学,故非俭腹之士可率尔操觚。崔瑗论张衡"数术穷天地,制作侔造化。瑰辞丽说,奇技伟艺,磊落焕炳,与神合契"[2];张溥评司马相如大赋"非徒极博,实发于天材"[3],皆重赋家的实学与禀赋。而探讨赋的内容或作用,将不可能忽略讽谏问题。司马迁在《史记》相如本传中认为"相如虽多虚辞滥说,然其要归引之节俭,此与《诗》之风谏何异"。扬雄尝仿相如作赋,意在"以风",然亦于《法言·吾子》中说"靡丽之赋,劝百讽一,犹驰骋郑卫之声,曲终奏雅"。也就是说,赋的讽谏作用与《诗》无异,但其方法确实不同,因为赋在铺陈才学,故不能微言大义,一语破的,而是先纵后收,曲终奏雅。诚如枚乘《七发》,先设六大段文字极言各种美,最后归于微言妙道的政教礼治;相如赋极写云梦之美妙、上林之壮观,终以寥寥之语,归束节俭之意,无怪扬雄从自己的创作经验出发慨叹"不免于劝"了。换言之,接受者对赋家创作隐在雾里云里的作用并不易晓,而是为其博物、美词、气势所吸引,由此又可知虚辞滥说实与赋体以才学为美的艺术构架相关。同样,魏晋以后文人叙事

---

[1] 详见《清史稿·文苑传》。
[2] 崔瑗《河间相张平子碑》。
[3] 张溥《汉魏六朝百三家集题辞》。

言情赋兴起,表现才学仍是赋家所钟情的。比如苏轼《前赤壁》一赋,兼融儒(孟子之仁心)、释(楞严之教义)、道(庄子之坐忘)学问于情景理境之间,殊非一般诗文之表现所能达到[1]。刘熙载说"赋取穷物之变"[2],"穷物"二字,包蕴极广,其中天文、地理、生物、语言、心理、美学、历史、宗教多学科之交叉,亦非它体可比。而赋表才学之艺术特色之兴起及历二千年之不变,尚有两点值得注意:

一是试赋制度的实行。汉赋以"宏衍巨丽"表现大文化之昌明,契合点是献赋制度,此班固《两都赋序》言之凿凿。刘勰复谓:"孝武崇儒,润色鸿业;礼乐争辉,辞藻竞骛。"[3]这既是汉赋崛兴的历史背景,也是赋表才学内含丰富的文化机制。唐宋时以韵律谨整的律赋应试,以类相从,杂采故实,颇遭非议,然朝廷试赋目的和赋家创作初衷,亦以驰骋才学为优。宋初进士孙何论应制律赋云:"非学优材高,不能当也。……观其命句,可以见学殖之浅深;即其构思,可以觇器业之大小。"[4] 这也是唐宋律赋高手"无不先遍读五经"[5]的原因。

二是赋与类书的关系。赋家创作以"类"相从,表博物

---

1 参见拙文《苏赋新论》,载《中国韵文学刊》1994年第2期。
2 《艺概·赋概》。
3 《文心雕龙·时序》。
4 沈作喆《寓简》引孙何《论诗赋取士》。
5 叶梦得《石林燕语》卷八。

之盛,于汉晋时最著。汉晋赋家如枚乘《七发》"离辞连类",司马相如《封禅书》"依类托寓",皇甫谧《三都赋序》"触类而长之",以"类"状"赋",喻博物之意。因此,后人颇以汉晋大赋等同类书辟发其义,如袁枚《历代赋话序》谓:"古无志书,又无类书,是以《三都》《两京》欲叙风土物产之美……必加穷搜博采,精心致思之功。是以三年乃成,十年乃成……今志书类书,美矣备矣。使班、左生于今日,再作此赋,不过采撷数日,立可成篇,而传抄者亦无有也。"值得补充的是,赋与类书的关系实质上是一种文化现象,其内核仍是赋表才学的艺术特征。也正因此,二者关系并不因类书繁盛而终结,如唐代赋繁荣与类书盛行有密切关联,宋人吴淑《事类赋》、徐晋卿《春秋类对赋》之作,变汉晋赋代类书为赋写类书,实借赋的特有功能建构宏大的文化工程。而清代如徐松《新疆赋》等对边陲疆域自然、人文现象全方位铺演描述,既是一篇骈辞大赋,又可视为一部学术典籍。当然,诚如刘熙载《赋概》所说,"赋与谱录不同。谱录惟取志物,而无情可言,无采可发,则如数他家之宝,无关己事",赋与类书不同,亦在其才学美与文学修辞、艺术描绘实为一浑然整体,不可分割。

就恒态言之,赋的艺术特征,已见上述,且基本完形于汉晋;若从变态而论,赋体经二千年而能延续,必有"变则其久"的规律,其于诗文交互间生存,于归复新创中发展,构成动态的赋史演进线索,这又是我们可以进一步继续探讨的问题。

夫閑逸之公安務懷然以扇艷動為怡於以偽閑倦鳴玉以耀名予冬漢柔情於他內茲雅志於高云云戲人生之長勤孰同一盡於百末然寂寞而正坐泛清瑟以自娛

第二讲

辞赋小史

对任何一种文体的研究，都包含了对文学发展历史的研究，对辞赋史的考察，也就必须置放于文学整体发展的大循环、大流变中去认知，方能把握赋体之兴盛衰变规律。关于赋史的研究，日本学者铃木虎雄于20世纪30年代首撰《赋史大要》，其撰史方法，不出三种：一是依朝代划分，即古人所谓汉赋、晋赋、唐赋等。二是依体类分，即"骚赋→大赋→俳（骈）赋→律赋→文赋→股赋"（按，股赋能否成立之争，已见前述）的递进衍化。三是打破朝代与体类，依赋艺主流的衍变发展划分，笔者曾撰论提出由先秦到晋唐诗的散化到赋的诗化，汉大赋经晋唐以诗为赋到宋代以文为赋，晋唐经宋代以文为赋再到元明清赋家仿骚复古的三个演进圈[1]。而依据第三种划分方法，中国二千余年的赋文学史大体可断为三大阶段，即化成光大的上古（先秦至东汉后期）赋、缘情拓境的中古（汉末至唐）赋和复古生新的近古（宋至晚清）赋。

---

[1] 参见拙文《中国辞赋流变全程考察》，《学术月刊》1994年第6期。

从荀子到张衡

战国之际,"唯齐、楚两国,颇有文学"[1],齐之荀卿,楚之宋玉,正是"与诗画境"之赋的肇造者。考荀子《赋篇》五首(礼、智、云、蚕、箴),源自隐语,系对民间口头俗文学的汲取,而寓以儒家政教之意。如《礼赋》的谜面是:

爰有大物,非丝非帛,文理成章。非日非月,为天下明。生者以寿,死者以葬。城郭以固,三军以强。粹而王,驳而伯,无一焉而亡。

继设"臣愚不识,敢请之王"引出"王者"回答,旨归谜底:"致明而约,甚顺而体,请归之礼。"事实上,在赋的谜面部分,作者的理念已十分清晰,张惠言说:"荀子以礼为教,'粹而王'三字,领后三篇。"[2] 可谓知言。荀赋是借用民间文学形式,表现政治理想的。至于《战国策·楚策四》记载他被谗去楚作书谢春申君"因为赋曰"云云,后人视为赋,已属纵横之俦。班固《汉志》别立屈原赋、荀卿赋,系相如等于屈赋后,而清人王芑孙《读赋卮言·导源》以为"相如之徒,敷典摛

---

1   刘勰《文心雕龙·时序》。
2   张惠言《七十家赋钞》卷二。

荀子画像

文,乃从荀法",实取荀赋纵横之意,从创作实践出发感受到汉赋诸家融合屈、荀的审美体验。宋玉赋承继屈辞,而兼得俳戏之意,然其贡献尤在为汉大赋形成的奠基作用。明代学者陈第《屈宋古音考》评宋玉赋云:"盖楚辞之变体,汉赋之权舆。"清代赋论家程廷祚则称宋玉为"赋家之圣",并谓"赋何始乎?曰:宋玉","宋玉以瑰伟之才,崛起骚人之后……由是词人之赋兴焉"[1],皆排斥荀赋的文学性,确立宋赋的历史地位。与荀赋相比,宋赋文学描绘性明显要强得多。如《史记·屈原贾生列传》载:"时(楚)襄王骄奢,故宋玉作此赋以讽之。"指所作《风赋》是一篇言志之作,然观

---

1 程廷祚《骚赋论》。

全赋分别形容"大王之雄风"与"庶民之雌风",极尽描写,更多自抒色彩。如描绘风之物态:

> 夫风生于地,起于青𬞟之末。侵淫溪谷,盛怒于土囊之口。缘于泰山之阿,舞于松柏之下。飘忽淜滂,激飏熛怒。耾耾雷声,回穴错迕。蹶石伐木,梢杀林莽。

至于写雄风之"愈病析酲",雌风之"勃郁烦冤",辅词效志,极为夸张。所以元人郭翼《雪履斋笔记》云:"古来绘风手,莫如宋玉雌雄之论。荀卿《云赋》,造语奇矣,寄托未为深妙。"其他如《神女赋》《高唐赋》描写神女之形神意态,尤为逼真细腻,显其文思尚美,汪秽藻采之功。如前所述,宋赋韵散结合的语言、主客问对的形式和铺采藻饰的描绘,启汉大赋先声,而其中铺采藻饰,最为突出。如《高唐赋》先写巫山高峻,其下江水汹涌,鸟兽骇奔,鱼虫纵横;次写山腰玄木榛林,花果繁茂,险峰峻势,谲诡奇伟;后写当年遨游、祭祀、纵猎等,每事铺叙,极力夸饰。而观其具象,形容处高临危,惊心动魄则云:"倾岸洋洋,立而熊经,久而不去,足尽汗出。"描写波涛孤起则云:"长风至而波起兮,若丽山之孤亩。……崪中怒而特高兮,若浮海之望碣石。"叙述风吹林木则云:"纤条悲鸣,声似竽籁。"刻画山石奇诡则云:"若生于鬼,若出于神,状似走兽,或象飞禽。"层次递进,巧构其形。无怪陈第认为"《子虚》《上林》,实踵此而发挥畅大之耳"[1]。

赋体艺术至西汉中叶(武宣之世)大赋的完成,由蕞尔小邦而蔚然大国。然自战国荀、宋赋至西汉大赋兴起数十年间,已有两类赋创作不可忽略:一是仿骚抒情之作,由贾谊《吊屈》《鵩鸟》启端。这类文人骚体抒情小赋颇受人重视,并与汉代体物大赋相对应,有汉赋"二体"说,即《汉志》所称"贤人失志"赋与《两都赋序》所称"润色鸿业"赋。今人何沛雄说:"体物者,偏于骋词;写志者,偏于抒情;……汉赋名家,多备二体,如司马相如有《子虚》《上林》,亦有《长门》《哀二世》。"[2]这反映了汉赋史的一个事实,即体物大赋兴盛后,骚体抒情时出赋家笔下,相如以后,如扬雄之《反骚》、班固之《幽通》、张衡之《思玄》等,风格迥异于他们的散体大赋。其实,汉赋"二体"并不仅是"体"的问题,在很大程度上是汉世文人双重人格的心理映示,亦即一则受大一统政治的鼓舞,出于致用心态和补衮心态制作大赋颂上德、通讽喻;一则在强大帝国集权专制压抑下出于自省心理以抒泄人生内在的苦楚。但在盛汉时代,这种仿骚抒情赋显然只是大赋创作的心理补充。

另一类是咏物小赋。据《汉志·诗赋略》著录,荀赋一系、秦汉间杂赋及文景之世藩国君臣赋多已不存,今文献孑

---

1 《屈宋古音考》。
2 何沛雄《赋话六种·读赋零拾》,香港三联书店1982年版。

遗仅刘安《屏风》[1]，淮南小山《招隐士》[2]，刘胜《文木》，梁孝王藩臣枚乘《柳》，路乔如《鹤》，公孙诡《文鹿》，邹阳《酒》《几》，公孙乘《月》，羊胜《屏风》[3]数篇，仿荀赋而变其隐语性质，代表了初汉小赋咏物直陈的风格。而作为大赋前驱和基础的小赋的衰退，关键在汉代"体国经野，义尚光大"之大赋的出现。王芑孙《读赋卮言·导源》谓："赋家极轨，要当盛汉之隆。"已明其意。可以说，盛汉时代大赋作为创作主流取代小赋而崛兴，是政治与文化对一种新兴文体的历史性选择：一方面，以司马相如为代表的大赋作家兼综《诗》之精神与《骚》之夸饰、纵横诸子之排比，充分发挥赋体"铺"的功能，以表现盛汉气象；另一方面以汉武帝为代表的政治家兼综战国、汉初藩国地域文化而为宫廷统一文化，汉大赋对帝国盛况的铺写描绘，正为其雄张阔大之审美心理所需求。这必然荡除作为纵横残梦的藩国赋，也导致自西汉武帝到东汉和帝二百余年，与大赋并存的小赋现实地位与价值的失落。换言之，随着武宣之世献赋风气渐开，其中也夹杂着辄为歌颂，咏物叙事的小赋。《汉书·枚皋传》载："皋不通经术，谈笑类俳倡，为赋颂，好嫚戏。……上有所感，辄使赋之。为文疾，受诏辄成，故所赋者多。……凡可读者百二十篇，其

---

[1] 载《古文苑》。
[2] 《文选》署刘安。
[3] 载《西京杂记》。

尤嫚戏不可读者尚数十篇。"所谓"嫚戏""文疾""辄成"，皆为小赋之迹。然而，在大汉帝国雄张气势下，无论是统治者治国立本需要，还是文士经世致用的需要，宫廷小赋都无法与"控引天地，错综古今"[1]"精思傅会，十年乃成"[2]之大赋的大题材、大作用相比，仅成一种技艺，历史地沦于俳优地位。枚皋曾自悔"为赋乃俳，见视如倡"，是针对自己"嫚戏"小赋的反思语，后人借此批评汉赋，也多囿此创作范畴。因此，汉赋的成就主要在骋辞大赋的创作与完形。

据现存文献，汉代今有作品可考名者八十一家（含建安时期），其中较著名的大赋作家与作品有枚乘《梁王菟园赋》《七发》，司马相如《子虚赋》《上林赋》，王褒《洞箫赋》，扬雄"四赋"（《蜀都》《羽猎》《甘泉》《长杨》），冯衍《显志赋》，班固《两都赋》《幽通赋》，张衡《二京赋》《思玄赋》，马融《长笛赋》，王延寿《鲁灵光殿赋》等。论赋学者根据文学史发展的经纬坐标尝以汉代大赋为正宗，其意在赋作为描绘性文体，至汉开一横绝古今之境，考论其实，可以说汉大赋内涵了铺陈描绘、颂德讽喻、宏衍巨丽、依类托寓、兼包才学、穷物之变诸创作因素，形成一特定且完整的艺术形式。在诸因素中，我认为汉大赋的历史价值以三点最宜重视：一曰"体国经野，义尚光大"（刘勰语），说明大赋与政治文化气象之关

1　葛洪《西京杂记》卷二。
2　范晔《后汉书·张衡列传》。

清朝书法大家邓石如书班固《西都赋》中的句子:"前乘秦岭,后越九嶒,东薄河华,西涉岐雍。宫馆所历,百有余区。行所朝夕,储不改供。"

系;二曰"会须能作赋,始成大才士"(魏收语),说明大赋与作家才学的关系;三曰"多识博物,有可观采"(班固语),说明大赋与自然物态的关系。这三者既代表了汉大赋的主要价值,并为汉以后大赋规摹范式,而且由此奠定赋文学创作的基本艺术特征。基于这样的考虑,汉大赋对赋史的贡献比较突出表现在内涵的拓阔与描绘性艺术的发展两方面。

首先,汉大赋全面反映了汉帝国政治社会与文化心理状态。从历史的角度看,以宏衍博丽为形式、义尚光大为内容的汉大赋的崛起,意味着汉代文学兼融先秦南北文学、诗骚审美的完成;而从现实着眼,汉赋的隆盛又缘自时代的催激,反过来再现了时代社会丰富的新内涵。于慎行"两汉文章,莫盛于武帝朝"[1]、阮元"大汉文章,炳焉与三代同风"[2],显然是兼括汉赋而言的。在反映现实方面,汉大赋具有浓郁的时代气息。其一,反映当代事变,常为赋家创作目的。比如相如为《上林》之赋,正继景帝时七国之乱后,武帝接受主父偃提议,采取"推恩"之法,欲使"不行黜陟,而藩国自析"[3],故借托楚国"子虚"、齐国"乌有"与朝廷"亡是公"论辩,宣扬了汉家功业与统一成就。班固《两都赋序》明确其作赋目的在"颂上德",而所谓"皋陶歌虞,奚斯颂鲁","国家之遗美""列于诗书",与明章之世整理国典、制礼作乐之现实紧密维系。而张衡值东汉中衰,"拟班固《两都》作《二京赋》,因以讽谏"[4],作《思玄赋》隐怨宦官之毒世,反映的正是现实的事件。其二,汉大赋展现了当时社会各方面的成

1　于慎行《穀山笔麈》卷八《诗文》。
2　阮元《揅经室三集》卷二《与友人论古文书》。
3　班固《汉书·诸侯王表》。
4　范晔《后汉书·张衡列传》。

张衡《路远帖》

就。如写农业生产,则"沟塍刻镂,原隰龙鳞,决渠降雨,荷插成云,五谷垂颖,桑麻铺棻"[1];写物产丰富,则"瑕英菌芝,玉石江珠""银铅锡碧,马犀象僰""盐泉铁冶,桔林铜陵"[2];写商业繁荣,则"瑰货方至,鸟集鳞萃,鬻者求赢,求者不匮"[3];写交通发达,则"南援三州,北集京都,上控陇坻,下接江湖,导财运货,贸迁有无"[4],内容真实,造语夸饰。至于《西记杂记》所云"未央宫周围二十二里九十五步

---

1 班固《西都赋》。
2 扬雄《蜀都赋》。
3 张衡《二京赋》。
4 蔡邕《汉津赋》。

五尺,街道周围七十里,台殿四十三",《三辅黄图》所云"建章宫千门万户,迷人眼目"等,在汉赋中已多彰明。其他如楼观亭台、园林兽苑、田猎驰射、灵台辟雍、贵胄生活、百戏表演等,亦应有尽有,风采卓然。其三,作为宫廷文学的代表,汉大赋作家应契于汉文化的崇礼宗经意识。从文化史角度看西汉文学以大赋为代表之极盛期正是学术以儒家经学为代表之独尊期,且通经与献赋同为入仕之途,比较明确地表现了经学大师将哲学神学化、模式化的过程,辞赋大家将思想文学化、艺术化的过程,实与社会发展同步,经学与文学同为王朝政治服务。尤其是言语侍臣、公卿大臣如倪宽、孔臧、董仲舒、萧望之等也"时时间作",更使赋进一步雅化,从而提高其政治地位。所以在经学盛世,赋的题材多庄严崇高,诸如田猎、京都,"雅颂之亚",垄断赋坛,那些庙堂装饰、皇宫礼制、富饶升平、励精图治、奉天承运等描写,不绝如缕。只是随着汉帝国政治的衰颓,经学的窳败,汉赋艺术才转而再向世俗化发展,上林、甘泉、辟雍、东观等题目渐被灯、酒、针缕、机妇、青衣、短人等替代。

由于汉大赋创作与当时的官方天人哲学相通,且反映盛汉政治社会状况,所以《毛诗序》对《诗经》"美盛世之形容"的诠解,亦时出赋家笔端。如司马相如《上林赋》颂扬汉武帝改制度、易服色、革正朔,"与天下为更始";班固《东都赋》赞美光武中兴"体玄立制,继天而作,系唐统,接汉绪";

李尤《平乐观赋》谓汉代"包郁郁之周文"皆是。也正因此,扬雄才一则仰慕相如"作赋甚弘丽温雅,雄心壮之,每作赋,常拟之以为式",一则认为赋"又颇似俳优淳于髡、优孟之徒,非法度所存……于是辍不复为"[1]。缘此,我们又可以发现汉大赋作家的审美心态,一方面出于政治的需求,对汉帝国取得的成就歌功颂德(尚美),一方面出于礼治思想,对汉帝的奢侈与隐患匡正补衮(讽喻)。就尚美而论,汉大赋歌颂表现了历史的进步,这突出在改变《诗》赞颂祖先神灵与屈辞如《九歌》赞颂山川神灵,而是着重于自然现实与人文精神的讴歌。如赋中描写的京都建筑、山川物产、歌舞饮宴、棋博杂戏等,是表示汉家功业,系对物质世界与自然对象的征服主题。它如《上林赋》所云天子"游于六艺之囿,驰骛乎仁义之途,览观春秋之林",《两都赋》鼓吹"诵虞夏之书,咏殷周之诗,讲羲文之易,论孔氏之春秋",颇与当世经学思潮相关,但经学著作是对历史的一种诠解,而赋是对现实的一种发现,故更具有创造的意义。同样,汉代赋家出于补衮心态对帝王与现实的讽谏,也源于诗骚而又不尽相同,亦即改变前人的直言正谏,而采用"不指说事情,必假喻以达其旨"[2]的取譬婉讽、矫正君过的方法。这一则源于汉代专制帝国的形

---

[1] 班固《汉书・扬雄传》。
[2] 傅玄《连珠序》。

成，使士人的直谏精神转换为"出辞逊顺，不逆君心"[1]的谲谏，而更重要的是赋体艺术的修饰特色，使之委婉曲折、隐蕴含蓄。比如相如《子虚》《上林》在极侈靡之词描摹游猎之盛、苑囿之大、娱戏之乐后，归于"终日暴露驰骋，劳神苦形，罢车马之用，抏士卒之精，费府库之财，而无德厚之恩，务在独乐，不顾众庶，忘国家之政，而贪雉兔之获"的政教思想，这不仅使赋中"子虚""乌有"愀然改容，超若自失，也使天子有所"自悟"。何焯评《上林赋》"天子芒然而思"至"遂往而不返"云："使之自悟，故云谲谏。"[2]这种谲谏在汉赋中有启发式、驳辩式、解嘲式和以颂为讽式等诸多方法表现，然其根本还在赋的讽喻是融会于描绘性的整体美之中的。

其二，汉大赋的"繁类"（大）"成艳"（丽）审美现象，从创作论看关键在对文学描绘功能的全面拓展。万光治《汉赋通论》专设"文学描绘与描绘性文体"一章，其中有一节对《战国策·楚策》与《子虚》《上林》《西都》有关狩猎的过程描写做详细对比，以展示汉赋宏观与细节相结合描写的特征。试举其间一段狩猎场景的描绘如下：

  野火之起也若云霓，兕虎嗥之声若雷霆。有狂兕䍧车依轮而至，王亲引弓而射，壹发而殪。（《楚策·江

---

[1] 班固《白虎通义》卷五《谏诤》。
[2] 《义门读书记》卷四十五。

乙说于安陵君》)

案节未舒,即陵狡兽。轔蛩蛩,辚距虚。轶野马而陶騊,乘遗风而射游骐。倏眒凄浰,雷动漂至,星流霆击。弓不虚发,中必决眦,洞胸达掖,绝乎心系。获若雨兽,掩草蔽地。(《子虚赋》)

六师发逐,百兽骇殚。震震爚爚,雷奔电激。草木涂地,山渊反覆,蹂躏其十二三,乃拗怒而少息。尔刀期门佽飞,列刃钻鍭,要跌追踪。鸟惊触丝,兽骇值锋。机不虚掎,弦不再控,矢不单杀,中必叠双。飑飑纷纷,矰缴相缠。风毛雨雪,洒野蔽天。平原赤,勇士厉,猨狖失木,豺狼慑窜。尔乃移师趋险,并蹈潜秽。穷虎奔突,狂兕触蹶。许少施巧,秦成力折。掎僄狡,扼猛噬,脱角挫脰,徒搏独杀。挟师豹,拖熊螭,曳犀犛,顿象羆。超洞壑,越峻崖,蹶崭岩,钜石陨。松柏仆,丛林摧,草木无余,禽兽殄夷。(《西都赋》)

对比可见,汉赋所表现的时空之深宏博大与具体之细微描摹,确实超越前人,达到"品物毕图""极声貌以穷文"[1]的地步。

汉赋的描绘艺术不仅限于如刘勰所云的"写物图貌,蔚似雕画"般整体静态描写,而且常以修饰、叙述、罗列等多种

---

[1] 刘勰《文心雕龙·诠赋》。

方式表现，尤其是将人的主观性与物之客体融会于一的动态描绘，更见精彩。如写宫殿之高峻：

> 于是大厦云谲波诡，摧嶉而成观。仰挢首以高视兮，目冥眴而亡见。正浏滥以弘惝兮，指东西之漫漫。徒徊徊以徨徨兮，魂眇眇而昏乱。据軨轩而周流兮，忽轵轧而亡垠。（扬雄《甘泉赋》）

全从人的主观出发，通过仰观、惊讶、赞叹写出甘泉宫的高危雄壮之势。而写观潮，则如枚乘《七发》中的一段描写：

> 恍兮忽兮，聊兮慄兮，混汩汩兮，忽兮慌兮，俶兮傥兮，浩瀇漾兮，慌旷旷兮。秉意乎南山，通望乎东海；虹洞兮苍天，极虑乎崖涘。……或纷纭其流折兮，忽缪往而不来。临朱汜而远逝兮，中虚烦而益怠。莫离散而发曙兮，内存心而自持。

汉百戏画像石拓片

引此数句,已可见作者将人的观望与情感融入波涛的形态,动静相宣,形神兼备。在京殿大赋中,张衡《西京赋》对"角抵"之戏描绘弥足珍贵,兹录其要:

乌获扛鼎,都卢寻橦。冲狭鹭濯,胸突铦锋。跳丸剑之挥霍,走索上而相逢。华岳峨峨,冈峦参差。神木灵草,朱实离离。总会仙唱,戏豹舞罴。白虎鼓瑟,苍龙吹箎。女娥坐而长歌,声清畅而蜲蛇。洪涯立而指麾,被毛羽之襳襹。度曲未终,云起雪飞;初若飘飘,后遂霏霏。复陆重阁,转石成雷。礔砺激而增响,磅磕象乎天威。巨兽百寻,是为曼延。神山崔巍,欻从背见。熊虎升而挐攫,猨狖超而高援。怪兽陆梁,大雀踆踆。白象行孕,垂鼻辚囷。海鳞变而成龙,状蜿蜿以蝹蝹。舍利颬颬,化为仙车。骊驾四鹿,芝盖九葩。蟾蜍与龟,水人弄蛇。奇幻倏忽,易貌分形。吞刀吐火,云雾杳冥。画地成川,流渭通泾。东海黄公,赤刀粤祝;冀厌白虎,卒不能救。挟邪作蛊,于是不售。尔乃建戏车,树修旃。侲僮程材,上下翩翻。突倒投而跟絓,譬陨绝而复联。百马同辔,骋足并驰。橦末之伎,态不可弥。

汉代宫廷演百戏于平乐观,史料有载,皆粗率不详,惟张衡此赋与李尤《平乐观赋》描写详尽。从上引张赋所写一段，内含举重、爬竿、钻刀圈、翻筋斗、硬气功、双人走绳、化装歌舞、杂技幻术、驯兽、马戏等十二项表演节目，其中女娥长歌、洪涯指麾、黄公厌祝白虎诸故事，有人物、情节、扮演，是汉代重要的戏曲史资料[1]。而作为记叙文字，张赋有描绘，有形容，词采缤纷，令人如睹盛大场面。这也是汉赋对文学描绘艺术之推扩的贡献，以及其为描绘性文体在文学史上应有价值所在。

刘熙载《艺概》书影

---

[1] 参见叶大兵《中国百戏史话》，浙江人民出版社1985年版；许结《张衡评传》，南京大学出版社1999年版。

汉大赋内涵的扩大和描绘性的强化,最直接的源头是楚辞和纵横散文。刘勰《文心雕龙·时序》谓:"爰自汉室,迄于成、哀,虽世渐百龄,辞人九变,而大抵所归,祖述楚辞。"即汉赋祖骚说。刘熙载《艺概·赋概》更为着实之论:"长卿《大人赋》出于《远游》,《长门赋》出于《山鬼》……枚乘《七发》出于宋玉《招魂》。"这些均系就内容与章法而论。如果从语言艺术考虑,我认为汉赋承骚之变,正在于先秦诗歌由声诗向诵诗发展的继续,其对纵横散文语言手法的接受,实缘此文学内在规律的发展。因此,原赋体自变规律,结穴在汉人"以文为赋"特色的形成。换言之,汉人使散体大赋完全走出先秦诗歌氛围,形成辞赋艺术独立过程中一次结构性巨变。追溯文与赋的关系,明人徐师曾《文体明辨序说》谓:"楚辞《卜居》《渔父》二篇,已肇文体。"孙梅《四六丛话》云:"荀子《礼》《智》二篇,古文之有韵者。"点破先秦赋家借文法创作、游离诗歌而别为一体的肇始意义。如果说战国辞赋之初成已具赋变诗之体的独立意义,那么汉大赋的风格、体制多方面散文化不仅扩大了诗与赋的疏隔,而且使赋体铺陈艺术得到了极度的张扬。从枚乘、司马相如经王褒、扬雄、班固到马融、张衡等赋家历时近三百年的大赋创作兴盛现象考察,汉人创作有别于前此占主流的骚体,多由以文为赋决定。在内容上,汉大赋以铺陈体物变骚辞婉曲言情为其第一征象。赋家以散文笔势拄起赋艺空间,描景体物，经纬交织；铺采摛文，开合纵横：其中上达玄庭，下致渊谷，宏视宇宙，细察精微的全方位描写，既承诗人之想象，尤多"文之为体"以"助博辩纵横之用"[1]的意义。在体物的基调上，汉赋的议论化又是改变骚辞缠绵述志之散文化的第二征象。枚乘《七发》由七段讽喻明理的议论文组成，相如以"子虚""乌有""亡是公"代表楚王、齐王与天子的三大段议论排列出全赋宏大规模，扬雄《长杨》诸赋更用论证代替隐喻，显而易见。这种脱离诗歌的议论化倾向到张衡《二京》达到高峰，而由此跌落下来，便是赋家的创作自赎：张衡本人的《归田赋》以及汉末讽刺、抒情小赋的涌现。

当然，汉人以文为赋非仅作家一时的审美好尚，而具有深沉广大的历史文化因素。然汉赋表现文化气象与援据该博实缘于其"文本"异于诗歌的铺陈描写功能，又具有时代与文学的双重意义；而此强大的规定性（创作定势）既使大赋成为文学创作中年祚最久、变化最少的文体"化石"，又必然引发后世作家在变革中对汉赋正宗地位的挑战。同样，缘于汉赋内涵之决定，其艺术形式也表现出异于先秦诗、骚的包罗繁富、结构宏整的特征，显出气势雄健的阔大美、参差顿挫的古拙美。而在发展过程中，其艺术形式日趋滞重板涩，又导致大赋艺术的衰落。东汉后期辞赋的抒情化、小

---

[1] 刘师培《文说·耀采篇》。

品化,是赋家对大赋内涵的反思,继此出现的漫长的"赋的诗化"道路正以此为逻辑起点。

魏晋风流与大唐气象

自汉大赋以后,赋史由两个路向演进:一是由汉赋凝定的"宏衍博丽"之类型化、图案化之大赋的继续。这又包括两个方面:其一,汉大赋京殿、游猎题材的延续,如前述左思《三都》、李华《含元殿》、周邦彦《汴都》、黄文仲《大都》、陈敬宗《北京》、弘历《盛京》、程先甲《金陵》诸赋,其描述皆不乏新内容,但因题材的沿袭导致价值的失落,也是显而易见的。其二,骈词大赋创作内涵的变迁,比如魏晋山水大赋(如木华《海赋》、谢灵运《山居赋》)、唐代科技大赋(如杨炯《浑天赋》、卢肇《海潮赋》)、宋代性理大赋(如范镇《大报天赋》、徐晋卿《春秋类对赋》)、明清疆域大赋(如丘濬《南溟奇甸赋》、董越《朝鲜赋》、和宁《西藏赋》、徐松《新疆赋》),均有逸迈前人的主体内涵和具有"一代之盛"的历史价值。尽管如此,我认为这类大赋的模式化特征已不能代表赋体作为一种形式艺术的发展。

因此,另一路向的演进则更为重要,即随着汉大文化的裂变,汉大赋"格式塔"的解构,肇自东汉后期、发扬于魏晋时代的小赋创作的兴盛。从艺术形式来看,小赋创作实由汉大赋包罗万象、总揽物态的大题目中裂变出无数小题目，如写地理，或述观涛一景（顾恺之《观涛赋》）；写室宇，或述幽庭一角（沈炯《幽庭赋》）；写览古，或述登楼一望（王粲《登楼赋》）；写情感，或述悼亡一端（潘岳《悼亡赋》）。而从语言形式来看，中古赋家小品化、抒情化的创作主流，实缘于自汉末迄李唐历时近七个世纪的赋体诗化道路，从而拓开以声律为基础、以情境为追求的赋学审美世界。

从文学史的发展看，汉赋最大的贡献在于拓宽了文学的描写范围，并通过以文为赋的手法铺陈体物，使文学对自然现实的摹写再现能力得到高度发扬，从而强化文学自身的文采美与技艺美。这一方面确立了汉赋的历史地位，一方面又予后世各类文体（特别是诗歌）以巨大影响。但是，随着文学的发展与汉赋文化的衰落，赋家逐渐感受到大赋（辞人之赋）因过分体物而掩盖了文学创作的初衷——情志，故在忏悔心理和批判意识支配下，以重新审视文学的价值为前提，在创作上自觉地开始了对先秦诗人之志与骚人之情的归复。汉末魏晋文坛中心由辞赋向诗歌转移，诗赋关系从游离走向交汇，东汉出现的诗赋同体、建安时代的诗的赋化与赋的诗化现象，均揭示了中古文学这一重要的历史演变。而就赋学而言，这一逻辑起点当在东汉中后期赋家的创作反省。如果说张衡早年"精思傅会，十年乃成"的《二京赋》是继踵两汉大赋展示了波澜壮阔的"物"的世界，

则他中岁以后感于仕途险患、世事艰难创作的《归田赋》,则以短篇小制创设了全新的"情"的世界。如赋中言归田乐趣:

> 仲春令月,时和气清。原隰郁茂,百草滋荣。王雎鼓翼,仓庚哀鸣;交颈颉颃,关关嘤嘤。于焉逍遥,聊以娱情。尔乃龙吟方泽,虎啸山丘。仰飞纤缴,俯钓长流。触矢而毙,贪饵吞钩。落云间之逸禽,悬渊沉之魦鰡。

虽然张衡一生始终未真正归隐,但他以诗化的语言,通过理想的构设,展示出这幅充满人生情趣的田园图画,则予继后赋家以无限启迪。汉末文人仲长统有一篇赋体文《乐志论》,其中写道:

> 使居有良田广宅,背山临流,沟池环匝,竹木周布,场圃筑前,果园树后……蹰躇畦苑,游戏平林,濯清水,追凉风,钓游鲤,弋高鸿。讽于舞雩之下,咏归高堂之上。安神闺房,思老氏之玄虚;呼吸精和,求至人之仿佛。……消摇一世之上,睥睨天地之间。

这几句怡情山水、静思悟道语之所以流韵魏晋,如谢灵运《山居赋》有"昔仲长愿言,流水高山"云,并自注明效慕之意,关键在内含三大审美机趣:一是山水之美与哀乐之情的

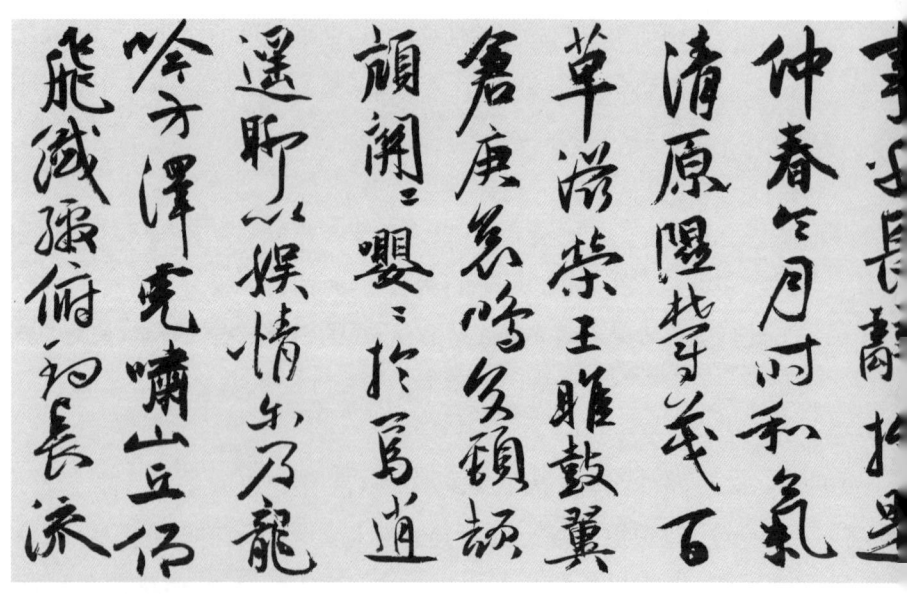

祝允明书张衡《归田赋》(局部)

交织,形成情景融会的意态,在自然描写中注入主观情愫;二是于畅美孔门"舞雩"之乐时,尤深契老庄玄思,突破汉儒经学一统的观念;三是描写山水之情,出于自觉意识。《后汉书·仲长统传》谓其"优游偃仰,可以自娱,欲卜居清旷,以乐其志",明其个性精神。正此不拘检括、啸傲纵逸的文士个性和哀乐中感、山水畅情的美学风尚,成为汉大赋之政教观到魏晋小赋之审美观的转扭。

考察以诗化为中心的中古赋艺发展路径,大略又经历了四个阶段。

第一，建安文人赋向楚骚的归复。

刘熙载《艺概·赋概》谓"楚辞风骨高，西汉赋气息厚，建安乃欲由西汉复于楚辞"，故"建安名家之赋，气格遒上，意绪绵邈；骚人清深，此种尚延一线"。建安文人由两汉归复楚辞，意在拓开赋学的情感世界，诚如黄侃《诗品讲疏》所论，其时诗赋"称物则不尚雕镂，叙胸情则惟求诚恳"。如王粲《登楼赋》写羁旅情伤，骚意沸郁，其与《七哀诗》句式、意蕴尽合。王世贞论赋以为"文锦千尺，丝理秩然"，而骚则

"沉吟嘘欷""涕泪俱下,情事欲绝"[1],似可佐证骚体适宜抒写婉转诗情,是建安文人越两汉而追踪楚辞的基础。譬如汉末文士祢衡作咏物赋《鹦鹉》,在歌颂鹦鹉之"奇姿"与"灵慧"后,即转入情感的发抒:

> 长吟远慕,哀鸣感类,音声凄以激扬,容貌惨以憔悴。闻之者悲伤,见之者陨泪。放臣为之屡叹,弃妻为之嘘欷,感平生之游处,若埙篪之相须。何今日之两绝,若胡越之异区。顺笼槛以俯仰,窥户牖以踟蹰。想昆山之高岳,思邓林之扶疏。顾六翮之残毁,虽奋迅其焉如。

赋者咏槛笼之鸟,为席间即兴之作(见赋序),能摹写物象而超脱物象,意绪绵邈,在骚情幽远。然建安文人仿骚则亦变骚,即改变楚骚长篇抒情,而以小品写骚情,改变汉大赋因"假象过大"而窒情之意,具即兴抒情性质。这种创作方式,至西晋时代大赋复炽时仍极明显。如陆机《文赋》云:"遵四时以叹逝,瞻万物而思纷;悲落叶于劲秋,喜柔条于芳春。心懔懔以怀霜,志眇眇而临云。"自然季节的代序何以引起赋家如此悲喜忧戚?可于作者《叹逝赋》中找到答词:

---

[1] 王世贞《艺苑卮言》卷一。

悲夫,川阅水以成川,水滔滔而日度;世阅人而为世,人冉冉而行暮。人何世而弗新?世何人之能故?野每春其必华,草无朝而遗露。经终古而常然,率品物其如素。譬日及之在条,恒虽尽而不寤。虽不寤而可悲,心惘焉而自伤。亮造化之若兹,吾安取夫久长!

由此可知,建安至西晋,因时势的变动和人命之危浅,赋家已无暇于自然物象的观摩,甚至不及描摹婉转而绵长的心曲,而是触景生情,"感时迈以兴思"[1],故或悲或喜,或怨或慕,以短章抒泄骚情,实为文士崇尚的风习。于是,我们读魏晋赋家作品,如阮籍《清思赋》的"嫉俗"之情,向秀《思旧赋》的"哀生"之情,陆云《逸民赋》的"避世"之情,陆机《思亲赋》的"伤逝"之情,束晳《贫家赋》的"困厄"之情,皆如抒情小诗,语浅而情深。

建安赋的诗化,还表现于众多诗赋同题创作,如曹丕、曹植、王粲之《寡妇》诗赋,皆用骚体,情格俱似。继后,潘岳有同题《悼亡》诗赋,谢庄有同题《舞马》诗赋,沈约有同题《反舌》诗赋,庾信有同题《镜》诗赋,限界泯合,日益明显。试观潘岳《悼亡赋》中描写悼怀亡妻的沉痛心情云:

---

[1] 夏侯湛《秋可哀赋》语。

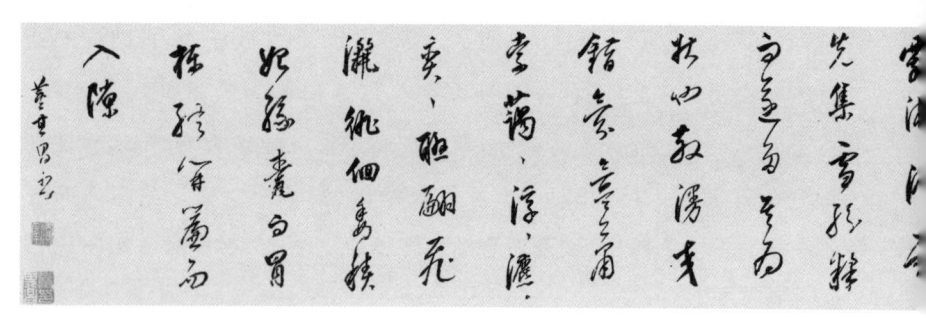

董其昌书谢惠连《雪赋》

人空室兮望灵座,帷飘飘兮灯荧荧;灯荧荧兮如故,惟飘飘兮若存。物未改兮人已化,馈生尘兮酒停樽。

其《悼亡诗》之一写归葬亡妻杨氏后临别家室之情云:

望庐思其人,入室想所历。帷屏无仿佛,翰墨有余迹。流芳未及歇,遗挂犹在壁。怅恍如或存,周遑忡惊惕。

无论记事、抒情,还是笔法、风格,赋与诗均近似。这种幽怨骚情在东晋玄言、山水文学兴起后,有所淡褪,然赋与诗的双向交互,则日臻近密。

第二,晋宋间山水赋之兴起,使诗赋创作审美风格更加契合。

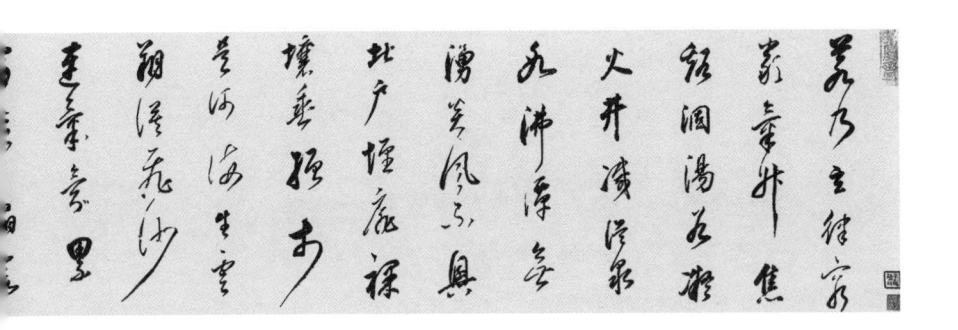

《世说新语·赏誉》载:孙绰与庾公共游白石山,卫君长在座,绰竟以"此子神情都不关山水,而能作文"质疑,可见晋人游放山水的自觉意识。晋人山水情趣,多见于山水诗赋,迨至晋室渡江,文人南迁,江南秀丽山水,竞呈赋家笔端。如郭璞《江赋》、庾阐《海赋》、孙绰《游天台山赋》、顾恺之《观涛赋》等,融景于情,抒心写意,全同当时山水游观诗作。这种山水怡情的诗赋创作,到晋宋之际谢灵运等文士笔下,尤为显豁。就赋而言,山水描写促进其诗化进程又突出表现在两方面:一是由山水外部形态的描写渐转于人的主观审美体验。在谢灵运的山水赋中,对自然物态的描写处处掺和着主观的感受,使人在"看朝云之抱岫,听夕流之注涧"[1]的美境中看到赋家的风神意态。又如谢惠连《雪

---

1 《岭表赋》。

赋》咏雪，巧思妙夺，穷形尽相，然其精神寄托，则在赏雪之情：

> 若乃申娱玩之无已，夜幽静而多怀；风触楹而转响，月承幌而通晖。酌湘吴之醇酎，御狐貉之兼衣。对庭鹊之双舞，瞻云雁之孤飞。践霜雪之交积，怜枝叶之相违。驰遥思于千里，愿接手而同归。

苍茫雪夜，借景渲情，寄托孤怀远念之思、凄凉伤逝之情。湛方生《怀春赋》为写自然春景之作，则以"怀"字着眼，通过景候的自然变迁表达内心的感受。赋云：

> 夫荣凋之感人，犹色象之在镜。事随化而迁迴，心无主而虚映。眄秋林而情悲，游春泽而心恧。虽四时之平分，何阳节之清淑。日婉娈以舒和，气有仁而无肃。雷发响于南山，雨渐泽于四溟。启潜蛰于九泉，收灵蛇于天庭。修虹焕绿于东峒，幽涧泮冰而流清。鸿飘翻于归风，燕衔泥而来征。蛰鸟感仁而革性，鸤鸠乘化而变声。麦芃芃而含秀，桑蔼蔼而敷荣。华照灼以烂林，叶婀娜以媚茎。

这首小赋以"山水媚道"的精神由人生感受引出物象，通过细腻的春景描绘,消释心间的愁怨,于玄理寻味春的魅力和赋家的心灵世界。

二是在山水描写中始终内蕴着晋室南渡以来士人共有的感世哀生情绪。金人王若虚《滹南诗话》卷三载:"谢安谓王羲之曰:'中年以来,伤于哀乐。'羲之曰:'年在桑榆,自然至此,顷正赖丝竹陶写,恒恐儿辈觉,减其欢乐之趣。'坡诗用其事云:'正赖丝与竹,陶写有余欢。'夫'陶写'云者,排遣消释之意也。所谓欢乐之趣,有余欢者,非陶写其欢,因陶写而欢也。"历东晋之世,无论是兰亭酬唱,还是赋家山水,"非陶写其欢,因陶写而欢",实"排遣消释",孙绰尝云:"屡借山水,以化其郁结。"[1]当为佳释。如傅亮游观小赋《登龙冈》云:

> 静潜处以永念,聊驾言以写忧。蒙旭露而凤轸,税余辔于龙丘。南临平隰,西际荒畴。比宇连甍,幽榛四周。眺江都之广漹,究川陆之迥修。羡翔羽之嬉林,乐绿苹之在流。乘清漪以泛滥,翳稠枚而命俦。信遂生之有所,何怵迫于人尤。

此写登高望远,借所见周遭景象,宣泄胸中郁闷,排遣烦恼,

1　《晋书·文苑传》。

并由龙冈美景与主观心境参融,达到"陶写而欢"的目的。全赋精悍简练,形象感人,宛如一首小诗。再如谢庄《月赋》,假托曹植与王粲的对白,写景复丽,寄情遥深,并在"美人迈兮音尘阙,隔千里兮共明月;临风叹兮将焉歇,川路长兮不可越"之愁情欲绝的歌声中,赋家折锋破情,复作"歌曰":

> 月既没兮露欲晞,岁方晏兮无与归。佳期可以还,微露沾人衣。

那种"临浚壑而怨遥,登崇岫而伤远"的愁情被淡褪、消释,代之而起的是赋家经山水陶冶转达的心灵抚慰。

第三,南朝骈体赋创作对声韵的讲求,标明了赋体向诗化形态的进一步发展。

清人孙梅《四六丛话》说:"左、陆以下,渐趋整炼,齐梁而降,益事妍华。古赋一变而为骈赋,江、鲍虎步于前,金声玉润;徐、庾鸿骞于后,绣错绮交。"尽管南朝骈文之完熟,为中国文学之发展现象,不独在赋,但骈偶与赋体的结合而显现的"金声玉润""绣错绮交"的审美特色,又与赋之诗化趋势同步。试观两段骈赋写景文字:

> 尔乃日栖榆柳,霞照夕阳,孤蝉已散,去鸟成行。

> 惠兮湛兮帷殿肃,清阴起兮池馆凉。(谢朓《游后园赋》)
> 日掩长浦,风扫联葭。垒云凝愤,广水腾华。听奔沸于洲屿,望掩暧乎烟沙。(沈约《愍涂赋》)

前段简笔勾画,以写景佳句,烘托情境,清新俊朗,而圆美流转;后段写作者"情依旧越,身经故楚"的萧黯情氛,而纯出诗人空灵之妙想。这种以骈体写诗情,在江淹《恨》《别》之赋中尤为突出。如《恨赋》写嵇康被杀:

> 中散下狱,神气激扬。浊醪夕引,素琴晨张。秋日萧索,浮云无光。郁青霞之奇意,入修夜之不旸。

语简意深,慷慨悲凉。又如《别赋》写"狭邪"(恋人)之别:

> 春草碧色,春水渌波。送君南浦,伤如之何! 至乃秋露如珠,秋月如圭。明月白露,光阴往来。与子之别,思心徘徊。

遇景感发,起联类之思,或悲壮,或缠绵,渲染诗意,寄托情感,是一致的。而对照江氏以"别情"为题材的诗歌如《休上人怨别》,又可见其寓情于偶之风格是兼括他的诗赋创作的。

齐梁以降，诗情哀感顽艳，赋情亦趋柔弱，而在形式上，赋的诗化向格律化发展，已成大势。如沈约《愍衰草赋》、徐陵《鸳鸯赋》、萧悫《春赋》，已多由五、七言诗句组成。以萧氏《春赋》为例：

> 落花无限数，飞鸟排花度。禁苑至饶风，吹花春满路。岩前片石迥如楼，水里连沙聚作洲。二月莺声才欲断，三月春风已复流。分流绕小渡，堑水还相注。山头望水云，水底看山树。舞余香尚在，歌尽声犹住，麦垄一惊翚，菱潭两飞鹭。

这类赋的形式明显兼取骈、骚，却减少句中虚字，渐向五、七言诗体过渡；而其格律精整，风格清丽，情韵袅然，与汉大赋正宗别旨异趣，直接开启了唐代律赋创作法门。

第四，唐代律赋创作格律化与格律诗之形成、发展同步，在某种程度上可视为赋之诗化形式的极端表现。

唐赋不同于六朝，在其气象恢宏，体类兼备。王芑孙《读赋卮言·审体》云："诗莫盛于唐，赋亦莫盛于唐。总魏、晋、宋、齐、梁、周、陈、隋八朝之众轨，启宋、元、明三代之支流，踵武姬、汉，蔚然翔跃，百体争开，曷其盈矣。"此论虽就审体而言，却能绾合唐赋"蓄流"和"演渡"两大特征。倘观唐赋发展历史，唐初延承六朝余绪，以骈偶为主，后渐以军国大事入赋,包含了赋家摹拟汉人的振衰起废之心。开元、天宝年间随帝国文化政治之强盛,出现了一批宫殿、游猎大赋,还有"慷慨乎大荒,徜徉乎游目"[1]的边塞赋、"翠华飞而臣赋,雅颂之盛与三代同风"[2]的游艺赋和"考核精详""更见沉深"[3]的科技赋,从不同的审美视角与相同的铺陈手法表现盛世精神。而中唐时韩、柳并起,诗文革新,赋亦随之,韩愈等人的类文之赋(如韩愈的《进学解》《送穷文》,杨敬之的《华山赋》,刘禹锡的《秋声赋》)影响宋代文赋,柳宗元等人的骚体赋(如柳宗元的《解祟》《惩咎》《谅生》《梦归》《囚山》五赋与李翱《幽怀赋》,刘禹锡《伤往赋》)启导元明辞赋仿古,尤其是唐代律赋之定型引起后世赋史的"古""律"之争,均能于唐赋"百体争开"中见其时序发展。但是,唐赋兼综现象固使其异于八代而自呈气象,然从辞赋艺术整个流程观之,由六朝骈赋衍发而成的唐代律赋宜为一代赋风之代表。而唐代律赋之兴盛,虽一则与唐代考赋制度相关,一则与辞赋艺术自身发展相关,然其重格律的要求,为继魏晋以来赋体诗化的极端趋态,显而易见。这种与诗体律化几乎同步的赋体律化,对唐以后赋史之兴衰隆替又有着绝大影响。

---

1 吕令问《云中古城赋》。
2 张说《唐昭容上官氏文集序》。
3 分别见皇甫《杨盈川集序》、张逊业《杨炯集序》评杨炯《浑天赋》语。

阿房宮賦

六王畢四海一蜀山兀阿房出覆壓三百餘里隔離天日驪山北構而西折直走咸陽二川溶溶流入宮牆五步一樓十步一閣廊腰縵迴簷牙高啄各抱地勢鉤心鬥角盤盤焉囷囷焉蜂房水渦不知其幾千萬落長橋臥波未雲何龍複道行空不霽何虹高低冥迷不知東西歌臺暖響春光融融舞殿冷神風雨淒淒一日之內一宮之間而氣候不齊妃嬪媵嬙王子皇孫辭樓下殿輦來於秦朝歌夜弦為秦宮人明星熒熒開妝鏡也綠雲擾擾梳曉鬟也

文徵明八十一歲時書杜牧《阿房宮賦》

从唐代律赋之兴与考赋制度的关系看,唐律赋创作经历了三个阶段:一是初、盛唐时期,文人为仕进偶然涉笔,尚未定型。考唐科举试赋,有特科、常科与制举,特科试赋在常科前,如唐高宗麟德二年(665年)王勃试赋《寒梧栖凤》即是。《册府元龟》玄宗天宝十三年(754年)有"制举试诗赋,自此始"的记载。然试赋之盛,当推常科之进士科,其始于何年,历有争议,有高宗永隆元年(680年)、永隆二年(681年)、武后光宅二年(685年)以及玄宗天宝之季诸说[1]。在玄宗之前,如王勃《寒梧栖凤》、李蒙《藉田赋》等,多承骈体,律法未备。至开元二年(714年)试《旗赋》"始见八字韵脚,所谓'风日云野,军国清肃',见伪蜀冯鉴所记《文体指要》"[2]。继此,律赋技巧有长足发展。如陆贽《圣人苑中射落飞雁赋》中有联云:

> 彼搏空之逸翰,尚无所违;翙荒服之逆命,曷不咸归。

对仗工稳,内涵典雅,议论剀切。又如钱起《晴皋鹤唳赋》:

---

[1] 参见王定保《唐摭言》卷一"试杂文"条,赵翼《陔余丛考》卷二十八"进士"条,徐松《登科记考》"永隆二年""光宅二年"条有关引录与按语。
[2] 吴曾《能改斋漫录》卷二《事始》"试赋八字韵脚"条。

迥野远色，寒空繁声。眺莫媚于雨霁，聆何长于鹤鸣。……或引或罢，以游以遨；倾尘寰而不杂，仰天路而飞高。

声色相渲，情思高远，既注重应制程式，又能妙想绮合，颇臻佳境。二是中唐时期，考赋定制，律体争胜，文士趋之若鹜，风气大开。贞元、元和间，登第进士如裴度、刘禹锡、张仲素、白居易、元稹、贾餗、蒋防等，律赋尤盛，或被称为"大手笔"（裴度），或被誉为"绝唱"（蒋防），一时繁盛异常。其中元、白律赋既音韵铿锵，又气势纵横。对此，李调元《赋话》卷三以为："律赋多有四六，鲜有长句者，破其拘挛，自元、白始。乐天清雄绝世，妙语天然，投之所向，无不如志。微之则多典硕之作，高冠长剑，璀璨陆离，使人不敢逼视。"而被李调元称为"专门名家"的李程、王起，更是律赋大家，名动一时。如李程试《日五色赋》受杨於陵激赏，一举登科，名扬天下。赋中有联云：

足使阳乌迷莫黑之容，白驹惊受彩之质。……名翚矫翼，如威凤兮鸣朝阳；时藿倾心，状灵芝兮耀中囷。

浦铣《复小斋赋话》称之"何等矞皇典丽"，内涵颂德形容之美。王起今存律赋六十篇，其《庭燎赋》最享时誉。如其名联云：

> 珠旒将出，方熠熠以星悬；綵仗徐来，已煌煌而电没。

义理精整，立意华赡。中唐律赋既重学识以骋经世之才，又于艺术追求精美技巧。如乔彝《渥洼马赋》"四蹄曳练，翻翰海之霜华；一喷生风，下胡山之木叶"联，关图《巨灵擘太华赋》"岚光两向，犹连松柏之声；黛影中开，已断云霞之色"联，皆"虚实兼到，纸上有声"（李调元评语）。三是晚唐五代文人律赋创作开始由粘附科举而渐趋偏离，出现一批抒心写志、自造艺境的作品[1]。考查其时律赋文人化倾向，约有三端：一曰悲怆之旨，显示赋家哀古伤今思想。如王棨律赋名篇《江南春赋》写六朝故都，吴宫旧地，却充溢着"晓色东皋，处处农人之苦；夕阳南陌，家家蚕妇之愁"的现时感喟。而徐寅《过骊山赋》有云：

> 嫌示俭于当时，更穷奢于既殁。融银液雪，疏地下之江河；帖玉悬珠，皎穷泉之日月。

---

[1] 参见邝健行《唐代律赋对科举考试的粘附与偏离》，收入《诗赋与律调》，中华书局1994年版。

从李调元《赋话》卷九引《偶隽》云"晚唐士人作律赋,多以古事为题,寓悲伤之旨",可窥当时律赋家创作旨趣。二曰绮靡之情,显示赋家借律遣怀的心绪。再以王棨赋为例,其《离人怨长夜赋》云:

> 离思难任,长宵且深。坐感夫君之别,谁怜此夜之心。念云雨以初分,何时促膝;俯衾裯而起怨,几度沾襟。……闲庭已暝,对一点之凝釭;别酒初醒,闻满檐之寒雨。

情丝如缕,宛若哀怨之诗,复与南朝之赋无异。与王氏并为"文囿之两雄"的黄滔,擅长咏史抒情之章,其《明皇回驾经马嵬赋》写当朝史事,李调元《赋话》以为"芊眠凄戾,不减《长恨歌》《连昌宫词》";并评点赋中"褒云万叠,断肠新出于啼猿;秦树千层,比翼不如于飞鸟"一联云"至为凄怆",深识其意。三曰纤巧风格,显示赋家进一步诗化创作的寄情方式。如黄滔《秋色赋》的描写:

> 衡阳落日,和旅雁以飞来;剑阁中宵,逐哀猿而啸起。遂使隋堤青恨,吴岭缘愁,庐阜之蟾开石面,钱塘之雪入涛头。空三楚之暮天,楼中历历;满六朝之故地,草际悠悠。

构思奇巧,流丽悲情,而由中唐"雅正"步入晚唐"纤巧",既是律赋艺术发展至极度娴熟的过程,也是末流斗巧,风势走衰的象征。宋人律赋"笔力矫变,有意摆落隋唐五季蹊径"(孙梅语),实为律赋本身的"自赎"和宋人的反思与新变。

自东汉末迄唐五代,赋体衍变主潮是由骚体、骈体到律体,表现出异于汉代散体大赋的向诗歌创作靠拢的审美形态;而伴此出现的审美观念的变化,又构成中古赋学诗化的五大重要特征。

一是审美内涵抒情化。

赋对抒情化的要求,是中古赋家诗化创作的内在精神。挚虞《文章流别论》云:"古诗之赋,以情义为主,以事类为佐;今之赋,以事形为本,以义正为助。情义为主,则言省而文有例矣;事形为本,则言当而辞无常矣。……丽靡过美,则与情相悖。"此强调"情义",意在打破汉赋以来铺陈繁缛之定式,返归风骚之情感。萧绎《金楼子·立言》更明确地说:"至如文者,惟须绮縠纷披,唇吻遒会,情灵摇荡。"陆机《遂初赋序》论赋,尤以"声为情变"为标帜。也正是在此重情氛围中,萧统《文选》为赋立体即从情感特征着眼,在十五类中专设志、哀伤、情三目,以区分于汉大赋铺陈外物之意。而纵观中古辞赋情变线索,如建安赋的人生振荡之情,正始赋的讽世之情,两晋赋的伤逝怨悲之情,晋宋赋的山水陶养之情,齐梁赋的哀感顽艳之情,以及唐代赋家的边塞之情、游艺之情等,无不诗赋同情,缘情拓境。试以南朝赋哀艳之情为例,即可见三大特征:其一,咏物赋弃物重情,以返归诗本。如萧纲《筝赋》不写筝之形态,而以精彩之笔勾画弹筝人的神情意绪:

> 黛眉如扫,曼睇成波,情长响怨,意满声多。奏相思而不见,吟夜月而怨歌。

其以诗情写赋意,为作家的审美态度。其二,写景赋淡笔浓趣,以情氛渲染为主。如王劭的《春花赋》、谢庄的《月赋》,皆属以景境烘托情境的审美实践。由于南朝赋景的淡褪与赋情的柔化,纯诗语言的赋作出现了,如萧绎《对烛赋》之"月似金波初映空,云如玉叶半从风""烛光灯火一双炷,讵照谁人两处情"类诗句,俯拾皆是。其三,抒情赋语境凄婉,悱恻缠绵。南朝诗风以哀婉见长,赋亦以哀艳为美。这一创作现象以江淹《别赋》"黯然销魂"情绪为代表,它如萧绎《荡妇秋思赋》等作,怀人情深,思绪绵绵。萧统《答晋安王书》说,"炎凉始贸,触兴自高;观物兴情,更向篇什",堪称中古赋情的概括。

二是创作结构小品化。

赋的小品化决定于抒情化,陆机《文赋》主张赋"无取乎冗长",刘勰《诠赋》论魏晋小赋"触兴致情,因变取会",其对小品赋创作的认识，不仅限于汉大赋结构的解体，而且具有赋学理论的自觉意识。这一赋学观念的形成，固有文体发展与文化心理的多重原因，然论其直接影响，又有三者：一曰即兴抒情。这是中古赋家与楚骚同好抒情而一以长篇、一以小品的相异之因。魏晋赋家如王粲《登楼》、张协《洛禊》、陆机《思亲》、潘岳《悼亡》，文简情深，皆感兴之篇。南朝抒情赋尤好短制，且以骚体见著。如谢灵运《怨晓月赋》：

卧洞房兮当何悦，灭华烛兮弄晓月。昨三五兮既满，今二八兮将缺。浮云褰兮收浮滟，明舒照兮殊皎洁。墀除兮镜鉴，房栊兮澄澈。

此虽残篇，然由晓月澄照引发盈而复亏的霎时情思，则与其诗"别开蹊径，舒情缀景"[1]相同。二曰玄言清谈。如果说汉赋相应于汉代经学章句之学而偏嗜堆砌生僻字句，则魏晋小品赋的发达又与偏嗜简约清丽之玄学清谈关系密切。《世说新语·任诞篇》记载王子猷雪夜访戴安道"造门而返"的故事，子猷所谓"乘兴而行，兴尽而返"，正是魏晋玄学人生之俊朗风神；而此与赋家即兴抒情之审美特征同构，正形成了一时如傅咸《明意》、谢万《春游》类的触兴达情、即情明

1　黄子云《野鸿诗的》。

理的赋学思潮。三曰诗赋混同。这是中古辞赋小品化与诗化同步共轨的明显现象。在这一阶段,诗赋同称现象十分普遍,如梁鸿《适吴诗》又称赋,湛方生《秋夜赋》亦称诗。而诗赋合体创作如王廙《春可乐》、夏侯湛《秋可哀》、谢庄《山夜忧吟》等,实质是以抒情小诗规范了短赋的结构。

三是语言风格浅易化。

赋体诗化,还表现在语言的浅易化,这不仅与中古文人诗发展同步,而且受到民歌创作的影响。这有两点值得注意:第一,仿骚却变其"依诗取兴,引类譬喻"[1]"总杂重复,兴寄不一"[2]的风格,而以简易浅明语言阐发其心中情趣。如萧绎的《采莲赋》:

> 紫茎兮文波,红莲兮芰荷。绿芳兮翠采,素实兮黄螺。于时妖童媛女,荡舟心浒。……夏始春余,叶嫩花初。恐沾裳而浅笑,畏倾船而敛裾。……泛柏舟而容与,歌采莲于江渚。

此以骚体写清新淡远之情绪,既源于古乐府之采莲曲,又汲取了当时江南民歌的创作特征。第二,改变汉大赋体物之汪秽铺陈,而使赋之咏物显出清新自然的诗风。如卞伯玉

---

[1] 王逸《楚辞章句叙》。
[2] 许学夷《诗源辩体》卷二。

的《菊赋》：

> 仔寒丘以弥望，觌中霜之软菊。肇三春而怀芬，陵九秋以愈馥。不履苦而沦操，不在同而表淑。伤众花之飘落，嘉滋卉之能灵。振劲朔以扬绿，含凝露而吐英。

寄情于物，以表菊花之美质，殊无冷僻雕琢之语。这一阶段大量的咏物赋，或托物寄讽，或借物咏事，皆以"言有浅而可以托深，类有微而可以喻大"[1]见胜，实亦诗化的结果。

四是音韵格律严密化。

诗之为体，在情志与韵律，而赋之诗化，亦在情、韵两端。中古赋体诗化，由骚体、骈体至律体，注重音韵格律，是日臻严密。魏晋赋家归复骚体，倡扬"诗赋欲丽"之自觉审美，绾合"沉思泉涌，华藻云浮"[2]之内涵与形式，且尤重"清辞妙句，焱绝焕炳"[3]之音声标举。如曹植《白鹤赋》以"祥""光""当""伤""皇""行""殃""扬"为韵，情感之起伏，伴随音声之跌宕，已见化骚为诗的特点。南朝骈体昌盛，骈赋音律对仗，已渐工整。如：

1　张华《鹪鹩赋序》。
2　卞兰《赞述太子赋》。
3　陈琳《答东阿王笺》。

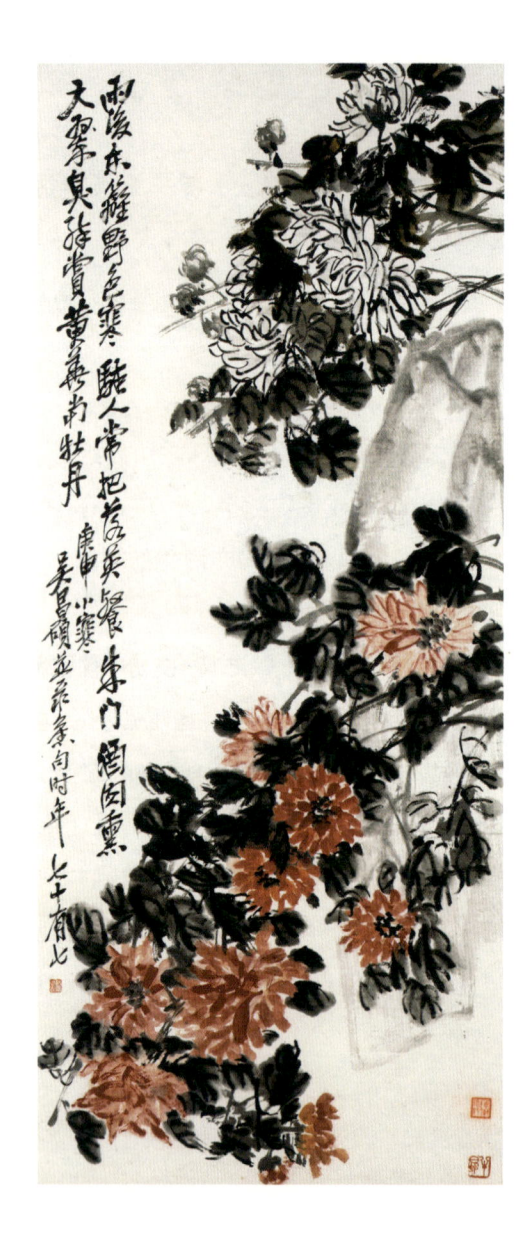

雨后东篱野色寒，骚人常把芳英餐。朱门闭闭熏天粟，臭孰肯赏黄花南牡丹。庚申小寒，吴昌硕并录旧作时年七十有七。

吴昌硕设色菊花图轴

江南之竹,弄玉有鸣凤之箫焉。洞阴之石,范女有游仙之磬焉。(萧纲《筝赋》)

游梁之客,徒马疲而不能去;兔园之女,虽蚕饥而不自禁。(江淹《青苔赋》)

亭梧百尺,皆历地而生枝。阶筠万丈,或至杪而无叶。(吴均《吴城赋》)

垂恩储祉,压子代之盘盂;盛德形容,陋周年之弇石。(江总《辞行李赋》)

对仗中追求韵律谐美,为一时风气。据《梁书·王筠传》:"(沈)约制《郊居赋》,构思积时,犹未都毕,乃要筠示其草。筠读至'雌霓(五激反)连蜷',约抚掌欣忭曰:'仆常恐人呼为霓(五鸡反)。'次至'坠石碨星',及'冰悬垝而带坻',筠皆击节称赞。约曰:'知音者希,真赏殆绝。所以相要,政在此数句耳!'"可见"构思积时"与"知音者希",关键在对音律的讲求。齐梁声律学在唐代的衍生与发展,于赋则在三百年之律化。在唐律赋中,对韵律、句法、结构、体势的重视,皆形成定式,影响千年,绝非文人兴起独造所能比拟。唐律赋作手,确有被李调元《赋话》所推崇的王起、李程、谢观等人的佳章,然因应制所需以及过分追求格律,反而丧失了诗情诗意,中唐文赋之初起,骚赋之复兴,已呈变兆。

五是艺术构思意境化。

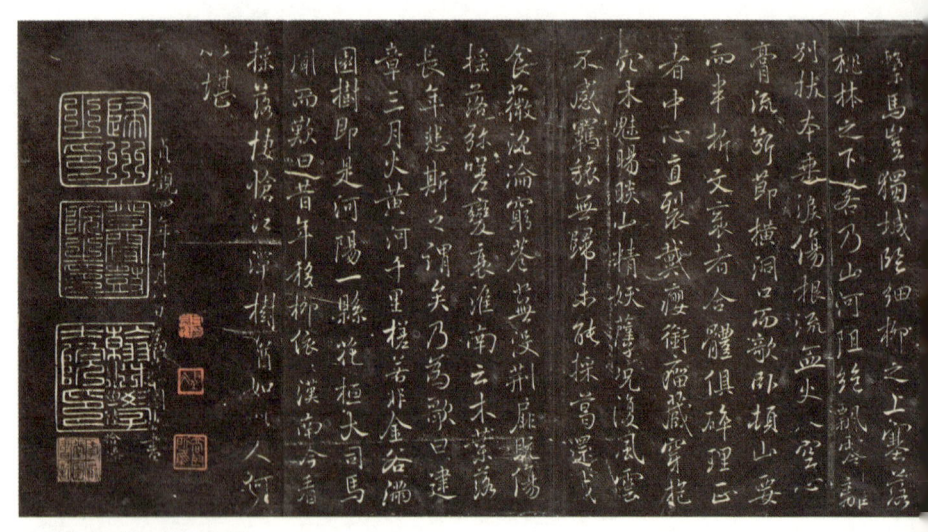

褚遂良书庾信《枯树赋》

如果说在魏晋时期赋的诗化以抒情为最基本之内因，则经东晋山水文学之发轫，至南朝赋的进一步诗化，文人创作又突现于以诗思造赋，表现出对意境美的追求。因此，赋家写景，则如谢庄的《月赋》：

> 若夫气霁地表，云敛天末，洞庭始波，木叶微脱；菊散芳于山椒，雁流哀于江濑；升清质之悠悠，降澄辉之蔼蔼。

写月之澄洁，巧思妙想，已由景致之描写经情氛之渲染，达

于意境之美。赋家咏物,则如庾信的《枯树赋》:

> 平鳞铲甲,落角摧牙;重重碎锦,片片真花;纷披草树,散乱烟霞。

观物移情,凭虚构象,写出作者的自然情趣与心灵境界。赋家抒情,则如鲍照的《游思赋》:

> 对蒹葭之遂黄,视零露之方白。鸿晨惊以响湍,泉夜下而鸣石。结中洲之云萝,托绵思于遥夕。

皆淡化愁思,融情于景,因情见意,宛如诗境。而南朝赋意境化实质上与意境诗的发展相适应,显出诗赋合流趋向。这种追求意境的赋风至唐代律赋,虽因过分注重政教性和格律化,常常丢失了自然淳真的诗意,然赋之诗化审美仍效法南朝,直到晚唐赋风纤靡,还不乏意境赋佳篇。试举两则赋例:

> 七里滩急,三秋夜清。泊桂棹于遥岸,闻渔歌之数声;临风断续,隔水分明。(王棨《秋夜七里滩闻渔歌赋》)
> 南浦风烟,伤心渺然,春山历历,春草绵绵。那堪送行客,起离筵。一时之萍梗波涛,今朝惜别;千里之秦吴燕宋,何日言旋。(黄滔《送君南浦赋》)

一写清夜渔歌,一写南浦送别,风烟遥逸之意,惝恍迷离之情,已与汉赋正宗迥隔,而通契于唐诗之境。

驼峰运动、复古与集大成

继晋唐而后,赋文学经历了自宋到清近千年的延续与发展,并以丰富的创作标示了后期赋史的衍变轨迹。在这一漫长的历史阶段中,因唐代应制律赋的启导,赋的发展始终处于一种冲突与胶着的状态,即在语言形式方面诗歌化与散文化的关系,在创作动因方面文人赋与应制赋的关系,在体类方面古体赋与近(律)体赋的关系,在风格方面复古派与趋新派的关系。于此极为庞杂的交变中,将视线聚焦在介乎诗、文之间的赋体艺术形态,以观测其过程与流变,则可将此千年赋学历史划分为三个时期。

中唐至北宋是以新文赋创作为标识的变革期

与历时唐宋两朝的古文运动类似,赋的变革亦经历了从中唐到北宋的驼峰状运动历程。在中唐贞元、元和间,韩愈类文之赋、柳宗元骚赋创作,都与其复古思潮相关,针对应试律赋之弊端而发;甚至如杨敬之《华山赋》、杜牧《阿房宫赋》创作的散文化色彩,亦应契中唐古文之倡。然中唐古文运动随其政治"中兴"的过眼烟云,赋学亦与之聚散依依,晚唐五代以律赋为主的卑弱纤靡,实为中唐在复古旗号下初兴文赋的反动。所以,北宋辞赋新变是以惩晚唐五代骈律赋风之孱柔为现实起点,而又以仿汉大赋"以文为赋"衔接中唐古文运动为逻辑起点,构成了一代"以古文为路,由是而赋"[1] "横骛别趋,而偭唐人之规矩"[2] 的创作主流。犹如汉大赋创制有丰富的文化因素,宋代文赋创作的展开,是以"学"为基础的。观北宋文士治赋,关键在意欲廓除晋唐辞赋日渐雕镂、绮靡相胜风习,创构既学殖深醇又横骛别趋的赋艺。由此,

---

1 王芑孙《读赋卮言·总指》。
2 李调元《赋话》卷五。

北宋赋重学又不仅表现于新体文赋,而大略可归于三方面:

一是宋代应制律赋已变晚唐五代之纤佻,以学殖深醇为尚。宋初承唐制应试律赋,虽讲求声律形式,却更重经世学识。据魏泰《东轩笔录》卷十载,宋太宗曾自定试题《卮言日出赋》,即对侍臣说:"比来举子浮薄,不求义理,务以敏速相尚。今此题渊奥,故使研穷意义,庶浇薄之风可渐革也。"而该榜进士孙何《论诗赋取士》进谓:"唯诗赋之制,非学优才高,不能当也。……观其命句,可以见学殖之浅深;即其构思,可以觇器业之大小。"可以说,学殖深、器业大,是宋初帝王、儒臣、文士对应制律赋创作的共同要求。欧阳修即谓:"真宗好文,虽以文辞取士,然必视其器识。"[1]对此,吴处厚《青箱杂记》也有同样的记录。缘此风习,宋初赋家田锡、朱昂、梁周翰、张咏、种放等,或为謇谔之臣,或为"西昆"作手,其为律赋内涵雍容丰赡,已与"五代体"之摧弱气格不侔。如田锡《春云》,于纤密中宕出深意;张咏《声赋》写声与政通,统合自然与人生,既气势回旋,又学识渊懿。范仲淹为北宋真宗、仁宗时名臣宿将,存赋三十九篇,其中绝大多数如《明堂》《蒙以养正》《自诚而明谓之性》《金在熔》《用天下心为心》《穷神知化》《易兼三才》等,皆应试律体,然典出经史,抒写学问,"寓议论于排偶之中"[2],自是宋人风貌。

1　欧阳修《归田录》。
2　李调元语。

这类创作到欧、苏笔下,境界恢开。欧阳修律赋以器识为主,议论剀切,气势疏宕,已肇"以古为律"之变格。苏轼骈、律之作,诚如孙梅《四六丛话》所云:在"工丽绝伦中,笔力矫变,有意摆落隋唐五季蹊径",而"独辟异境"。这种偭唐人规矩的创作,系重学殖,讲器业,阐议论之审美导向形成的赋风转移。

二是赋写类书,形成与汉朝赋代类书遥协的以学为赋的创作循环,这也是宋人惩晋唐赋家重"情"失"学"之风的一种现象。这种创作在赋史上的影响虽不及汉人"排比类书"[1],但在宋赋整体创作氛围中,重学之意,于斯可见。宋初吴淑的《事类赋》、北宋中叶徐晋卿的《春秋类对赋》,是此类创作的代表。魏谦升《赋品·事类》评曰:

> 吴淑百篇,博采旁搜。各分门户,派别源流。此疆尔界,瓜区芋畴。狐集千腋,鲭合五侯。晋卿巨制,类对春秋。揆厥所元,昭明选楼。

如果说吴赋是以百篇短赋组合而成的百科全书,则徐赋又是一部门类齐全的《春秋》学专科辞典。特别是成于淳化年间的《事类赋》,系作者预修《太平御览》《太平广记》《文苑英

---

1 艾南英《王子巩〈观生草〉序》。

华》等浩大的文化工程后精心结撰,合正文、注释达二十六万字之巨,《宋史·文苑传》载,吴淑"尝献《九弦琴五弦阮颂》,太宗赏其学问优博,又作《事类赋》百篇以献,诏注释,淑分注成三十卷上之"。按,"事类"系总题,内分一百子目,原名《一字题赋》,后奉诏注释,更名《事类赋》。这在赋史上绝无仅有。在创作意义上,该赋虽遵循当时取士之制,"赋体皆俳,匪古之轨"[1],至于夸多斗靡,缔绘章句,但其能将广阔的胸襟与赋艺基本特色结合,充分展示赋的盛世气象和博学功能,在客观上有赈衰起废之义。因此,无论汉人的文学类书化,抑或宋人的类书文学化,其假赋骋学(以学为赋)是共同的。

三是文赋新体之兴盛,亦与宋人不愿"意"为"律"缚,以便自由地骋放才学相关。《宋史·文苑传序》云:"国初杨亿、刘筠,犹袭唐人声律之体;柳开、穆修,志欲变古,而力弗逮。……逮庐陵欧阳修出,以古文倡;临川王安石、眉山苏轼、南丰曾巩起而和之,宋文日趋于古矣。"其实,宋人以文为赋同于以文为诗,均密契于古文运动。于诗,如赵翼《瓯北诗话》卷五云:"以文为诗,自昌黎始,至东坡益大放厥词,别开生面,成一代之大观。"赋体虽未如诗体之显,然宋人骈、律赋注入散文气势,四六俪语亦多"文体"为之,与新文

---

[1] 李濂《刻〈事类赋〉序》。

赋的出现实同气连枝。欧阳修《秋声》诸赋,以文为赋、擅长议论的审美特征,平易晓畅、不事雕琢的审美风格和损悲自达、尚理造境的审美趣味,基本囊括了宋文赋的艺术形态[1]。在欧公前后的赋家如王禹偁、赵湘、梅尧臣、邵雍、周敦颐、王安石、王令、刘敞等,其文赋创作,自出机杼,不假雕缋,以挺拔笔力造横空盘硬之语,与场屋赋轩轾。文赋创作到苏轼及其周围作家笔下,已体圆意熟。苏轼贬黄州团练副使任内,游赤壁矶而作文赋《前赤壁》,文简意丰,境思高逸,赋中情、景、理、意参融一境,最享盛名。胡仔《苕溪渔隐丛话后集》卷二十八引唐子西《语录》:"东坡之《赤壁》二赋,一洗万古,欲彷佛其一语,毕世不可得也。"试观《前赤壁赋》末"苏子曰"一段议论文字:

客亦知夫水与月乎?逝者如斯,而未尝往也;盈虚者如彼,而卒莫消长也。盖将自其变者而观之,则天地曾不能以一瞬;自其不变者而观之,则物与我皆无尽也,而又何羡乎!且夫天地之间,物各有主,苟非吾之所有,虽一毫而莫取。惟江上之清风,与山间之明月,耳得之而为声,目遇之而成色,取之无禁,用之不竭:是造物者之无尽藏也,而吾与子之所共适。

---

1 详拙文《论宋赋的历史承变与文化品格》,载《社会科学战线》1995年第3期。

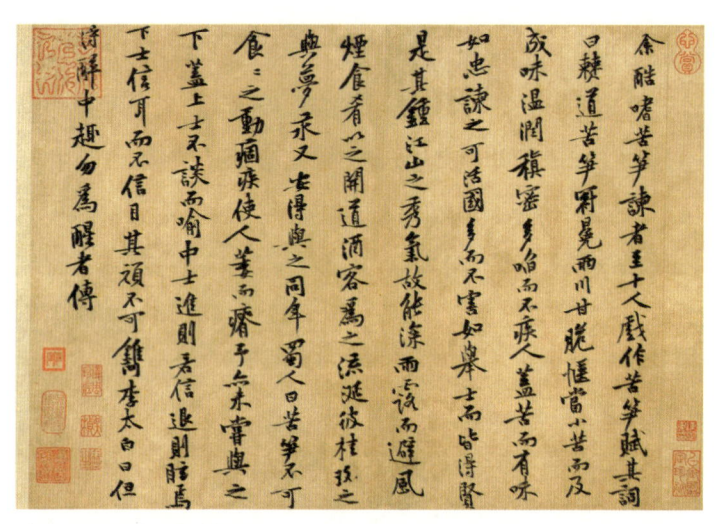

黄庭坚墨迹本《苦笋赋》

这段"变"与"不变""物各有主""与子共适"的议论中,包孕了庄学、佛学与儒学的思想,于此详见《庄子·德充符》与《楞严经》有关佛告波斯匿王一段话,林子良《林下偶谈》、周密《浩然斋雅谈》并有记载,可参。这种思想代表了赋家以简明的语言阐发深邃之哲理的创作风格。又如《黠鼠赋》写鼠之"黠":

> 童子惊曰:"是方啮也,而遽死耶!覆而出之,堕地乃走,虽有敏者,莫措其手。"苏子叹曰:"异哉!是鼠之黠也。闭于橐中,橐坚而不可穴也,故不啮而啮,以声致人;不死而死,以形求脱也。"

明宣宗笔下的老鼠

简短的对话，寄庄于谐，自由洒脱，理趣深挚，完全摆落了骈、律赋格的束缚。他如苏辙的《墨竹赋》、黄庭坚的《苦笋赋》、张耒的《鸣蛙赋》，或瘦硬苍劲，或气势雄肆，或想象奇突，或平矜释躁，均为一时文赋佳构。

在北宋以文赋为新变的主体创作风格中，"专尚理趣"又为一大审美特色，此与其仿汉心态也有联系。如果说汉人开启赋文学散语描写、骋辞论辩之风，并经晋唐赋家之主情创造的否定，则宋赋创作再次淡化个人情感色彩，以理趣为美，以议论为高，形成由汉至宋的赋史演进圈。但是，宋文赋的自立价值不仅在此,而恰恰表现在由于汉、宋时代的悬隔和赋史的流变,两朝赋家以文为赋之体制、内涵、风格的巨大差异。概括地说,在思想内涵方面,汉大赋因拘守讽谏,故于山川、京都、宫殿、游猎等题材之铺陈中又无不围绕这一主旨;因注重尚美,故于创作中汪秽藻饰、夸张声貌,显出追求形似美的特征。宋文赋创作多不专意揄扬讽谏,亦不热衷描绘诉诸感官的外在美,而是侧重日常生活,于极广泛而又极细微的题材中,阐发心意,显出追求理趣美的特征。如张耒的《卯饮赋》开篇写道:

> 张子晨起,落然四壁,千林霜晓,四顾寒寂。先生惘然而不自顾,视壁间若有物焉,短胫魁腹兮,长喙旁吸而椎髻上直也。虽未知其何祥,而津津然有喜色矣。于是童子趋而进曰:是有客曰鞠生者,愿奉先生于顷刻……

赋写饮酒,不落借酒浇愁意绪,亦不堕对酒长歌俗套,而能于浅淡中孕奇趣。在形式结构方面,汉大赋以长篇巨制、铺陈众物,重空间对衬,有宏整之势;宋文赋以短篇巧构,随心寄意,常专精于一事一物,有造境之奇。如北宋后期僧人惠洪题画之作《墨梅赋》,其于摹写墨梅之形、色、气、神之后云:

> 怪老禅之游戏,幻此华于缣素。凝分身之藏年,每开卷而奇遇。如行孤山之下,如入辋川之坞。念透尘之种性,舍无语之情绪。

题画而能融身于境,咏物而不拘于形,取梅品之清介淡雅,表"诸知见情,尽不能系缚,处处自在"[1]的禅意哲思。在运用辞藻方面,汉大赋铺采摛文,往往繁华损枝;宋文赋清丽为宗,却不乏勃郁恣肆。汉宋赋风诸多不同,固与两朝文化结构、学术思潮和审美心理之异有关,然若纵向探源,又在赋史衍化。自汉以降,辞赋文学历经魏、晋、南朝、隋唐、五代之变,论其大势,则在运词骈俪化、形式小品化与内涵抒情化三端。在运词上,赋体骈俪,汉人恢张声势,讲求整丽,已著先鞭,"至三国六朝之赋,一代工于一代。辞愈工,则情愈短而味愈浅,味愈浅则体愈下"[2],这种义亡体失的淫弱赋风,在唐代虽遭诗文革新的冲击,但是考赋制度和律化现象,使唐赋声色文辞踵事增华,炼字琢句益形精工。在形式上,晋唐赋坛偶有长篇巨制,然小品化之发展,已成趋势。而在内涵上,倘说汉赋体物写志,着重刻摹物境,则晋唐赋家之创作基本处情景交汇阶段,而突出的是情境;这种内涵之变,恰与赋体之诗化进程桴鼓相应。征此三重意义,可见

1　《五灯会元》卷六。
2　祝尧《古赋辨体》。

宋人为赋正是传承赋体小品化的趋态,开创了短小自由的文赋形式,并在运词上仿汉人气骨,去汉赋藻采,力图摧廓晋唐辞赋丽靡;在内涵上汲取晋唐因赋的诗化而将情感凝聚于对自然美的高度刻画中的艺术,把描写的笔致转向心理空间的创造:由物境(汉)、情境(晋、唐)转向意境。所以,在赋史流变中,由汉赋重体物(诉诸感性),晋唐赋或重情,或重景,到北宋赋观身达理,写境冲淡(诉诸理性),是一条参互变复的艺术过程,也是一条从审美的角度考察宋赋价值的重要线索。

南宋至元明是以"祖骚宗汉"为准则的创作复古期

宋代辞赋的自身变化是以两宋之际的社会衰变为起点的。考南宋赋家变北宋赋风,要在两点:一是反对唐宋以来沿袭已久的应制律赋,杨万里认为"专门以诗赋取士""始无赋"[1],在当时是有代表性的主张。观杨万里的赋作,他的《海鳅赋》描写现实题材,抒发抗金爱国激情,《雪巢赋》描写自然景物,喻示人生哲理,皆想象奇突,自出机杼,浦铣爱其《雪巢》"何其构思之妙",以为杨赋"别自一种笔意"[2],当内含杨赋与当世汗牛充栋的应试赋相抗之意。二是对中唐至北宋文赋创作的反省。对以文为诗,北宋时沈括已讥韩愈

---

1 《周子益训蒙省题诗序》。
2 《复小斋赋话》上卷。

诗为"押韵之文"[1]，于赋，则至宋室南渡始多反对。李调元《赋话》卷五引陈后山、朱晦庵分别评欧阳修《秋声赋》、苏轼《赤壁赋》"一片之文押几个韵者耳"，"独于楚人之赋有未数数然者"；李氏复总束其意："盖以文为赋，则去风雅日远也。"试观朱熹作于宋孝宗淳熙十年（1183年）自抒怀抱的《感春赋》，其继述"世途幽险"而适"耕野初志"时写道：

> 自余之既还归兮，毕藏英而发春。潜林庐以静处兮，阒蓬户其无人。披尘编以三复兮，悟往哲之明训。嗒掩卷以忘言兮，纳遐情于方寸。朝吾屣履而歌商兮，夕又赓之以清琴；夫何千载之遥遥兮，乃独有会于余心。

凝合骚情与人生，透泄"纳遐情于方寸"的理趣，是朱熹辞赋的创作线路，甚至他晚岁潜心著述《周易参同契考异》时所撰哲理赋《空同》，也是灌注着强烈的骚人情绪的。南宋赋家高似孙撰《骚略》三卷，收作品三十三篇，其制骚目的，在承屈子之情，抒时代心志。他认为："士之有所激而备者，极天地古今之变动，山川草木之情状，人物智愚之贤否，是非邪正之销长，有触吾心"，而"举天地、今古、山川、草木、人物盛衰之变，皆不足以敌之"，"此屈原、贾谊之所为者"[2]。这

1　惠洪《冷斋夜话》卷二引录。
2　高似孙《子略·贾谊〈新书〉》。

是两宋以来文学创作的主体情感,赋家现实意志正通过楚骚体的隐幽情绪予以表现。南宋文人以骚"为词赋宗"[1]的理论观,是与当世创作实际维系,且逗引元明"祖骚宗汉"之赋学复古思潮。

元明两朝赋复古,均以"祖骚宗汉"为鹄的。然考查其因有异:元赋复古主要围绕考试制度诗赋取士问题展开,明赋复古则多出于文人倡导的文学创作复古思想。

考元代科举制度,可分为两大阶段:第一阶段是从太宗十年(1238年)的"戊戌之选"到仁宗皇庆二年(1313年)颁布施行考试制度。在这一阶段,因王朝统治轻文政策和对有关考试方案的长期争议,朝廷所主持的国家一级考试实际上久未施行,而在地方一级则有乡试,且承"金朝取士止以词赋为重","学者止工于律赋"[2]传统,设赋一科。元初所谓"以词赋中选"[3],"大朝开创初设科举,以词赋擢上游"[4],实就乡试而论。由于朝廷科举空阙,文人难登仕版,于是或专力骋才于民间俗文学如戏曲的创造,或写诗赋寄发牢愁,抒泄个性情感。如元初契丹族名臣耶律楚材之子耶律铸,即创作了以"独醉"为主旨的系列赋,包括《双溪醉隐集》中《独醉园》《独醉园三台》《独醉亭》《独醉道者》《方湖

---

1 刘克庄《答陈卓然书》。
2 刘祁《归潜志》卷八。
3 王恽《濛溪张君墓碣铭》。
4 李庭《寓庵集》卷八。

别业》诸篇,以表"野人之清狂"。如其《方湖别业赋》云:

> 有田一廛,有宅一区。我引我泉,我疏我渠,我灌我园,我溉我蔬。蔬食为肉,安步为舆;行吟坐啸,足以自娱。

在表象上,耶律铸模仿的是东晋风流,但合观他的众多赋作,又可见在"行吟坐啸"之间仍内含一股悲情,并因与政治的疏离而转向庄园自娱趣味。由于元人赋寄托困世之悲,故反对宋文赋末流议论述理、略辞昧情,而追慕魏晋时赋之诗化,注重韵律与抒情。试观两节赋文:

> 忽六合之破碎,迸金光于虚碧。震来兮虩虩,迅击兮霹雳。轰万乘之空车,陨千寻之绝壁。劲穿心而裂耳,讶踵入而顶出。……骤江倾而河沛,瀁天瓢为一滴。(郝经《怒雨赋》)
>
> 发壮怀于尘世,飞妙墨于石壁。仰苍穹兮何言,抚丹心兮难识。顿骐骥之骏足,戢鸿鹄之劲翮。亦必能扫清而涤思,听其时而自得。(刘敏中《东山赋》)

一写怒雨之状,用"碧""雳""壁""出""滴"为韵,以险仄之声状危耸之景,喻示人生的忧患情绪;一写惊风入怀,用"壁""识""足""翮""得"诸入声字叶韵,作者心情,正通过紧迫急促的

赵孟頫书《吴兴赋》

吴城赋

稽典伐我吴城之为邑也莽
岑北峙华山西迤龙腾兽
舞云崖霞起造太空自古
始双溪夹流缘天目西来者
三百里曲折走蛇演漾涟漪
东为磔湾汇为湖陂湘浮
皎激百尺无涯贯平城中缝于
诸眺东注长匹湫：游心天
为隐不眯诚未知醉以受史
观夫山川瞑发照朗日月清
气乌钟冲和攸集里列乎
斗野势雄乎楚越神为之
两度之泰伯之祚春宅目汉
而下往：开国润晋城之揽
秀擅资沿流子雄面务作
墨是故唐代慎牧心抡大
长洪硕客：行：既乐且庶

工鸣椰鼓柑隐别茂宫鲜细
不道八□铸：日上尘寰甚
西则重冈复领川原异未其
北则黄龙强阜之涧玲珑长
辞之鸿縣水百伊阮高旦岘
乃风沿之隆汀在为政夫
之河稀为又弗门而它
兼如夫呈雄永左江左营
披至洎之区美且参仲之
上八敦置郎停荷翠於
风行而孚怕□□中为老远
季子为守言游为令八二
义为化礼乐为致埴以不
贪之宝敛以不予古泾石西
可父小用俗可使盖咸方
家不甘其手陆则有杂麻
如云郁：绿：嘉蔬舍滚
不蓄辰新陆伐雄免水弋
鲁属舟投之南承十逵半长
柚夏孚枇杷冬華橙楼
松栖椅桐樟稗之属文牟
有楊梅枣果槛甍木抵榴
萬鉉歔正如林其高陵则
琀砑坌峯崴磊堋砖石
绦竹篠藏雄還味坠组
至于中宫寶八递薪獏生

子犹不闻夫子之乎平十寒
之飞心有尘涳令斋且子我
地旦于里人物之富胡可禪
纪史冊平書习无声契参

逼仄之音达到特有的审美效果。第二阶段是仁宗皇庆二年（1313年）下诏开科取士到元末，这期间有两个变化：一是经义考试以程朱注释为准绳，二是词赋考试由律赋变古赋[1]。以古赋取士是有关科举考试科目长期争论过程中经义派与文士派相互妥协的结果，尽管这一决定在皇庆二年已诏告天下，实延至延祐年间始渐施行。元朝后期的"祖骚宗汉"思想，正是紧密围绕科举试古赋这一主旨，而其结果又向两方面展开：一是恢复试赋制度，因利禄之需而激发起文士治赋热情，所以围绕古赋应试的需求，兴起赋学复古高潮。于是应科举之需，元代后期出现了诸如虞廷硕《古赋准绳》（十卷）、苏弘道《延祐甲寅科江西乡试石鼓赋》（一卷）、无名氏《古赋题》（十卷，后集六卷）、《元统乙亥科湖广乡试荆山璞赋》（一卷）、《青云梯》（三卷）等，而一批参与科考的古赋作家如马祖常、王沂、汪克宽、吴莱、杨维桢、袁桷、朱德润、虞集、许有壬、陈樵、谢应芳等，均卓有成就。二是与考试古赋相关的，文士要求改变唐宋以来文赋、律赋之积弊，复兴古赋为其救衰纠弊理论的创作实践。当时文士祝尧编《古赋辨体》十卷、吴莱编《楚汉正声》两卷，既为士子古赋应制提供津筏，更重要的在倡导"祖骚宗汉"的赋学观。祝尧认为："赋之源出于诗，则为赋者固当以诗为体，而不当以文为

---

1 详《元史·选举志》。

体。"[1]刘祁《归潜志》卷九云:"金朝律赋之弊不可言……惟以格律痛绳之,洗垢求疵苛甚。其一时士子趋学,模题画影,至不成语言。"这恰是出古赋观对文赋、律赋的质疑。而观元后期文人创作,凝合楚骚情感与汉赋气势,为其赋之共通审美。杨维桢为元末大家,有《丽则遗音》四卷、《铁崖赋稿》两卷,或应制,或自抒,皆洋洋古音,寄现实真情。他的《骂虱赋》揭批现实丑恶;《些马赋》哀马伤己,发情纵意;《矩邑赋》"寥寥百余言,正使铺张扬厉者望而却步"[2],皆与他好尚的古义真情相关。再看赵孟頫《吴兴赋》的一段描写:

> 苍峰北峙,群山西迤,龙腾兽舞,云蒸霞起,造太空,自古始。双溪夹流,由天目而来者三百里。曲折委蛇,演漾涟漪,束为碕湾,汇为湖陂。……观夫山川映发,照朗日月,清气焉钟,冲和攸集。星列乎斗野,势雄乎楚越。

昔人评赵诗"五古"沉涵鲍(照)、谢(朓),傲睨高(适)、李(翱),高踵汉魏,出入盛唐;观其山水赋作,亦明显得汉魏之体势,得盛唐之情韵。祝尧《古赋辨体》卷四王粲《登楼赋》注中指谓:"犹有古味(按,元人以骚为古),以此知诗人所赋

1　祝尧《古赋辨体》卷九。
2　浦铣《复小斋赋话》上卷。

之六义,其妙处皆从情上来,情之不可已也,如是夫。"再由此看元赋创作骚化与诗化,其结穴在"从情上来"的审美追求,应是信而有征的。

明朝立国,统治者欲"荡涤南宋、胡元之陋"[1],故草创伊始,即实施两项重要的文化政策:一是明太祖诏复唐制(包括被元代削弱的科举制度)以追踪汉唐气象,振复汉族文化;二是太祖、成祖相继颁令以四书五经为国子监功课,倡扬程朱理学,制定以理学为内涵的八股文程式,以统约士子的思想。与元代后期的文化政策比较,明代以程朱注经为考试内容及标准,已见于前朝,而考经义而不考赋,则不同于前朝,形成唐以来唯一废诗赋取士的历史时期。但是,尽管明代考试科目略仿宋经义,不取诗赋,然取士"专以文词"[2],取八股文法,皆效法唐宋应制律赋,其于文人辞赋创作亦有很大影响。可以说,正是明初有关科举的两项文化政策的影响,出现了近百年文风以应制之敷衍加理学之空疏为主流的僵沉局面。如果说明中叶复古派文人诗学主张崇唐抑宋与明初"诏复唐制"有相承的逻辑关系,那么,其赋学主张"祖骚宗汉",又恰以反思明初两项文化政策导致的敷衍空疏赋风为历史动因,表现出与元代复古黏附科举不同的风貌,即游离于科举制度的赋学复古思想。从创作实

---

1 李贽《续藏书·文学名臣传》。
2 《明史·选举志》引李侃评明初科试语。

际来看,明赋大致经历了三个阶段:一是太祖立国至英宗复辟,此阶段诗赋创作虽"本温厚和平,深沉婉密"[1],却鲜有佳作;二是从弘治到嘉靖在持续近百年之久的文学复古运动影响下,一大批文学家如桑悦、李东阳、杨慎、李梦阳、何景明、王世贞、俞允文、卢楠、杨循吉等人的辞赋创作,开明赋之盛况,观其审美意趣,皆以复古为旨;三是自嘉靖后期经万历迄明末,文学复古思想退潮,变革思想炽盛,受王学左派和公安、竟陵文学主张的影响,辞赋亦有趋新思潮。然随着明末宦政的毒化,民族矛盾的尖锐,明末爱国文人如陈子龙、夏完淳等复为法古仿骚之赋,特别是夏完淳用《离骚》之法与情撰成反映明朝亡于异族铁蹄的史诗《大哀赋》,为明赋画上了凝重而悲怆的句号。

由此可知,明赋的特色在复古,其佳作亦在复古派中人。然稽考其实,其演进轨迹又着重在两方面:首先是发扬赋家体国经野、铺采摛文的宗汉之心。明初金幼牧、杨荣等创制《皇都大一统赋》,陈敬宗、李时勉等创制《北京赋》,歌功颂德,兼寓史训,供帝王鉴玩资治。成化间桑悦居京师成《两都赋》,描绘北都(北京)、南都(金陵)形胜,振国威,惊殊方,为一时佳话。弘治后,随皇权失衡,权奸当道,复古文人以反对台阁文风蹈虚为起点,不复为京殿大赋,转重真情实

---

[1] 陈献章《复胡推府》。

清人绘制的夏允彝、夏完淳父子像,二人均为明末抗清义士。夏完淳殉国时年仅十七岁。《大哀赋》中说:"故国云亡,旧乡已破,先君绝命,哭葬房于九渊;慈母披缁,隔祗林于百里。羁孤薄命,漂泊无家,万里风尘,志存复楚,三春壁垒,计失依刘,蜀市子规,千山俱哭,吴江精卫,一水群飞。泣海岛之田横,尚无其地;葬平陵之翟义,未有其人。"语句沉郁悲壮。

意,然仿古之制仍多如汉赋之铺陈,以表"浑雅正大"(李东阳语)。如李东阳的《忠爱祠赋》歌颂汀州地方官王得仁的惠政,即通过"父老"之口充满真情地写出他赈灾济荒、惩暴安良、公平断狱、体恤民情的政绩:

昔者旱魃狂舞,饥民嗷謷。籴价屡减,巡车继膏。眉我为颦,躯我为劳。慰我苍黄,归我逋逃。民之戴侯,若褆若褓。嬖人肆骄,侯语谔谔。麑卒施虐,侯法岳岳。颓厦木柱,中流砥崿。撼之不可动,麾之不可却。民之赖侯,若堕得绠,若病得药。两造具狱,群辞交挐。侯居其间,左牒右书。微入芒颖,细穷锱铢。讷喙雄吐,冤怀奋摅。民之遇侯,若毙而苏。

赋由三层次铺叙,中以"民之戴侯""民之赖侯""民之遇侯"极诚直的语言,反复致意;而这种劳人思妇孺子的赤诚之情,在思想境界上实有过于凄婉清切的羁人怨士之悲。其次是继弘治以后,到正德年间武宗荒淫与宦官专权,王朝陷于"珰毒方深,人心易震"的危境,贤人失志之赋再兴,前七子由宗汉胸臆向归复骚情的转移,是为代表。如居七子之首的李梦阳供职户部,亲睹宦竖刘瑾等"八虎"为非作歹,"日导上鹰兔狗马,舞唱角抵,渐废万机"[1],遂草具《代劾宦官疏》,多次倒阉,三度入狱,两遭几死,刚烈性情,可窥一斑。而其为赋,一反时文肤廓轻浅,以仿骚为主,兼得汉魏之气骨。如《泛彭蠡赋》之骚情壮意,《观禁中落叶赋》之深沉刻挚,均借题发挥,抒写愤懑,为李赋正格。又如《钝赋》

---

[1] 睦㮮《空同先生传》。

直写人生遭际：

> 余窃悲机巧之竞进兮，性灵利而激昂。众倜傥而钻利兮，务捷径以求成。势犬牙苟相轧兮，白刃起而相仇，戈戟攒于心肺兮，蹈槛阱而靡恌。

赋中既揭刺群小幸进，荧惑伤道，又极有气魄地表白刚正不阿、心肺戈戟之人格，其以屈子"九死而未悔"精神自励，显而易见。李氏祖骚宗汉，倡"唐无赋"说，然如《省咎》一赋，则全仿唐柳宗元《惩咎赋》，王文禄《文脉》称："柳赋，唐之冠。"而柳赋在唐代的价值关键是仿骚达情，这既是李赋学唐仿柳的审美结穴，又适证"唐无赋"非空泛概念而具实际内涵。与前七子相比，嘉靖年间崛起之后七子复古，在文学观方面能矫泥古之弊，然其辞赋创作与理论，仍以骚汉为鹄的，与前七子一灯相传。

从赋体文学艺术形式来看，明代以复古派文人创作为主体的辞赋风格，同具有反拨唐律赋与宋文赋的意义，这不仅使明赋与元人治赋"变律为古"有创作上的纵向渊承，而且以生动之个例极典型地揭示了复古文人在赋学领域追本求源的理论观点。

清代近三百年间是赋文学由综会至衰落的形胜而旨微之时期

清人继元明仿古,赋学复炽其盛,亦可谓"集周、秦、汉、魏、唐、宋、元、明之大成"[1]。探究清赋综会集成之因,主要在三方面:一是大一统政治局面的形成和统治者的提倡。自康熙十八年(1679)诏举"博学鸿词"和平定"三藩之乱"后,清廷进入倡导文治的时期,赋学亦缘之而复兴。康熙帝玄烨御制《历代赋汇序》指出:"赋之于诗,功尤为独多。"这不仅因为"兴、比不能单行,而赋遂继诗之后,卓然自见于世",其关键还在赋既可以"考稽古昔""与国政事",又能"求天下之才"而有用于世。缘此,清赋表现出征实致用的特征。如写海则多海运之利,写山则多矿产之富,咏物则多日常所需,抒情尤多当世精神。特别是疆域和疆域意识的扩大,亦拓展了清代赋家的视野,出现了媲美汉唐的创作盛况。据《清史稿·地理志》载,清初划土分疆,多沿明制,至康熙、雍正拓土开疆,始有新藩喀尔喀四部八十二旗、青海四部二十九旗,及贺兰山厄鲁特迄于西藏,"逮于高宗,定大、小金川,收准噶尔四部,天山南北二万余里毡裘湩酪之伦……东极三姓所属库页岛,西极新疆疏勒至于葱岭,北极外兴安岭,南极广东琼州之崖山,莫不稽颡内向,诚系本朝。

---

1 黄人《清文汇序》。

《历代赋汇序》云:"赋之于诗,功尤为独多,由是以来,兴、比不能单行,而赋遂继诗之后,卓然自见于世。"

于皇铄哉!汉唐以来未之有也"。与此征服雄心和疆土辽阔相适应,清人围绕乾隆帝弘历《盛京赋》创作了一批疆域大赋,其中有如《皇舆图赋》(全祖望)对王朝地貌的静态勾画,有如《卜魁城赋》(英和)、《西藏赋》(和宁)、《新疆赋》(徐松)对边陲自然与人文地理的动态描绘;还有围绕征服异域、颂赞统一的赋章,如朱筠等人的《圣谟广运平定准噶尔赋》展示了自康熙二十九年(1690年)至乾隆二十二年(1757年)平息准噶尔(清卫拉特蒙古四部之一)叛乱的历史事件,场景雄阔,高度颂扬了皇清一统、君临万国的态势。如朱筠在赋中云:

近则俄罗斯、高丽、琉球、安南,数十国之属奉朝受贽;荒则西洋之域槎海晞日者以数万里计,莫不徇东风,谨万物,十年而一受吏。

视野极为开阔。又如徐松《新疆赋》叙写新疆南路各族人民集市贸易、歌舞竞技、和睦相处、太平安乐之景象:

若夫七日为墟,百物交互,征逐奇赢,奔驰妇孺,则有红花紫矿,黄牙白坧,蛤粉堆青,晶盐耀素,鸡舌含香,马乳垂露。……复有迷迭兜纳,珊瑚玻璃,咸梯航而入市,列阛阓而衒奇。于是众庶悦豫,禜灾蕲祜,逐臭以居,慕膻而聚。虔礼拜于祆神,立祠堂于教主。其逢正岁,度大年,骑沓沓,鼓囍嚭;凹睛突鼻,溢郭充廛;场空兽舞,鲍巨灯圆。兜离集,裹帕联,九剑跳,都卢缘,奏七调,弹五弦,吹觱篥,捆毛员,跨高楔,歌小天。末陀酿酒,腾格分钱。得斯挞之嶷嶷,额色帔之翩翩。……卢牟亭毒,莫知其然。是博望不得侈略于致远,翁孙不得擅美于屯田,彼唐宋之琐琐,更何足语于筹边也哉!

这里描绘的百物交互之贸易,宗教庆典之歌舞,民俗风情之奇异,精彩夺目、光怪陆离,然作者之所以如此铺陈夸饰,其旨趣正在于受盛清"汉唐以来未之有"的大一统疆域的现实激发出的同样超越汉唐的太平盛世理想。即如道光、咸丰以后,清政式微,然赋家对山川景象的描写仍不拘于中原地区,而更多地将审美视角投向辽远的边关,如《天山》(张澍)、《鸭绿江》(喻长霖)诸赋,或写奇景,或写悲情,气势雄壮,真实感人,表现出特有的历史感与现实感。

二是围绕科举试赋制度的恢复,清代文坛再次掀起律赋创作热潮,数量之多,题材之广,皆非唐宋时代所能比拟。如前所述,自康熙御制《历代赋汇序》提倡绍唐宋诗赋取士以收取"天下之才",即改变元明两朝考试废诗赋(元后期用古赋取士)之制,而在制科、翰林院试中恢复了加考律赋以觇才学的传统。据《清史稿·选举志》载:康熙十八年(1679年)三月制科取士,"召试体仁阁,凡百四十三人,赐燕,试赋一,诗一"。王修玉曾记其事:"岁己未(康熙十八年),有司举廷试,入都时,天子方诏臣工征博学鸿词之士,亲试诗赋,命典石渠。……中外翕然,竞以文辞相应。"[1]乾隆帝虽赞同吴元安奏"诗赋虽取兼长,而经史尤为根柢",然其乾隆元年(1736年)试博学鸿词科,则以《五六天地之中合赋》居考卷之首[2]。尽管有清之世朝廷常科沿承明代八股经义取

---

1 《历代赋楷·自序》。
2 参见《皇朝掌故汇编》内编卷三十七《科举三》。

士,不试诗赋,然馆阁律赋作手又多为进士及第之人,如沈德潜题序、胡浚编纂的《历朝赋选》收赋一百零三篇,凡七十四家,除五家外,余皆进士出身。倘究其原因,实在清代地方生员考试,皆有"诗赋一场",且"官韵"甚严[1],诚如王芑孙《读赋卮言》云:"官韵之设,所以注题目之解,示程式之意,杜勦袭之门,非以困人而束缚之也。"出此风势,律赋在清世取士择人中凸现出来,一批诸如《国朝试律汇海》(黄爵滋编)、《本朝馆阁赋》(程洢等编)、《同馆赋抄》(法式善编)、《同馆赋续抄》(徐桐编)等应试赋汇编,和诸如《赋谱》(朱一飞)、《赋学指南》(余丙照)、《作赋例言》(汪廷珍)等示律赋作法应运而生,为专供士子馆阁习赋的参考读本。由于清廷重实学,且应制律赋又意在观觇才学,故与八股时文比,更多重大现实题材(如潘耒的《平蜀赋》《平滇赋》)和骈学之作(如徐乾学《御试经史赋》、唐家丰《毛公学赋》)。从赋的气势、韵律和意境来看,应试之作中亦不乏佳构。如法式善《三十科同馆赋抄》卷一"大考卷"首列齐召南《竹泉春雨赋》(戊辰大考一等一名),以"有斐然君子终不谖兮"为韵,音色相渲,清泠精丽,并无以律束情之感。如描绘春雨润浥中泉流竹翠之状:

---

[1] 《清会典》卷三十二《礼部》。

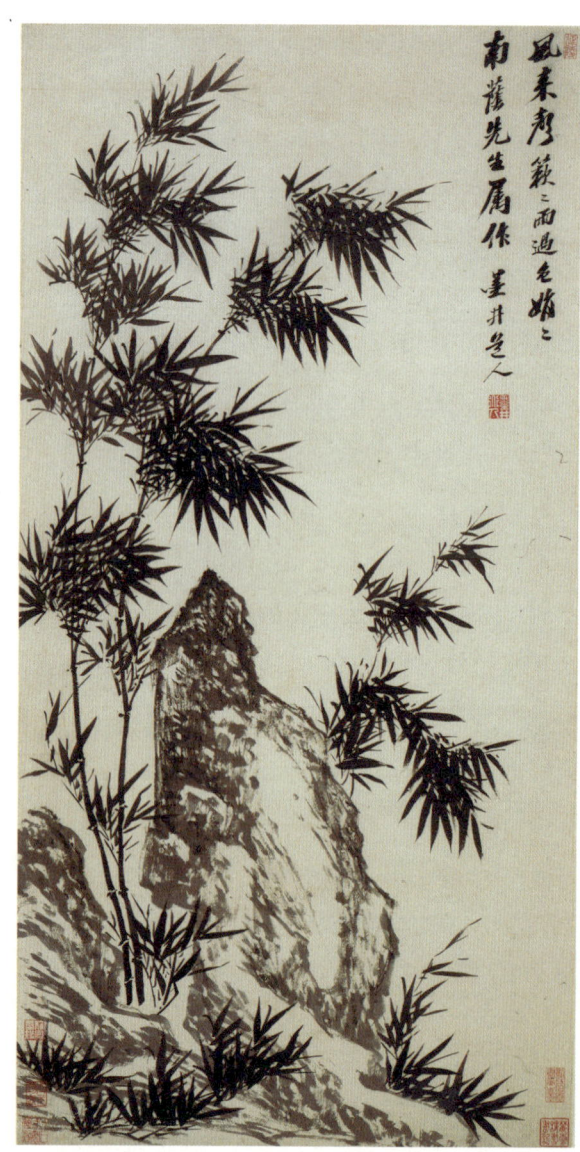

清吴历竹石图轴

碧藓含润，既垂露以珠联；玉笋排头，更惊雷而云起。似七贤之沉醉，把臂相扶；如六逸之初醒，哦诗徙倚。谁写枝枝叶叶，共说萧郎；能兼雨雨风风，无如苏子。则见层峦下上，曲岸西东，新篁掩冉，密雾迷蒙。蟠锦虹于崖际，扬霢霂于晴空。岚既浓而欲滴，雨将霁而犹蒙。

其间以"碧藓""玉笋""锦虹""霢霂"点缀绚丽之色，复以"垂露""惊雷""新篁""密雾"表幻奇之姿，而"沉醉"之"七贤""把臂相扶"，"初醒"之"六逸""哦诗徙倚"，将泉竹形象以拟人化方式于依稀朦胧中隐现，并融织入全赋的幽美境界。他如钱大昕《石韫玉赋》、皮锡瑞《韩昌黎平淮西碑赋》等应制，皆气势健举，波澜老成。当然，由于应试律赋的创作普及乡间学馆，也造成清赋走向大量摹拟与饾饤杂沓的风格。比如《拟李程日五色赋》《拟赤壁赋》《拟扬雄长杨赋》《拟庾子山小园赋》《烟波钓徒赋》《钟馗啖鬼赋》等，犹如唐人试帖诗，无一事不为，无一物不咏，是崇赋氛围中的审美泛滥。

三是各类人物的参与而形成各种体裁、风格的兼备，是清赋有集成之势的重要原因。就作家队伍而言，清代的思想家、政治家、学者如王夫之、黄宗羲、施闰章、徐乾学、李光地、全祖望、庄述祖、钱大昕、焦循、崔述、阮元等，皆以深厚学养为赋，有博识雅趣。其骈文家、诗人、词人则如陈维崧、吴兆骞、尤侗、胡天游、洪亮吉、汪中、彭兆荪、吴锡麟、袁枚、朱彝尊、纳兰容若等，或文采赡富，号称中兴，或情韵婉美，辩丽可喜。其戏剧家、小说家如李渔、曹雪芹、蒲松龄等为赋，实继朱明遗风，既重情境，又兼顾故事情节和表演艺术，谐趣深情，新颖奇幻，为前人所未及，最耐人寻味。而赋学家如李调元、张惠言等为赋，或古或律，均能印合各自的赋学主张，形成在自觉理论指导下的创作实践，弥足珍贵。如此诸端，说明各类作家均有创作特色，因文繁不予罗列，详情可参拙文《清赋概论》[1]。但是，正因为作家队伍涉及方方面面，所以清赋体裁最为齐全，而题材也最为广备，特别是乾嘉盛世清赋中兴，同样成为中国赋学的最后辉煌。

纵览近古赋千年流变，始终存在着复古与趋新的交织。然而就清赋大体而论，所谓复古，主要是复骚汉之古；所谓趋新，也仅是容受唐宋之新。至于赋创作中的新内容，如咏物赋之《自鸣钟》（纳兰容若）、《眼镜》（李光地）、《曼陀罗》《哈密瓜》（全祖望）、《洋晚香玉》（姚华）、《电报》（章桂馨）等；抒情赋则如围绕两次鸦片战争和甲午战争出现现代爱国意义的反侵略战争（金应麟《哀江南》、陈蜕《哀朝鲜》、喻长霖《鸭绿江》、易顺豫《哀台湾》、胡薇元《海军》、章炳麟《哀山东》等），属因时而变的新题材，价值在时代之内涵，而不

---

[1] 载《学术研究》1993年第3期。

在赋体艺术本身。近古赋衍替至清代,其"体"的衰落,已是不可避免的历史必然。

从赋史的发展来看,近古赋延承前人亦诗亦文的创作意义,还有三点值得注意:

其一,追寻赋本体,以企绵延生存。如前所述,近古赋家自南宋以后或祖骚,或宗汉,或学唐,或法宋,均是在或化于诗,或化于文的困境中生存;而他们调协前人从两个极端(格律化和散文化)寻求出路的方式,显出创作向诗歌与散文的双向依附,实为寻求赋本体的矛盾心态和必然归宿。这一点在明清文学批评家李梦阳、王世贞、袁宏道、程廷祚、李调元、张惠言、章学诚、刘熙载等的辞赋理论中可得印证。

其二,赋体艺术伴随文学思潮衍变之必然。文学史实昭示,辞赋艺术是在先秦诗文分离过程中出现,而在唐宋以后,诗文艺术在一定程度上复合时,赋艺又成为中介物。如对近体诗发展中的赋化现象,项安世即谓唐以后文人"皆用赋体作诗"[1]。而由此观照在诗、文交叉演进中赋的格律化与散文化,是具有中国古典文学居晚期之共时效应的。所以,近古赋在诗文间的分歧、流延,正是其艺术风格没有特征的主要特征。

其三,赋体艺术变穷而衰的结果。我国赋文学经千年

---

1 《项氏家说》卷八。

发展，由骚而散、骈、律至北宋文赋，相继兴替，变穷而衰，到南宋以降体式、风格均无振复新变。近古赋家虽或出于仿古心态摹写辞赋"正格"，或出于趋新精神抒发当世情怀，然囿于赋创作自身时序、体式、风格、资养、文词诸"穷境"，在艺术审美方面也只能复述旧格，流延余绪而已。

有趣的是，20世纪初"五四"新文学运动中白话诗人打破古典诗歌形式束缚，一方面得西方现代诗潮之助，而另一方面正是中国民族文化母体中诗歌内在之赋的功能的发扬。换言之，如果说辞赋艺术在本体上诞育于先秦诗歌，并在两千年发展中始终存在着交叉变复现象，那么，到新文学运动时期，赋文学又以其艺术功能、审美特征渗融于新诗（含散文诗）的建构，恰恰形成了一个艺术的历史大循环。而将研究视野置放于这种逻辑推衍的机制中，必有助于加深对赋学之历史价值和现代意义的领悟。

風雅之志舞之蹈之世本

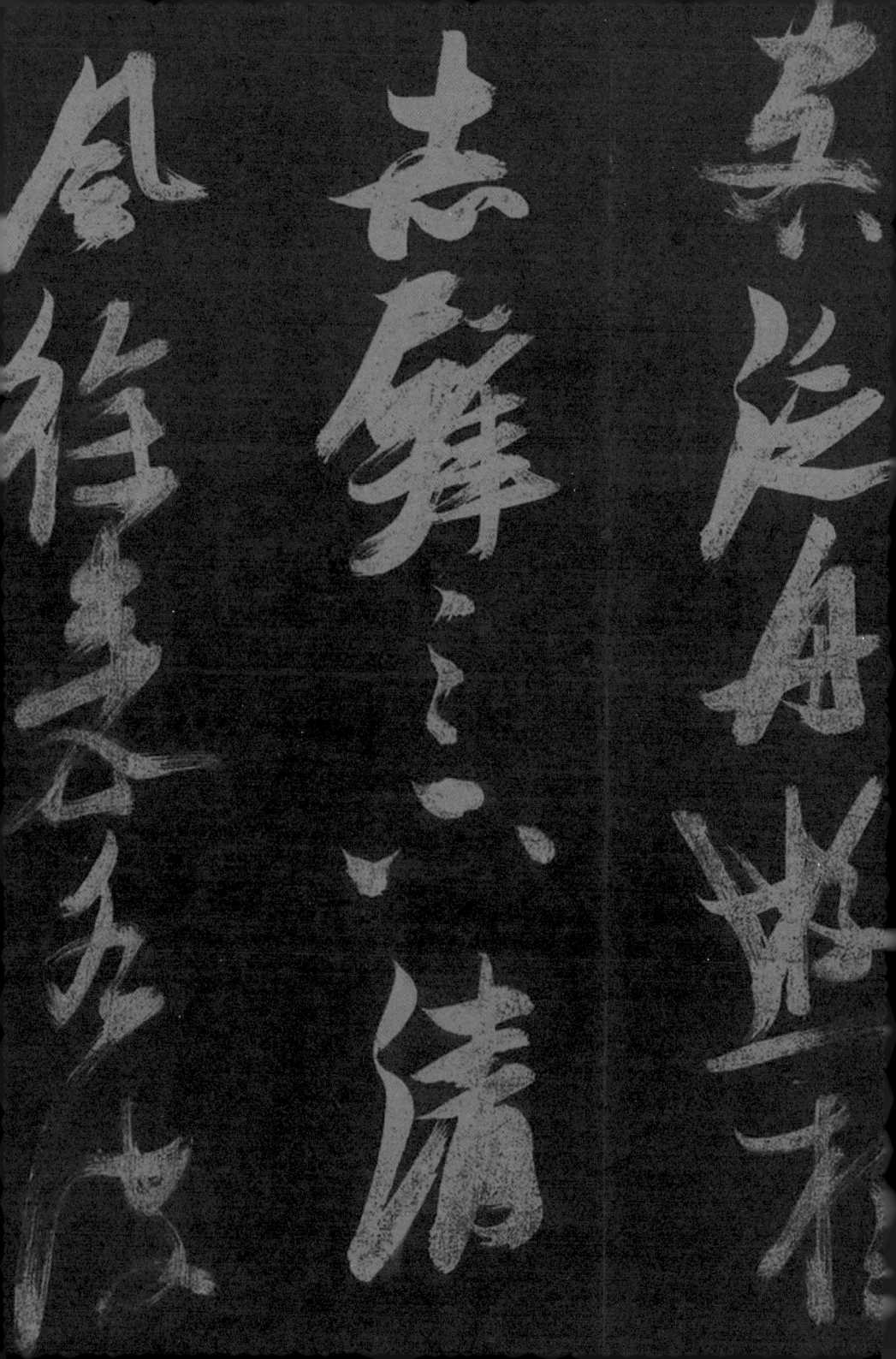

第三讲

辞赋家与创作

刘勰《文心雕龙·诠赋》论赋谓"体国经野,义尚光大",其"体国经野"源自《周礼》的开篇,其中内含了礼与赋的关联;同时,刘评虽专指京殿类大篇,但就赋家创作的主旨而言,也是适合赋体制作的。在中国文学史上,赋家与赋作同制度的关系颇为密切,可以汉代乃至后世的献赋与唐宋迄清的考赋观其要则。同时,由于赋体是中国古代最典型的修辞艺术,它又是最具汉语语言特色的文体,故其置身于世界文学之林而独具特色。正因为赋体的独特性,所以其赋法与技艺亦不尽同诗、文创作,也同样有着特殊的文化背景与写作法则。这一曾被美国汉学家康达维(David R. Knechtges)称为"石楠花"的古老赋体[1],在现代的被遮蔽与被传承,尤其是新世纪的赋体创作在很大程度上的复兴,又呈现出古体之现代的价值与意义。

---

[1] 参见康达维《论赋体的源流》,《文史哲》1988年第1期。

历朝制度和赋家责任

文学的研究以作品为根本,一切作品又都是由作家写出,而作为一种比较纯粹的文学——诗赋文学,赋家应该是最早的一批文人。汉代宫廷言语侍从的出现与汉赋的关系,已如前述,然从赋家的视角来看,汉代宫廷文人赋出现之前,有关赋的造作已经出现,所以有必要对从瞍赋、行人赋、楚人赋到汉人赋的发展作些介绍。

所谓瞍赋,源自《国语》的记载,是与周朝的制度相关,征之《周官》《周礼》),是与大祝、大师、大司乐同属春官系统的。据《国语·周语上》:

> 故天子听政,使公卿至于列士献诗,瞽献曲,史献书,师箴,瞍赋,矇诵,百工谏,庶人传语,近臣尽规,亲戚补察,瞽、史教诲,耆、艾修之,而后王斟酌焉,是以事行而不悖。

在《周礼·春官》中,"瞽矇"附"大师"后,"瞍"与之相同,皆盲人之属。而对照大师与瞽矇的职掌,即大师"教六诗,曰风,曰赋,曰比,曰兴,曰雅,曰颂。以六德为之本,以六律炎之音",瞽矇则"掌六德之歌",可知皆与诗(乐)教传统相契

乌程闵氏明万历己未本《国语》书影

合。有关瞽矇之教，先秦典籍记载甚多，如《诗经·周颂·有瞽》："有瞽有瞽，在周之庭。……既备乃奏，箫鼓备举。"《毛传》："瞽，乐官也。"《郑笺》："瞽，矇也，以为乐官者，目无所见，于音声审也。"又如洪兴祖《楚辞补注》之《九章章句第四·怀沙》"玄文处幽兮，矇瞍谓之不章"王逸注：

> 矇，盲者也。《诗》云："矇瞍奏公。"章，明也。言持玄墨之文，居于幽冥之处，则矇瞍之徒，以为不明也。言持贤知之士，居于山谷，则众愚以为不贤也。

此则借《诗经·大雅·灵台》"矇瞍奏公"语以解之，其"矇瞍"连称，亦同"瞽矇"。回到《国语》中的"瞍赋"，皆缘"天子听政",与"列士献诗""瞽献曲""史献书""师箴""矇诵""百工谏"相类,皆与诗域相关,属乐教的范畴。所以从"瞍赋"看赋作为一种与文辞相关的功能性的行为,最初即与王者的制度相关,彰显的是乐教与致用。而与"赋"字相关的致用观的功能转化,则是周制"天子失官"后春秋之世的"行人"用赋。

行人赋即用赋法诵诗,本质是用诗,即赋诗之法。考春秋之世,普遍存在用诗之风,采用或引诗属语,或赋诗言志的方式,标明的是制度化的礼对诗的功能性的干预。在《左传》《国语》所引述的春秋时代之用诗(含赋诗、引诗、歌诗、作诗)中,有一突出现象是由诗祝吉(祭)礼向宾礼的转移,《诗》成为邦国间交往与士大夫间酬酢的"言语"功用。而这一功用,正对作为言语侍从的汉赋家队伍的形成有先导意义。当然,就制度而论,吉、宾之礼均属春官,《周礼》大宗伯之职掌,即有"以飨燕之礼,亲四方宾客"。大司乐主乐教,也是"以致鬼神示,以和邦国,以谐万民,以安宾客,以悦远人"。尽管春秋赋诗兼及朝聘、燕飨,但是突出的却在朝聘,所以刘师培《论文杂记》在记述"采风侯邦,本行人旧典"后继谓:

> 古人诗赋,俱谓之文。然诗赋之学,亦出行人之官。盖赋列六义之一,乃古诗之流。古代之诗,虽不别标赋体,然凡作诗者,皆谓之赋诗,诵诗者亦谓之赋诗。

《汉志》叙诗赋略,谓:"古者诸侯卿大夫,交接邻国,以微言相感,当揖让之际,必称诗以喻志,盖以别贤不肖而观盛衰,故孔子言:'不学诗,无以言。'"夫交接邻国,揖让喻志,成为行人之专司。行人之术,流为纵横家。故《汉志》叙纵横家,引"诵诗三百,不能专对"之文,以为大戒,诚以出使四方,必当有得于诗教。则诗赋之学,实惟纵横家所独擅矣。

其中引述《汉志》之说,以印证行人赋与楚赋、汉赋间的纽带关系,是颇有意味的。而考察春秋行人赋诗,如《左传·文公十三年》:

冬,公如晋朝,且寻盟。卫侯会公于沓,请平于晋。公还,郑伯会公于棐,亦请平于晋。公皆成之。子家赋《鸿雁》,季文子曰:"寡君未免于此。"文子赋《四月》,子家赋《载驰》之四章,文子赋《采薇》之四章。郑伯拜。

又《襄公二十七年》:

郑伯享赵孟于垂陇。子展、伯有、子西、子产、子大叔、二子石从。赵孟曰:"七子从君,以宠武也,请皆赋以卒君贶,武亦以观七子之志。"子展赋《草虫》,赵孟曰:"善哉,民之主也!民抑武也,不足以当之。"伯有赋《鹑之贲贲》,赵孟曰:"床第之言不踰阈,况在野乎?非使人之所得闻也。"子西赋《黍苗》之四章,赵孟曰:"寡君在,武何能焉?"子产赋《隰桑》,赵孟曰:"武请受其卒章。"赵武欲子产之见规诲。子大叔赋《野有蔓草》,赵孟曰:"吾子之惠也。"印段赋《蟋蟀》,赵孟曰:"善哉!保家之主也。吾有望矣。"公孙段赋《桑扈》,赵孟曰:"匪交匪敖,福将焉往?若保是言也,欲辞福禄,得乎?"卒享。文子告叔向曰:"伯有将为戮矣。诗以言志,志诬其上,而公怨之,以为宾荣,其能久乎?幸而后亡。"

其中赋诗言志虽有断章取义,然其审时度势以明德致远的致用性,却是明显的。而由瞍赋到行人赋,刘熙载《赋概》区分其义云:"古人赋诗与后世作赋,事异而意同。意之所取,大抵有二:一以讽谏,《周语》'瞍赋矇诵'是也;一以言志,《左传》赵孟曰'请皆赋以卒君贶,武亦以观七子之志',韩宣子曰'二三子请皆赋,起亦以知郑志'是也。言志讽谏,非雅丽何以善之?"以讽谏与言志分述瞍赋与行人赋,正与西周王政之用与春秋审势之举相合,功能不同,其用则一。

由行人赋到楚人赋,我们可以从上引刘熙载所说讽谏、言志的阶段性变迁,再来对读《汉书·艺文志》有关楚赋兴起的言说:

> 古者诸侯卿大夫交接邻国……必称《诗》以谕其志……春秋之后，周道浸坏，聘问歌咏不行于列国，学《诗》之士逸在布衣，而贤人失志之赋作。

由此可见，论赋之言志所衔接的时代变迁就是"贤人失志之赋"的楚赋，属于"衰世之文"，而逆向承接，汉赋"继楚"由"贤人失志之赋"附会"学《诗》之士逸在布衣"，并上溯到"古者诸侯卿大夫交接邻国……必称《诗》以谕其志"，太史公所说司马相如赋"与《诗》之风谏无异"，班固所称的"赋者，古诗之流"，均由此意端生出，所言"谕其志"切合的是东周风、雅之诗的衰变意识。再由此逆向上推，喻志（言志）衔接讽谏时代的"瞍赋矇诵"，体现的是赋参与王政以代王言的意义，即《国语·周语上》所述天子听政包括瞍赋等供"王斟酌"的一段话语。于是我们可以看到，汉赋的形成及路径，是由"继楚"而为"继周"，即在于取法周初《书》"诰"以喻示开辟之功的同时，又于《诗》域取义返归雅（大雅）、颂（周颂），如扬雄《长杨赋》除了影写《尚书·无逸》写作模式，同样取法了《诗·大雅·皇矣》的书写方式，即朱熹所述："此诗叙大王、大伯、王季之德，以及文王伐密、伐崇之事。"[1]究其因就是变"继楚"（包括东周）的衰世情怀，而为西周建国

---

[1] 《诗集传》。

之开盛气象,由乱世之辞回归治世之文。

这从赋家的身份来看,又构成了由楚人赋到汉人赋的发展。汉赋内涵变"乱世"到"治世"的要则,主要在赋家身份的认同,其根本在宫廷言语侍从队伍的形成。除此职掌之外,其以赋文继承"周德"以彰显"汉德",还应关注两重思想的认同。

一是儒家的身份及思想的认同。有关赋家与儒家的关联,简宗梧《汉代赋家与儒家之渊源》《汉赋文学思想与儒家文学观》两文有详尽的论述[1],也就是说,凡汉代赋家在"子书"存世者,基本都是儒家类著述。正因如此,汉代的赋家写骋辞大篇,虽不乏霸气,但终以王道为旨归,与儒家重礼的意趣尽同。作为汉人所尊儒宗的孔子,曾有"甚矣吾衰也!久矣吾不复梦见周公"[2],后世也以此"周公梦"说明孔子对周公制礼作乐的追奉;无独有偶,扬雄在《长杨赋》中模拟"周公曰"成篇,复又于《法言·吾子》中强调"诗人之赋丽以则,辞人之赋丽以淫。如孔氏之门用赋也,则贾谊升堂,相如入室",以赋附儒,自然契合。然而不可忽略的是,主导汉廷政治制度的思想,自文景迄武宣,是由黄老之术到"杂霸王之道",未取"醇儒"之学,这在汉宣帝针对太子进言"陛下持刑太深,宜用儒生"而作色驳斥"汉家自有制度,本以霸

---

[1] 详见《汉赋源流与价值之商榷》,文史哲出版社1980年版。
[2] 《论语·述而》。

王道杂之,奈何纯任德教,用周政"的话语中[1],有典型宣示。而由儒术缘饰吏治到以儒教治国的转折正是汉元帝"好儒术文辞,颇改宣帝之政"[2],成哀之世相承成习,依经行政极大地影响了当时的士人行为和文坛风气。在这样的背景下,刘歆《诸子略》提出"诸子出于王官学"的主张,与赋家追源王政(《国语》"天子听政")相通,这也是汉赋家讲求"雅丽"以绾合言志与讽谏的原因。

一是赋家秉承师保制度的传统遗义。有关师保古制,《大戴礼记·保傅》载:"昔者周成王幼,在襁褓之中。召公为太保,周公为太傅,太公为太师。"《礼记·文王世子》载:"太傅在前,少傅在后,入则有保,出则有师。"乃天子辅弼之臣,兼教导之功。对此,陈梦家考源云:"师保之保最早是以女子担任的保姆,渐发展而为王室公子的师傅,至周初而为执王国大权的三公。"[3]而对师保的实际功用(政教功能),《大戴礼记·保傅》谓:"帝入太学,承师问道,退习而端于太傅,太傅罚其不则而达其不及,则德智长而理道得。"重在教导。至于实际操作,又如《周礼·地官》载:"师氏掌以媺(美)诏王"(以三德教国子,取善事以喻劝),"保氏掌谏王恶"(养之以道,取比类以言之)。《礼记·文王世子》载:"师

---

1 《汉书·王褒传》。
2 《汉书·匡衡传》。
3 《西周铜器断代(二)》,《考古学报》1955年第10册,第98页。

班固《两都赋序》，见明嘉靖元年（1522年）刻本《昭明文选》

也者，教之以事而喻诸德者也；保也者，慎其身以辅翼之而归诸道者也。"虽然赋家地位不及保傅显赫，然作为宫廷言语侍从且多任职郎官，其职责是"一种无职务、无官署、无员额的官名。……与皇帝亲近……任务是护卫、陪从、随时建议、备顾问及差遣"[1]，则与师保有类似处，即天子"四邻之任"。尤其是师保之职中的"以美诏王"与"掌谏王恶"，复与赋家"宣上德"以"尽忠孝"与"抒下情"以"通讽喻"相同。换言之，是赋家对师保身份的认同，并对其职守的效拟。

缘此制度视域看赋家作为，尤其是汉人赋奠定的"体国

1　瞿蜕园《历代官制概说》。

经野"的赋体经构与"义尚光大"的赋学思想,最典型的言说应该就是班固《两都赋序》所称道的:

> 武宣之世,乃崇礼官,考文章,内设金马、石渠之署,外兴乐府协律之事,以兴废继绝,润色鸿业。是以众庶悦豫,福应尤盛。……故言语侍从之臣,若司马相如、虞丘寿王、东方朔、枚皋、王褒、刘向之属,朝夕论思,日月献纳。……或以抒下情而通讽谕,或以宣上德而尽忠孝,雍容揄扬,著於后嗣,抑亦雅颂之亚也。故孝成之世,论而录之,盖奏御者千有余篇,而后大汉之文章,炳焉与三代同风。

其所谓"抒下情"与"宣上德"的双重作用,以及内含的盛世精神,已与贤人失志的楚人赋划出疆界,而为找回赋志以通讽义并臻雅颂的明德观。对照汉人赋的创作,无论是铺采,还是奏雅,都未脱离这一创作原则。例如《史记·司马相如列传》中关于相如赋"三惊"汉主的史实,"虚词滥说"是表,"讽谏之义"为里,赋家事功,显而易见。又如《汉书·扬雄传》载:

> 上方郊祠甘泉泰畤、汾阴后土,以求继嗣,召雄待诏承明之庭。正月,从上甘泉,还奏《甘泉赋》以风。……赋成奏之,天子异焉。其三月,将祭后土,上

乃帅群臣横大河、凑汾阴。既祭，行游介山，回安邑，顾龙门，览盐池，登历观，陟西岳以望八荒，迹殷、周之虚，眇然以思唐虞之风。雄以为临川羡鱼不如归而结网，还上《河东赋》以劝。……其十二月羽猎，雄从……聊以《校猎赋》以风。……明年，上将大夸胡人以多禽兽……亲临观焉。是时，农民不得收敛。雄从至射熊馆，还上《长杨赋》，聊以笔墨之成文章，故藉翰林以为主人，子墨为客卿以风。

其赋作皆侍上所为，其中虽假托人物，光怪陆离，但以讽立意，彰述德教，为其不祧之宗旨。东汉以后，由于宫廷言语侍从地位的衰落，又作为骋辞大篇为主体的汉赋的衰落，赋家的身份又伴随着赋史的变迁而出现两项转化：

其一，由宫廷文学侍从献赋到文人赋创作。东汉以后，宫廷言语文学侍从已失较为显要的地位，经义于赋作中的致用精神也在丢失，从而出现了如汉末魏晋以降大量的文人以咏物与抒情（言志）为主旨的赋创作。虽然，汉以后献赋之风延绵于历代而未绝，但已成为文臣奉上或士子干谒的形式与途径，诚不似汉代文士随上行礼履职献赋之常例。正因这种制度性的转移，文人赋的兴起也使赋域中经义功用随之淡褪，其中最典型的就是赋家承续《诗》义之讽的解消。也就是说，汉人献赋无不标能的"讽之",在魏晋南北朝时代则已罕觏。这首先表现于辞赋在主导意义上转为文士自得的创作与骋才的工具,因游离于朝廷工具性而游离于经义致用性。例如曹丕自诩"少为之赋"[1],王粲"独自善于辞赋"[2],张华"著《鹪鹩赋》以自寄"[3],成公绥"雅好音律,尝当暑承风而啸,泠然成曲,因为《啸赋》"[4],谢灵运"移籍会稽,修营别业,傍山带江,尽幽居之美……作《山居赋》并自注"[5]等,皆取自得之义。或则以赋为骋才工具,如三国时吴骠骑将军朱据闻张纯、张俨、朱异才名,令三人各赋一物然后赐座。"俨乃赋犬曰:'守则有威,出则有获;韩卢、宋鹊,书名竹帛。'纯赋席曰:'席以冬设,簟为夏施,揖让而坐,君子攸宜。'异赋弩曰:'南岳之干,钟山之铜,应机命中,获隼高墉。'"[6]此因小制而骋才。至于大篇,时人观念诚如魏收所言"会须作赋,始成大才士"[7]。这一阶段赋作亦有美刺,然却有异趣,即一在颂讽分离,如陆云因成都王颖举兵攻洛"著《南征赋》以美其事"[8],陆机则因齐王冏"矜功自伐,受爵不让",而"恶之,作

---

[1] 《三国志·魏书·文帝纪》。
[2] 《三国志·魏书·王粲传》。
[3] 《晋书·张华传》。
[4] 《晋书·文苑传》。
[5] 《宋书·谢灵运传》。
[6] 《三国志·吴书》注引《文士传》。
[7] 《北齐书·魏收传》。
[8] 《三国志·吴书》注引《机云别传》。

《豪士赋》以刺焉"[1];二在或颂或讽,皆表现出专指(某人某事)性,甚至出现如君王讽刺臣子的作品,如梁简文帝为皇太子时"制《围城赋》,其末章云:'彼高官及厚履,并鼎食而乘肥……'盖以指于异"[2],即为赋讽辅佐大臣朱异尸位素餐之事。正是这种讽颂分离以及其专指性特征,与汉代宫廷大赋寓讽于颂而"曲终奏雅"之方式不侔,其中一大区别就在汉赋取则经义而专注于礼制的建设,而魏晋以降的美刺只是一种赋体的传承而已。

其二,由文人赋创作到科场考试赋。可以说,辞赋在制度上的复归,赋家再次以赋创作代王言而行王政,则在于唐代考赋制度的确立,而这也导致已被文人赋疏离的词章与经义的关系再次被凸显,并引起了由制度层面到创作层面的长期论争。唐代赋风昌盛,众体兼呈,故王芑孙说:"诗莫盛于唐,赋亦莫盛于唐,总魏、晋、宋、齐、梁、周、陈、隋八朝之众轨,启宋、元、明三代之支流,踵武姬汉,蔚然翔跃,百体争开,昌其盈矣。"[3]如果就文人赋、献赋与考赋三途而言,唐文人赋传习前代,由屈宋贤人失志赋经汉代文士骚体到魏晋以降大量的咏物抒情之作,于题材或有更多开拓,那么论及词章与经义,其献赋与考赋更宜注意。唐人献赋虽仍

---

[1] 《晋书·陆机传》。
[2] 《梁书·朱异传》。
[3] 《读赋卮言·审体》。

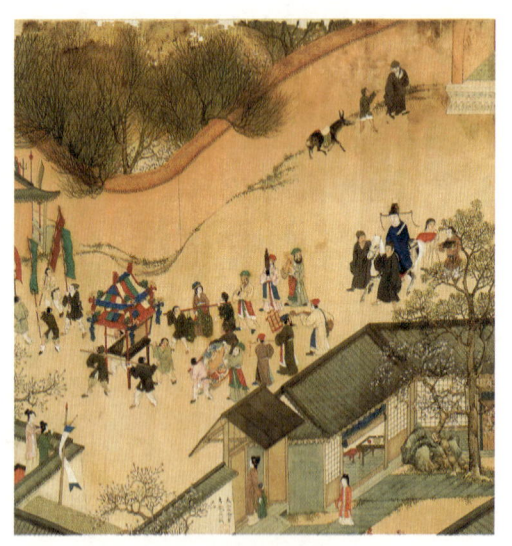

明《徐显卿宦迹图》上描绘的明人进士及第场景

传承前朝,或文臣陪侍而作,或文士邀获恩倖,但却能取则经义,承续汉人的讽谕传统。如太宗时谢偃"献《惟皇诫德赋》……盖规帝成功而自处至难"。[1] 玄宗时"王諲作《翠羽帐赋》讽帝"[2]、吕向"奏《美人赋》以讽"[3]、敬宗时李德裕"献《大明赋》以讽"[4] 等即是。当然,唐人于赋域的新创造,则是科举考赋的制度化,这一举措的历史评价虽臧否悬隔,然

---

1 《新唐书·文艺传》。
2 《新唐书·后妃列传》。
3 《新唐书·文艺传》。
4 《旧唐书·李德裕传》。

其中内含的词章与经义的问题，却延续至宋代，成为赋学批评一大焦点，也是以文取士彰显于赋域的一奇特现象。

至于科举赋，清人汤稼堂《律赋衡裁·凡例》有两段论述兼及唐宋：

> 唐初进士试于考功，尤重帖经试策，亦有易以箴论表赞。而不试诗赋之时，专攻律赋者尚少。大历、贞元之际，风气渐开，至大和八年杂文专用诗赋，而专门名家之学，樊然竞出矣。李程、王起，最擅时名；蒋防、谢观，如骖之靳；大都以清新典雅为宗，其旁骛别趋而不受羁束者，则元白也。贾𫗧之工整，林滋之静细，王棨之鲜新，黄滔之生隽，皆能自竖一帜，蹀躞文坛。……下逮周繇、徐寅辈，刻酷锻炼，真气尽漓，而国祚亦移矣。抽其芬芳，振其金石，琅琅可诵，不下百篇，斯律体之正宗，词场之鸿宝也。

> 宋人律赋篇什最富者，王元之、田表圣及文范欧阳三公，他如宋景文、陈述古、孔常父、毅父、苏子容之流，集中不过一二首。苏文忠较多于诸公，山谷、太虚，仅有存者。靖康、建炎之际，则李忠定一人而已。南迁江表，不改旧章，赋中佳句，尚有一二联散见别籍者，而试帖皆湮没无闻矣。大略国初诸子，矩矱犹存，天圣、明道以来，专尚理趣，文采不赡，(衷)诸丽则之旨，固当俯让

唐贤,而气盛于辞,汪洋恣肆,亦能上掩前哲,自铸伟词。

其对唐宋两朝科场考试律赋言说以及赋史价值的评判,较为中肯。至于延及清代翰苑考赋,如清人蒋攸铦《同馆律赋精萃序》谓:

> 唐以诗赋取士,宋益以帖括,我朝则以帖括试士,而以诗赋课翰林。文治光华,法制大备,固已迈越前古矣。二百年来,元音钜制,接轸充箱,几于美不胜收。

其说虽有誉扬过度之嫌,但清代馆阁赋写作的清雅之风,确是赋史上值得关注的。所以曹振镛在同编的《同馆律赋精萃序》中引述《班志》"登高能赋,可以为大夫"与《两都赋序》"赋者,古诗之流""抒下情而通讽谕,宣上德而尽忠孝,雍容揄扬,雅颂之亚"诸语后继谓:"然则赋之为道,岂云尠乎。圣朝文治,光昭翰苑,诸臣润色太平,铺扬鸿业,和其声以鸣国家之盛。举凡应制经进以及馆课御试诸作,或授简彤墀,或摛毫玉署,镌华挦藻,郁郁彬彬,信乎天下之文章莫大于是矣。"又是追溯汉赋"体国经野"的传统,以彰述清代馆阁赋的德教意义与历史价值。

可以说,自汉以后,无论是文人赋还是科举赋,赋家传承"铺采摛文"的审美观与"义尚光大"的责任感,是一致的。

辞赋创作心要

文章有法,赋有赋法,这是写作者需要遵守的。法,法令,过去人讲"三代无文人,六经无文法"[1],没有文人,也就没有文法。至汉代赋家出现,才有了第一代的宫廷文人,虽然汉人写赋并不讲法,至魏晋以后始从批评的视域论"法",但其赋作内含的赋法,已显而易见。从赋史的发展来看,对赋法又可从由礼法到技法与赋法技艺的实践等方面来看。

由礼法到技法

对赋体创作论法则,如从礼法到技法的实践,抉发其义,或可在与其他文体创作的融契间得其独特意义。所谓礼法,与文本六经的传统思维相关,但由文本六经到赋体兼经再到赋体"似礼",如清人袁栋《诗赋仿六经》说:"诗赋等文事略仿六经……赋体恭俭庄敬似《礼》。"其以赋附礼,虽或为喻词,然绝非凭空臆断,其中有着赋法的特殊性。早期的文学创造与利用,如祭祝赋辞,聘问陈辞,包括先秦的用诗制度,均属礼仪范畴,尤其是汉人倡导"天人合一"的思想

---

[1] 张邦纪《沈文恭公集序》。

模式，其中最核心的是礼的构建，所以无论是史传文学对礼仪制度的赞述、乐府歌诗源自礼乐制度的造作，还是批评家如郑玄以《礼》笺《诗》的法则，皆与此相关。而在礼教文学的大范畴中，以汉大赋为主体的创作，与此批评渊系尤深。如《汉书·礼乐志》"至武帝定郊祀之礼……乃立乐府……多举司马相如等数十人造为诗赋"的记述，以及班固《两都赋序》所言"武宣之世，乃崇礼官，考文章"，不仅言语侍从司马相如等"朝夕论思，日月献纳"，即如履职礼官的太常孔臧等公卿大臣也"时时间作"，于是有了费经虞《雅伦》卷四《赋》说汉武帝"留心乐府，而赋兴焉"。然在此通识中却有个案值得探寻，那就是汉赋家以主体创作的精神影写礼制，是最早的礼教文学化的表现，并由此勘进于自觉的由礼法为赋法的批评。

首先看礼事，关键在宗庙性质的祀神传统，这由先秦祭、聘之礼赞颂先君的陈辞（代先君言）到汉赋假托人物以描绘天子礼事的创作，能够窥视其间的历史渊承与逻辑联系。先举《国语》两则记载如次：

> 公父文伯之母如季氏。康子在其朝，与之言，弗应，从之及寝门，弗应而入。康子辞于朝而入见，曰："肥也不得闻命，无乃罪乎？"曰："子弗闻乎：天子及诸侯，合民事于外朝，合神事于内朝。"

惠公即位,出共世子而改葬之,臭达于外。国人诵之曰:"贞之无报也。孰是人斯,而有是臭也?贞为不听,信为不诚,国斯无刑,偷居倖生,不更厥贞,大命其倾。威兮怀兮,各聚尔有,以待所归兮。猗兮违兮,心之哀兮。岁之二七,其靡有微兮。若狄公子,吾是之依兮。镇抚国家,为王妃兮。"郭偃曰:"甚哉!善之难也。"

前一则说明"合神事于内朝"的礼制,与汉代赋家多出自内(中)朝官有着内在联系;后一则记录了一段晋人所诵赋辞,亦关鬼神事,且寄美刺于其中,同样与赋体创作形态之内在机制相关。而赋家对礼事的彰显,最突出地表现于汉赋对天子礼的描绘。试观几条汉赋家描写帝国祭典及神灵的文字:

悉征灵圉而选之兮,部乘众神于摇光。使五帝先导兮,反大壹(太一)而从陵阳。(司马相如《大人赋》)

伊年暮春,将瘗后土,礼灵祇,谒汾阴于东郊,因兹以勒崇垂鸿,发祥隤祉,钦若神明者,盛哉铄乎!(扬雄《河东赋》)

及将祀天郊,报地功,祈福乎上玄,思所以为虔。(张衡《东京赋》)

元人张渥笔下的东皇太一

赋中祀神,有特定历史文化内涵(如太一神),然以郊祀为中心的天子礼,显然标明了汉赋祀典与帝国礼制的密切关联。

如何理解由先秦礼事的宗庙性到汉代天子礼并落实到赋体的造作,又当关注两种转变:一是礼制的变迁与天子礼的确立。考察西汉学者研习姬周礼典,立博士官发明遗义,主要是士礼,其所存如刘歆所言:"有卿礼二,士礼七,大夫礼二,诸侯礼四,诸公礼一,而天子之礼无一传者。"[1] 在汉人眼中,周天子礼的丢失,多承《孟子·滕文公上》"诸侯恶其害己,而皆去其籍"的说法,指谓春秋、战国众诸侯争霸而

1　王应麟《玉海》卷五十二引。

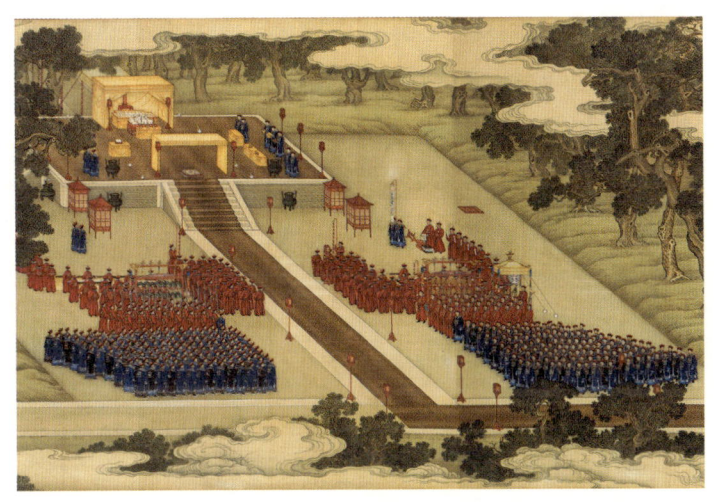

《雍正帝祭先农坛图》展现天子礼

毁弃天子礼,即《汉志》所谓"及周之衰,诸侯将逾法度,恶其害己,皆灭去其籍"。因此,武帝朝董仲舒对张汤天子郊礼问,不究周代礼书,而阐扬《春秋》公羊学,依据的是《孟子·滕文公下》所言"《春秋》,天子之事也"。由于周缺天子礼,所以汉初朝仪礼法多承秦制,于是引发了历经文景之世有关礼仪制度的争议,直到武帝朝尊儒术,备礼乐,改历法,立正朔,制郊祀礼、朝聘诸礼,始定真正意义的天子礼制。二是以宗法庙祭为中心向以帝国郊祭为中心的转移。郊祀之源,属古老祭天之礼,殷、周卜辞已有记载,周代文献亦有例证。如《诗·周颂·思文》:"思之后稷,克配彼天。"《礼记·

郊特牲》:"兆于南郊,就阳位也。"然有一点非常明确,殷、周郊祀礼祭天,如《大戴礼·朝事》所言"配以先祖",实以追奉先祖的庙祭为主。有关周代郊祀,《仪礼》无成文,缘此,董仲舒针对当世礼制而比照前朝,提出"礼,三年丧,不祭其先,而不敢废郊。郊重于宗庙,天尊于人也"[1]。这种由尊族神转向尊天神的宗教观,决定于汉帝国大一统政治文化的完成,而其文学化的记载,正是西汉的"郊祀之歌"与大赋。

其次看礼仪,对赋家而言,这是礼事落实于仪式描写的层面,赋体的尚辞特征以及相关的评论也由此展开。试观几则汉人骋辞赋例:

及将祀天郊,报地功,祈福乎上玄,思所以为虔。肃肃之仪尽,穆穆之礼殚。然后以献精诚,奉禋祀,曰允矣天子者也。乃整法服,正冕带,珩紞纮綎,玉笄綦会,火龙黼黻,藻率鞞厉。结飞云之袷辂,树翠羽之高盖,建辰旒之太常,纷焱悠以容裔。……清道案列,天行星陈。肃肃习习,隐隐辚辚。殿未出乎城阙,旆已反乎郊畛。盛夏后之致美,爰敬恭于明神。(张衡《东京赋》)

命群臣,齐法服,整灵舆,乃抚翠凤之驾,六先景之

---

[1]《春秋繁露·郊事对》。

乘,掉奔星之流旃,彏天狼之威弧,张耀日之玄旄。扬左纛,被云梢,奋电鞭,骖雷辎,鸣洪钟,建五旗。羲和司日,颜伦奉舆。风发飚拂,神腾鬼趡。千乘霆乱,万骑屈桥,嘻嘻旭旭,天地稠嗸。(扬雄《河东赋》)

尔乃盛礼兴乐,供帐置乎云龙之庭,陈百寮而赞群后,究皇仪而展帝容。于是庭实千品,旨酒万钟,列金罍,班玉觞,嘉珍御,太牢飨。尔乃食举雍彻,太师奏乐,陈金石,布丝竹,钟鼓铿鍧,管弦烨煜。抗五声,极六律,歌九功,舞八佾,《韶》《武》备,泰古毕。(班固《东都赋》)

上举三节赋文,第一写郊祀礼,第二写祭后土礼,第三写元会礼(朝觐礼),皆天子礼仪。而繁缛的仪节必有丰富的词语予以再现,这也是赋体创作繁类成艳的原因之一。章太炎认为赋"写都会、城郭、游射、郊祀之状,若相如有《子虚》,扬雄有《甘泉》《羽猎》《长杨》《河东》,左思有《三都》,郭璞、木华有《江》《海》,奥博翔实,极赋家之能事"[1],其对赋体中礼与词的关注深切著明。

汉人释"赋"义,一则曰"臧"(藏)、曰"敛",一则曰"铺"、曰"布",前贤取反义为训说明"敛藏"与"布施"共指同义。

---

[1] 《国故论衡·文学总略》。

其实，如果就赋体创作而言，其与礼制的关联，偏于礼仪，则赋家描写尽力于铺陈；归于礼义，则赋家更多地体现寓经、蓄势，以致"曲终奏雅"，这种创作的矛盾与统一，也导致了理论批评的冲突与折中。

由此，我们再来看礼义与辞赋的关联，其节点在于"观德"。在古老的祭祀敬神的祝辞中，娱神、媚神以"耀采"与敬神、祈神以"观德"是统一的。如《国语·周语》："先王之于民也，懋正其德，而厚其性；阜其财求，而利其器用；明利害之向，以文修之。"韦昭注："文，礼法也。"礼法与德见诸祭享之时，如《左传》定公十年载孔子言："夫享，所以昭德也。"又如《左传》成公十二年所记："享以训共俭，宴以示慈惠。共俭以行礼，而慈惠以布政。政以礼成，民是以息。"享"德"之要，在于训俭、布政，如若不然，则像《左传》成公十四年载宁惠子批评"苦成叔傲"，所谓"古之为享食也，以观威仪、省祸福也。……今夫子傲，取祸之道"，襄公二十八年记述"蔡侯归自晋，入于郑。郑伯享之，不敬"，其"敬"与"傲"，正是祭享礼义的是与非。如果我们剥离赋体创作的浮辞藻采，观其类同礼义的赋义，无论美（颂）刺（讽），均以观德以昭德，功用在训俭与布政。例如：

于是醇洪畅之德，丰茂世之规，加劳三皇，勋勤五帝。……立君臣之节，崇圣贤之业，未遑苑囿之丽，游猎

之靡也。因回轸还衡,背阿房,反未央。(扬雄《校猎赋》)

穆穆皇王,克明厥德。应符蹈运,旋章厥福。昭假烈祖,以孝以仁。自天降康,保定我民。(邓耽《郊祀赋》)

四夷间奏,德广所及,僸休兜离,罔不具集。(班固《东都赋》)

惠风广被,泽洎幽荒,北燮丁令,南谐越裳,西包大秦,东过乐浪。……德宇天覆,辉烈光烛。(张衡《东京赋》)

赋文无不寓"德"于词,保留了先秦祭祝的礼义传统。当然,赋家的观德方式也因时而异,以汉代为例,如果说西汉赋家创作思想多惩于"亡秦"之教训,所以重在"省(天下)祸福",以彰显"训诫""改作"主题,那么,东汉赋家创作思想或更多地倾向于新莽乱政以失礼,所以重在"观(天子)威仪",以彰显"昭德""宣威"的主题。

赋体文本的技术化,历晋唐之世,又经过了由文人赋作到科场考赋的变移,从而使其技法得到制度性的规范。尽管文人赋的自由书写与闱场赋的规范有很大差别,但二者在技法论方面的传承与衍递,却有着不可轻忽的关联。其中包括对具体赋家赋作的重视,对篇章修辞的强调,尤其是诗、赋批评与鉴赏的融契。如《世说新语·文学篇》所载:

谢公因弟子集聚,问《毛诗》何句最佳。遏称曰:

"昔我往矣,杨柳依依;今我来思,雨雪霏霏。"公曰:"讦谟定命,远猷辰告。"谓此句偏有雅人深致。

孙兴公作《天台赋》成,以示范荣期,云:"卿试掷地,要作金石声。"范曰:"恐子之金石,非宫商中声!"然每至佳句,(赤城霞起而建标,瀑布飞流而界道。此赋之佳处。)辄云:"应是我辈语。"

有关谢安与谢玄对《诗经》佳句的品评,范荣期对孙绰赋佳句的称赏,都是对词章与技能的赞美,诗、赋批评趣味的融通已寓其中。这还可以唐代的杜甫、韩愈的诗、赋创作为例。前人评述杜甫诗作,或论其题材谓"少陵咏物多用比、兴、赋……《萤火》《白小》,则直是赋体矣"[1],或谓其学"公诗有近赋者,亦由熟精《选》理"[2],或论其长篇如《北征》"变赋入诗者"[3]。而杜诗中用《选》赋词语与作法,近人李详《杜诗释义》论《骢马行》云:

此诗写马之状,姑不具论,以精用《文选》不令人觉,略摘于后,以示学杜之趋响。如"嶙崪""青荧"见《西都赋》,"隅目"见《西京赋》,"夹镜"见《赭白马赋》,

---

[1] 顾嗣立《寒厅诗话》引俞瑒语。
[2] 杨伦《杜诗镜铨》卷十三《火》眉批。
[3] 胡小石《杜甫〈北征〉小笺》,《江海学刊》1962年第4期。

"碨磊"见《海赋》。"昼洗须腾泾渭深,夕趋可刷幽并夜"二语,先用《魏都赋》"洗兵海岛,刷马江洲","洗刷"两字所出;又用《赭白马赋》"旦刷幽燕,昼秣劲越";非"熟精"而何?

论杜诗法《选》赋,亦可见诗、赋的交织与互补。与杜诗相近,韩愈诗也多以赋为诗,如前人评其《南山诗》拟汉赋:

《南山》……情不深而侈其词,只是汉赋体段。(沈德潜《说诗晬语》卷上)

《南山诗》……犹赋中之《两京》《三都》乎!彼以囊括包符,此以镌镵造化。(管世铭《读雪山房唐诗序例》)

正因唐人多"用赋体作诗"[1],不仅于创作上诗赋交融,于理论亦多启迪,如杜甫《进雕赋表》论赋的"沉郁顿挫",词源来自《楚辞·九章》"申旦以舒中情兮,志沉菀(郁)而莫达"[2],后人借此对诗歌之深沉、蕴积的要求,显然内含了楚汉辞赋的宏深与博大。

通过赋篇的技法分析而呈示赋法,到唐宋科举考赋之时成为批评主流。因为考赋决定士人进阶,创作被"技术形

1　项安世《项氏家说》卷四《诗赋》语。
2　《思美人》。

态化"。当然,讨论赋体文学与技术的关系,仍当关注其间的双重意义,一方面作为文学的赋同样有着原道、征圣、宗经、明教的文化传统,其技法必然融织于中而呈示出道、技的一体性特征;另一方面,由于赋体与朝廷文制关联密切,尤其是对闱场赋的要求与批评在于示范喻法,影响了赋论家对技法批评的重视。这又突出呈现在观才学与重技巧两方面:

以赋创作观才学,是由礼法到技法批评的一个重要走向,如果说班固在《汉书·叙论》中评相如赋"多识博物,有可观采"只是对赋兼博物的笼统评述,那么随着赋创作的文人化尤其是成为考试文体,其奥妙则在才学在赋中体现出个性与具象的特征。据《北齐书·魏收传》记述魏氏作赋与论赋时自诩"会须能作赋,始成大才士",落实到具体,可对读刘勰《文心雕龙·事类》论赋家引述经典所云:

夫经典沈深,载籍浩瀚,实群言之奥区,而才思之神皋也。扬、班以下,莫不取资,任力耕耨,纵意渔猎,操刀能割,必列膏腴;是以将赡才力,务在博见,狐腋非一皮能温,鸡跖必数千而饱矣。是以综学在博,取事贵约,校练务精,捃理须核,众美辐辏,表里发挥。刘劭《赵都赋》云:"公子之客,叱劲楚令歃盟;管库隶臣,呵强秦使鼓缶。"用事如斯,可称理得而义要矣。

清抄本《耆旧续闻》书影,清代著名疆臣叶名琛曾读此本。

所言"综学在博,取事贵约",然举刘劭赋语以佐其说,既由"博富"而勘进于"义要",又彰显因警句而明学理的技法。

这种批评在唐宋闱场赋更明晰。唐人围绕科举考文而有观素学之举,其纳省卷与投行卷中包括的赋作,构成了赋体因缘考试而又超出闱场的功用。如投行卷者,陈鹄《耆旧续闻》卷八记载:

> 后唐明宗公卿大僚皆唐室旧儒,其时进士贽见前辈,各以所业,止投一卷至两卷,但于诗、赋、歌篇、古调之中,取其最精者投之。行两卷,号曰"两行",谓之多矣。故桑魏公维翰只行五首赋,李相愚只行五首诗,便取大名。

裴度，唐代中期著名政治家、文学家，曾辅佐唐宪宗实现"元和中兴"。

此论五代事，实延承唐人故事，或诗或赋，所取皆"最精者"，为观才学之资。在闱场之内，这种评价更多，如赵璘《因话录》记述唐代故事：

> （裴度）晋公贞元中作《铸剑戟为农器赋》，其首云："皇帝之嗣位之三十载，寰海镜清，方隅砥平。驱域中尽归力穑，示天下不复用兵。"宪宗平荡宿寇，数致太平，正当元和十三年，而晋公以文儒作相，竟立殊勋，为章武佐命。观其辞赋气概，岂得无异日之事乎！

又如郑起潜《声律关键》论宋代闱场赋句：

> 何谓琢句？前辈一联两句，便见器识。如《有物混成赋》云："得我之小者，散而为草木；得我之大者，聚而为山川。"知其有公辅器。如《金镕在赋》云："倘令分别妍蚩，愿为轩鉴；如使削平祸乱，请就干将。"知其出将入相。

无论评人还是谈赋，以"赋句"观气概与器识，才学已在其中，技法亦寓其内。

写赋重技巧，自魏晋始兴，到唐宋闱场渐为规范。然赋体与他体不同，其批评虽受诗法影响，却自有特色，王之绩《铁立文起》认为"赋之为物，非诗非文，体格大异"。所以讨论赋法中的技巧，体现于闱场，除了韵律、用字，又着重在两方面：

一是由诠题与发端探讨赋体的篇章结构，以彰明赋异于他体的特征。清人陆以湉《冷庐杂识》载："江文通《别赋》云：'黯然销魂者，惟别而已矣！'乃赋中绝调。后惟王子安仿之，作《采莲赋》云：'非登高可以赋者，惟采莲而已矣！'调虽相似，情韵则不逮矣。"此论文士抒情与咏物赋，关注发端，与创作风尚相关。这到闱场赋有了极致的发挥。《唐摭言》卷十三《惜名》记述：

李缪公,贞元中试《日五色赋》及第,最中的者赋头八字曰:"德动天鉴,祥开日华。"后出镇大梁,闻浩虚舟应宏辞复试此题,颇虑浩赋逾己,专驰一介取本。既至启缄,尚有忧色;及睹浩破题云:"丽晶焜煌,中含瑞光。"程喜曰:"李程在里。"

李程应试《日五色赋》以破题八字获取状头,且因多年后浩虚舟复考此题而与之较输赢的故事,表面是纪事,却蕴含了唐代因科场考律赋一特有的创作批评原则,即赋体的"发端警策"。发端关合诠题,诠题联系谋篇,所以清人王芑孙论赋"谋篇最要"时强调:

　　赋最重发端。汉、魏、晋三朝,意思朴略,颇同轨辙;齐、梁间始有标新立异者,至唐而百变具兴,无体不备。其试赋则义当分晰,语多赅举,或虚起,或实起。其虚起者,不胜枚数;其实起者,或用题字对举……或用单提……用对策体起……用考辨体起……用论赞体起……用序记体起……用疏释体起……用原议体起,是皆变格。

王氏论赋体发端,于试赋(律体)尤多关注,且列诸法,倡言不以"破体相讥"示宽容,然其论有两点非常明显,即融通古、律与以发端为谋篇之要。

二是以句法为中心探讨赋体的义法,以观觇赋家的器识与精神。余丙照《论琢句》是则有关律赋句法的批评:

> 赋贵琢句,律赋句法不一,唐人律赋,不必段段尽用四六句,亦有全不用者。如石贯之《藉田赋》,颜鲁公《象魏赋》是也。……然欲出语惊人,行间生色,则必加以烹炼。烹取调和,所谓醯醢盐梅以和五味也;炼则融化,所谓百炼钢化为绕指柔也。……要清不流于滑,华不近于俗,奇不戾于正,方为和平大雅之音。古人作赋,虽眼前经典语,亦极烹炼。

余氏强调赋家造句需"烹取调和"以达致"华不近俗""奇不戾正"的"大雅之音",显然于句法中提摄"义法",以推致一种境界。值得注意的是,尽管早在汉晋时代辞赋批评已重章句之学,如王逸解析《楚辞》,刘勰有《章句》之论,然观赋论对句法的强调,则多由律赋的批评肇端。如唐人《赋谱》论赋句:

> 凡赋句,有壮、紧、长、隔、漫、发、送合织成,不可偏舍。壮,三字句也。若"水流湿,火就燥""悦礼乐,敦《诗》《书》""万国会,百工休"之类,缀发语之下为便,不

要常用。紧,四字句也。若"方以类聚,物以群分""四海会同,六府孔修""银车隆代,金鼎作国"之类,亦缀发语之下为便,至今所用也。长,上二字下三字句也,其类又多上三字下三字。若"石以表其贞,变以彰其异"之类,是五也;"感上仁于孝道,合中瑞于祥经",是六也;"因依而上下相遇,修分而贞刚失全",是七也;"当白日而长空四朗,披青天而平云中断",是八也;"笑我者谓量力而徒尔,见机者料成功之远而",是九也。

论赋句有七式,此引解释壮、紧、长三式,可观示人之法。与律赋不尽相同的古赋批评,自唐宋后也极重句法的功用,其中最典型的就是陈绎曾的《楚赋谱》与《汉赋谱》对句法及谋篇的强调,构成了赋创作的规范。

赋法技艺的实践

古人对赋法的批评甚多,而落实到实践,则为一种技艺。这种技艺又首先表现在对赋之"体"的认知。刘勰《文心雕龙·诠赋》认为"丽词雅义,符采相胜,如组织之品朱紫,画绘之著玄黄,文虽新而有质,色虽糅而有本,此立赋之大体",这是总论其"体",亦创作技艺之总则。但赋体中有"体",所以具体又有不同,举凡大要,徐师曾《文体明辨序说》分为四体,或亦四类:

一曰古赋,二曰俳赋,三曰文赋,四曰律赋。……然则学古者奈何? 曰:发乎情止乎礼义。其赋古也,则于古有怀;其赋今也,则于今有感;其赋事也,则于事有触;其赋物也,则于物有况。以乐而赋,则读者跃然而喜;以怨而赋,则读者愀然以吁;以怒而赋,则令人欲按剑而起;以哀而赋,则令人欲掩袂而泣。动荡乎天机,感发乎人心,而兼出于六义,然后得赋之正体,合赋之本义。

其谓古(指骚、汉)、俳、文、律,均由语言特色划分,所以技法在某些规范上又通于骈文、古文与律诗,但又必限于赋"体",其言乐、怨、怒、哀,实为作者情感,与诗文相通,然必合赋的"正体"与"本义",是不能含糊的。于是从历代赋法批评中,抽绎其要,可提摄出四字诀,即韵、格、法、戒,为赋体创作的规范与借鉴。

先说韵。赋体的形态,类似在诗文之间,但从声韵的角度来看,则属于诗歌类的韵文,而非散文,所以作赋必须协韵。早期的古赋,更重自然的声律,刘勰《文心雕龙·声律》所谓"音律所始,本于人声者也。声含宫商,肇自血气,先王因之,以制乐歌。故知器写人声,声非学器者也。故言语者,文章关键,神明枢机,吐纳律吕,唇吻而已。古之教歌,先揆以法,使疾呼中宫,徐呼中徵。夫(商)徵羽响高,宫

(羽)商声下;抗喉矫舌之差,攒唇激齿之异,廉肉相准,皎然可分",可谓兼含赋体。沈约《宋书·谢灵运传论》云:"夫五色相宣,八音协畅,由乎玄黄律吕,各适物宜。欲使宫羽相变,低昂互节,若前有浮声,则后须切响。一简之内,音韵尽殊;两句之中,轻重悉异。妙达此旨,始可言文。"所论也是含赋之文。而到东晋齐梁,声律学大兴,且新体赋(由骈到律)渐起,作赋又从声律向音韵转变,《梁书·王筠传》所载沈约制《郊居赋》有关"雌霓连蜷"的自得以及王筠的"击节称赞",正是赋句重韵的典型。所以清人余丙照《增注赋学指南》卷一《论押韵》云:

> 作赋先贵炼韵,凡赋题所限之韵,字字不可率易押过,易押之字,须力避平熟,务出新意,庶不至千手雷同。押官韵最宜着意,务要押得四平八稳。凡虚字、俗字、陈腐字、怪诞字,总以典切不浮者押之,要知试官注意全在此处。所限之字,大约依次押去,押在每段之末为正。或意有所便,亦不必过拘。押官韵外,所用散韵,须择新丽流活之字押之,切不可押生涩字及陈腐字,尤不可凑韵硬押。……遇险韵,正须善押,要有舒展自如之致。……用韵宜变换,如连押实字,连押虚字,或连押同音者,皆赋家大忌也,须相间而用之。

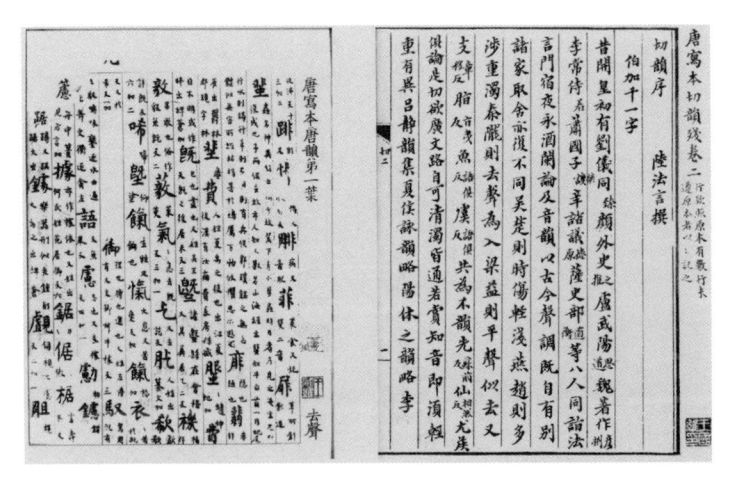

王国维旧藏《唐韵》及《切韵》书影

此论虽主指律体,但赋作之先务在协韵,则是一致的。由此,前人论赋韵以示范创作,也从不同的层面展开。如用何韵,当采自什么韵书,李调元《童山文集》卷二《策五》云:

> 韵者,均也。……至唐时以诗赋律取士,欲为拘限之法,始取《切韵》一书,为试韵。今人呼为诗韵。诗者,试之讹耳。自是逡巡唐代百余年间,或称《唐韵》,则孙愐之定本也。或称官韵,如朱济老于场屋犹误失官韵者是也。

此论唐人律赋用韵采自《切韵》《唐韵》,迨至后世,又有《广

韵》《集韵》《韵补》《礼部韵略》《洪武正韵》及《诗坛丛韵》等。对协韵的功用,郑起潜《声律关键》认为:

> 何谓压韵？前辈云:如万钧之压,言有力也。欲压韵有力,须有来处。能赋者,就韵生句;不能者,就句牵韵。

这说明了韵脚对句法的作用,并强调一"压"字强化选韵的重要,以及"就韵生句"的意义。当然压韵都有技巧,如论唐闱场律赋的官韵,唐无名氏《赋谱》指出:

> 近来官韵多勒八字,而赋体八段,宜乎一韵管一段。则转韵必待发语,递相牵缀,实得其便,若《木鸡》是也。若韵有宽窄,词有短长,则转韵不必待发语,发语不必由转韵,逐文理体制以缀属耳。

宋李廌《师友谈纪》引"少游言"也指出:

> 赋中工夫,不压子细,先寻事以押官韵,及先作诸隔句。凡押官韵,须是稳熟浏亮,使人读之不觉牵强,如和人诗不似和诗也。

以"稳熟浏亮"阐发律赋用官韵的妙旨。唐人为何用官韵，清代王芑孙《读赋卮言·官韵例》解释说："官韵之设，所以注题目之解，未程式之意，杜剿袭之门，非以困人而束缚之也。唐二百余年之作，所限官字，任士子颠倒叶之；其挨次用者，十不得二焉，亦鲜有用所限字概压末韵者。"又，浦铣《复小斋赋话》卷上说："唐律赋有偷一韵或两韵，不可悉数。……偷韵之法皆两句换韵（上句同韵，下句官韵）。或三句换韵……或四句换韵，则第三句不用韵。"可见设官韵与赋题主旨有关，而其中技艺也是有着较为严格且具体之要求的。林联桂《见星庐赋话》卷三说："古诗古赋，间有用过转叶韵者，有重沓韵者，律赋则不然。凡赋题所限官韵，或数字之中，有一二韵相同者，挨次顺押之中，上下虽同一韵，而前后不许重沓，此之不可不知也。"又同上卷四谓："馆阁之赋，多限官韵，仿唐人八韵解题之例。然闲字韵限，助语虚字，最为棘手。而大家偏从此处因难见巧，意外出奇。"又论及清代馆阁赋与唐律赋用韵的异同，以及压"虚字"的技巧与妙处。

次说格。陆棻《历朝赋格·凡例》指出：

《礼》云："言有物而行有格。"格，法也。前人创之以为体，后人循之以为式，合之则纯，离之则驳，犹之有翼者不必其多胫，善华者不必其倍实。分而疏之，各得其指归，亦惟取乎纯，无取乎驳而已。

此以《礼》的经纬交互之法论赋法，犹如《西京杂记》引"相如曰"的"一经一纬，一宫一商"的"赋迹"说，这在前述从礼法到赋法中已有讨论。而在赋论中，总论技艺为法，格通于法，而观其具体论述，又有区别，即格为赋之体格风貌，法更多为具体的技术。刘勰《文心雕龙·诠赋》"赋者，铺也；铺采摛文，体物写志"，实质就是对赋格的要求，所以清人王之绩《铁立文起·前编·赋通论》自述"赋之为物，非诗非文，体格大异"，正此道理。诚如元人陈绎曾《文筌·汉赋格》陈论：

汉赋格：上壮丽，中典雅，下布置。……此三格乃其正体，故特著之。凡赋，汉赋短篇以格为主，中篇以式为主，大篇以制为主，而法一也。

赋格决定了创作品味的高下，所以陈绎曾同时论楚赋法与汉赋法，实际是通合于他所言之格的。观录如次：

楚赋之法，以情为本，以理辅之。先清神沉思，将题目中合说事物，一一了然在心目中，却都放下，只于其中取出喜怒哀乐爱恶欲之真情，又从而发至情之极处,把出第一第二重易得之浮辞,一切革去,待其清虚玄远者至,便以此情就此事此物而写之。写情欲极真,写物欲极活,写事欲极超诣。以身体之则情真,以意使之则物活,以理释之则事超诣。(《文筌·楚赋法》)

汉赋之法,以事物为实,以理辅之。先将题目中合说事物,一一依次铺陈,时(然)默在心,便立间架,构意绪,收材料,措文辞。布置得所,则间架明朗;思索巧妙,则意绪深稳;博览慎择,则材料详备;锻炼圆洁,则文辞典雅。(《文筌·汉赋法》)

格合于体,方臻于风格之异同,如楚赋以情写物与事,汉赋以理辅之以物。合体明格,才有谋篇佳意,林联桂《见星庐赋话》卷一"赋侈富丽,体易淫靡,而能手篇中,偏于隆富侈侈之中,归作大言炎炎之势,主文谲谏,所谓风人之赋丽以则也",是就体而论;焦竑《书赵松雪秋兴赋》"观此赋遒美俊逸,而中藏锋锷,凛然与秋色争高。倘无此胸次,虽尽力临摹,岂能及哉",是就篇而谈,格高是其旨趣。

由格则可谈具体之法。如论赋题,汪廷珍《作赋例言》认为:"赋有宏博简练两路,须因题制变。大题大做,小题小做,顺之也;窄题宽做,宽题窄做,逆之也。法无一定,但须段段相称,不可头大尾小,鹤膝蜂腰。大约经制题宜宏整,情景题宜幽秀,枯寂题宜热闹,宽皮题宜研练。"此由"宏博"

与"简练"两路,叙述制题的方法与旨趣。又如论"篇",王芑孙《读赋卮言·谋篇》谓:"题所同也,篇所独也,呈独异于众同之内,谋篇最要。目巧之室,则有奥阼,谋于始也。东湖西浦,渊潭相接,晨凫夕雁,泛滥其上;黛甲素鳞,潜跃其下,谋于中也。小积焉为邱,大积焉为岳;常山之蛇,一击应首;砥柱之浪,九派通脐;或止如槁木,或终接混茫,谋于终也。"以"谋"字论"篇法"之要,已足见其中的技艺。又如论"体"之法,多分古赋与律赋,而为古律之辨,侯心斋《律赋约言》从"贵取法"着眼,认为:"赋有古律二体,古赋以司马、班、扬为宗。又有骚赋……皆屈子之遗调。律赋体源徐、庾,而格律至唐始备。宋元之文赋,又律赋之变体,不可训也。今之作者,遇大典礼或用古赋,言情适志之作或杂用骚赋、文赋。考试所用皆律赋也。……贵储料。……贵炼起手。……贵分层次。……贵清眉目。"这是论具象之体陈论具体之法。至于律赋一体,朱一飞《赋谱》论其法云:

　　律赋之法有五:一辨源,二立格,三叶韵,四遣词,五归宿。其品有四:曰清、真、雅、正。其用工有九:曰起接,曰转折,曰烘衬,曰铺叙,曰琢炼,曰连缀,曰脱卸,曰交互,曰收束。其致则一:曰传神。神传,蔑以加矣。赋又有六戒:一曰复,二曰晦,三曰重头,四曰软脚,五曰衰飒,六曰拖沓。

西晋文学家潘岳《秋兴赋》有云："四时忽其代序兮,万物纷以回薄。览花蒔之时育兮,察盛衰之所托。感冬索而春敷兮,嗟夏茂而秋落。虽末士之荣悴兮,伊人情之美恶。善乎宋玉之言曰:'悲哉,秋之为气也!萧瑟兮草木摇落而变衰,憀栗兮若在远行,登山临水送将归。'夫送归怀慕徒之恋兮,远行有羁旅之愤。临川感流以叹逝兮,登山怀远而悼近。彼四戚之疲心兮,遭一涂而难忍。嗟秋日之可哀兮,谅无愁而不尽。"图为赵孟頫书《秋兴赋》局部,焦竑在观赏此篇后说:"观此赋道美俊逸,而中藏锋锷,凛然与秋色争高。倘无此胸次,虽尽力临摹,岂能及哉。"

由"五法"论及"四品""九工""一致",有写赋之递进发展从器及道的妙旨,然其末言"六戒",于是作赋之法,又由"该怎么写"到"不该怎么写"的规范与禁忌。

说到赋"戒",既属辞赋"禁体",是反对写赋"不得体",也是赋法范畴,即示人以写赋的规范而不可漫漶无际。如王之绩《铁立文起》论赋主张法古,以"赋体弘奥"反对"时文"化:"非可取帖括铅椠语,比而韵之以塞白也。"然其所反,在有其正,故而继论赋之正格依据是:

> 昔人以赋为古诗之流,然其体不一。而必以古为归,犹之文必以散文为归也。顾均之为古赋,而正变分焉。大抵辞赋穷工,皆以诗之风雅颂赋比兴之义为宗。……故论赋者,亦必首律之以六义,如得风雅颂赋比兴之意则为正,择时则为变。若以古赋而间流于俳与文,亦变体也。

这种以正、变论赋的尊体观,虽受到晚清刘熙载《赋概》"赋当以真伪论,不当以正变论。正而伪,不如变而真"的批评,但此观点宜为古赋派批评论赋之"禁"的准则。如毛奇龄《丁茜园赋集序》谓"改赋为律,而赋亡矣",也是承明人"唐无赋"说的以反彰正之法。与之相类,围绕科举程文而专论考赋用律的赋论家,同样以"禁体"而彰律赋之正。如前引

朱一飞《赋谱》论律赋"六戒",具体忌法则是:

> 一曰复。复非谓明犯字面也,如上联用日月星辰起,下联复用风霜雨露起;上联用朱绿玄黄接,下联复用青红黑白接,此之谓字复;上段用四起六收,中段下段仍用四起六收,上段用四六收,中段下段仍用四六收,此谓之调复;上段用比喻交互等法作起结,下段仍用此法作起结,此谓意复。二曰晦。谓用古须要显典,不可蒙暗不明。三曰重头。谓题意须渐次递入,不得将正面摄在起处,而入后则索然意尽。四曰软脚。谓韵脚牵凑,与上意不相连贯。五曰衰飒。衰飒之字,古赋间有之,今则文治光昌,凡一切感叹语及败亡等字,宜避。六曰拖沓。其病在运古不明,落想不清,致以虚字、实字累在一处。

其实,这些戒律既适用于闱场律体,亦可尊为古赋规范。如王芑孙《读赋卮言》论赋体"三弊",就是谈律赋而通于古体的。其云:

> 欲审体,务先审弊。……当其命笔,初未置解,将求所谓,重译难通,然且自负当行,其弊一也。亦有癖耽佳句,妙善新言,丐小庾之残膏,猎初唐之时体,秀琢

鲜妍,诚则可爱;深伟倜傥,或非所长。偶逢警策,却是横安,不从直下,常惎句以伫题,或因词而措意。此由力弱不足以起其辞,而才薄未能毂乎大。佻佻公子,非周行任也。更有腹笥既贫,羌无故实,心思斓废,不阅艰辛,粗解之乎,自鸣盍各。宋老先生别体之文,托为自出;有明穷措大杜撰之作(如屠隆一辈),误称肆好,以钧韶之奏,为语录之资,时而借句于《四书》,否则遁辞于二氏。斯皆文苑膏肓,赋家所忌。夫此三者,既非当今馆阁之程,又违古昔先民之度。

由当世"馆阁之程"推及"古昔"法度,批评近世赋家的粗疏、窒碍以及"掉书袋"(借句《四书》、遁辞二氏、摘抄语录等)诸弊,兼及技巧与义理,而旨归赋家正体。

而如何读赋与写赋,古人也有说法,例如王芑孙《读赋卮言·审体》说:"论赋者务观千制,勿奉一家。胚于周造,鸿以汉风,萧寥乎江左清言,简练以邺台数子,撷齐梁之新色,抽陈隋之妍心,合唐制之精坚,借宋联以极巧。……赋者敷陈其事而直言之,其旨不尚元微,其体匪宜空衍。"不拘守一家,转益多师,诚为学赋的宗旨。而王氏于同书《律赋》中又说:"读赋必从《文选》《唐文粹》始,而作赋则当自律赋始。以此约束其心思,而坚整其笔力。声律对偶之间,既规重而矩叠,亦绳直而衡平。"读赋习古,而作赋先律,也是值得深思的。由古及今,现在人学赋与写赋,固然随着语言艺术的发展,可与时俱进,但赋体的规范与赋法的技艺,古"论"今"义",还是相通并值得借鉴的。

石楠花新生

中国文学的核心价值在于致用,古代文人能以他们的责任使命、道德情怀,直面宇宙,直面社会,直面人生,从而形成了悠久的言志与明道的传统。文学作为千百年来文人创作创造的生命之流,亘古长新,是不应该有断裂与断流现象的。回顾中国文学之创造,其形象地展示着中华民族文化的心灵历程。钱穆曾作一形象的比喻:"西方文学之演进如放花炮,中国文学之演进如滚雪球。西方文学之力量,在能散播;而中国文学之力量,在能控搏。"[1]如果追溯中国文学这一"雪球"及控搏力量的形成,章学诚《文史通义·诗教》有形象的解答:"廊庙山林,江湖魏阙,旷世而相感,不知悲喜之何从,文人情深于《诗》《骚》,古今一也。"所谓诗骚传统、诗赋传统,正是中国文学传统的象征或符号。而作为中国文学中重要一环的赋体在当代的创作实践,又可从西方文学视域契入加以认知。

---

1 钱穆《中国民族之文字与文学》。

如前所述,在中国古典文体写作中,辞赋是一特殊文体,其以修辞的艺术、铺张的描绘与宏整的结构,并以汉大赋为代表,树立其形象与风貌。对这种韵散相间、亦诗亦文的创作,现代西方学者的纷杂理解充分体现在对赋的翻译方面。例如德国汉学家何可思(Eduard Erkes)将赋直译为"song"(诗),荷兰汉学家高罗佩(Robert Van Gulik)译作"poetical essay"(诗化的散文),美国汉学家华滋生·波顿(Burton Watson)译作"rhyme-Prose"(有韵的散文),美国华裔学者陈世骧(Shih-Hsiang Chen)直接译作"essay"(即兴散文,或随笔)等[1]。而康达维更是列举多种译法,试图找到对应的西文词语,但他认为比较困难。正因为辞赋是一种比较特殊的文体,古人说法也多不同,班固谓"古诗之流"[2],刘勰谓"受命于诗人,拓宇于楚辞"[3],章学诚谓"原本诗、骚,出入战国诸子"[4],刘师培谓"写怀之赋其源出于《诗经》,骋辞之赋其源出于纵横家,阐理之赋其源出于儒、道两家"[5]。而随着历史的变迁,辞赋变体亦多,有诗体、骚体、散体、骈体、律体,以及新文赋等。基于此,在20世纪20年

---

[1] 参见孙晶《汉代辞赋研究》上编《辞赋文体论》第一节《西方学者对赋的翻译和界定》,齐鲁书社2007年版。
[2] 《两都赋序》。
[3] 《文心雕龙·诠赋》。
[4] 《校雠通义·汉志诗赋第十五》。
[5] 《论文杂记》。

代郭绍虞在《赋在中国文学史上的位置》一文中,就提出了赋体创作在当代实践的设想:

> 赋体演变的历史中,可以看出赋体屡经变迁的缘故,很多受当时文体的影响。一方面有与歌相合的诗,一方面便有不歌的小诗——短赋。一方面有楚狂《凤兮》孺子《沧浪》之歌,都以兮字为读,为楚声之萌芽,于是便有骚赋,一方面有庄、列寓言,苏、张纵横之体,于是便有辞赋。此外于骈文盛行的时期有骈赋,律体盛行的时期有律赋,古文盛行的时期有文赋,则当现在语体盛行的时期,不应再有语赋——白话赋——的产生吗?

而自20世纪初到21世纪初百年的文学历史,辞赋创作无疑是新语境下的旧文体。可是落实到具体作品,又呈现出两类创作方式:一类是仿效旧体形式,而呈现新内涵的赋作;一类是如郭绍虞所说的"白话赋"的创作,以新的赋体形式呈现新的内容。而这两类创作,总体上来说都是在包括社会文化和文学观念的近百年新语境中出现的。

由此认知辞赋古典与现代的意义,宜关注两重关系:一是古典与现代的关系。辞赋是古老而典雅的文体,我们治赋,也是古老而典雅的学问,这种研究的经典性与学术意义是不容置疑的。从文献、文本到理论批评,自古及今,已形成一种学术研究的传统。今天我们动辄讲"现代性",所谓"现代"意识的批评是"双面刃"。一方面,由于过分强调"现代性",实质上会扼阻中国从未断歇而源远长存的生命之流。朱熹在《鹅湖寺和陆子寿》诗中曾感叹这一其来有渐的生命之流:"却愁说到无言处,不信人间有古今。"同样的道理,今人创作辞赋,可用楚骚体、汉大赋体、骈赋体,或者今赋体,是古典,还是现代?显然是当代的文学创作。研究辞赋也一样,研究的旧学问,却具有新思维与新方法,是当代文学建设的重要部分。所以,当一种历史观过度地将人阶段化,将学问阶段化,就会出现人为的代沟,必然造成学术记忆的断片。学术犹如一条长河,绵延不息,奔流不止,赋学研究也如此,每一位学者,每一篇创作,每一部著作,都是长河中的小小浪花,如何使我们这朵浪花显得绚丽多彩,如何使我们这一时代的长河显得绚丽多彩,全靠我们的修行与精进,特别是对赋学研究的挚爱与奉献。另一方面,"现代性"又给我们以启迪,立足于当代学术前沿,用今天的眼光与方法审视与研究历史的学问,才能使古老的辞赋不被视为恐龙的化石,而是具有强大生命力,生龙活虎。当然,由古典到现代,我们的研究视阈应更多关注一些重要的历史时期,形成学术的聚集点。例如民国时期的辞赋创作与研究,就可以视为由传统赋学研究向现代赋学研究的历史的转折点，对这一时段赋学文献的整理与探寻，显然是具有历史价值与现实意义的。

二是理论与创作的关系。可以说，没有文学的创作就没有文学的理论，一切理论批评都是建立在创作的基础上的；同样，从历史上大量的创作中提炼出的理论，又可以指导当代的创作实践。不可否认，自晚清迄今百余年来的赋体的论述与演变，因摆脱了古代献赋与考赋的制度约束，取得了异乎前人的新成就，这得益于新文化时代之学术研究的历史化、学科化与理论化。其中历史化的特征最典型的就是中国文学史课程的设立与研究，其优点在以历史的眼光审视中国文学的变迁与发展，辞赋作为重要的一体取得了自身的位置；而其问题则在文学研究的史学化，不仅割裂了理论与创作密不可分的关联，而且很大程度伤害了文学本身，甚至使文学的研究成为历史考据学的附庸，这与研究过度理论化的倾向有同构联系。赋体犹如人体，人有黄种、白种、黑种，又有男性、女性，同样有高、矮、胖、瘦之别，但必是人，而非其他，不能成为四不像。赋体发展亦然，有骚体、散体、律体等，且随着时代的变迁而有所变化，郭绍虞虽提出"语体赋"创作的构想，但无论如何，这也必定是赋，而非碑、志、铭、赞。正因如此，我们今天的赋学文献整理与研究，也自然不局限于赋学理论的构建自身，而应关注写赋人群，即当代辞赋创作的状况与思潮。

辞赋作为一种文体,尤其是作为与社会制度紧密联系的文学创作,又有着不限于文学范畴的文化价值,究其根本则在于现实价值与意义的考量。可以说,辞赋创作在不同的发展时期,会呈现出不同的面貌,例如战国楚邦兴起的辞赋并形成骚体赋的传统,汉代盛世以京都为主体的大赋创作形成闳衍博丽之赋的主流,魏晋以降骈赋的兴起,唐宋考赋因之而起的律赋,宋人破体为文而创作的文赋,以及清代翰林院考赋改造唐律赋而形成的馆阁"时赋",无不呈示出特定的时代价值与现实意义。20世纪是旧文学退出、新文学开启的时代,辞赋作为历史上的"贵游文学"在部分保持(如民国文人赋)与根本扬弃(20世纪50年代到70年代创作与研究的空白)的情势下,其成绩乏善可陈。到了21世纪的近十余年,参与传统赋体创作的人数越来越多,赋体作品呈现出空前的繁荣态势。观其时代助力,有几点值得关注:一是互联网时代网络创作的兴起,多家网站数百家赋集与数以万计的辞赋作品的出现,可谓令人耳目一新。二是多种专业刊物的出版,例如《中华辞赋》杂志于2008年创刊,大量刊载今人的辞赋作品,联系现实,关注民生,讴歌时代(如《奥运赋》),也是前所未有的。三是重要媒体的推介,除中央电视台做过多档赋朗诵节目,尤以《光明日报》曾专门设置"百城赋"栏目,所载登的作品,或京城,或省会,或区域重镇,或文化名城,大凡其地理疆域、历史沿革、城市建设、地方特产、文化风貌与时代精神,囊括于中,堪称新时期的都邑赋。值得注意的是,传统赋体的当代复兴,在很大程度上决定于这一文体的骋词风格与铺叙手法,是因外部空间的变化影响到文学领域,产生了对赋体的需求。

由此,我们看当今辞赋创作的复兴,除了宽松的文化政策下创作趋向多元与自由外,还有几点现实的原因:其一,近年来市场经济带来的物质繁荣,为以铺陈物态为主要特征的赋体文学提供了描写对象,也为赋作者提供了骋才的空间。其二,区域经济的繁荣与旅游经济的发展,为赋作者提供了素材,尤其是赋与方志的密切联系,使赋笔与赋才在宣扬人文风貌与经济建设方面,表现出优势。其三,中国城市化进程的发展,使曾作为都市文学的赋体也得到了充分的发挥。其四,中国社会的小康面貌与和谐蓝图,在一定程度上淡化了社会的批判意识,自古赋颂连体现象即赋体的"颂德"内涵,在赋者笔下又增添了新的意涵。创作与理论是相辅相成的,从历史的视阈观照赋学文献的整理与研究,也是始终不乏"当代性"的。

珠鱏陂永淯滯穹澄流
子掉泜歸漢沛隆澤順
的尾汦眪鼎隘雲渾阿
曤振是後沸坻撓沸所
江鱗乎灝欼注宛潒下
靡奮皷漢波鼍渾汩趀
蜀翼龍瀳跳瀲膠福隘
石潛夾漾沫瀉鎣側隨
黃處螭安汩霤踰汦之
硬乎鮦翔湄墜波澨口
水深鱣涂漂沈鶘横觸
玉巖漸回浜沈澾穹
磊魚灘鬻悠隩莊逆石
砢鱉鯢乎遼匝莊折激
磷謹鱨滈氐砰下輓堆
爛鰲鮁滈懷矼瀬騰埼
爛萬魮東寂百批澉
物愚註濁礚㬎河

第四讲

辞赋之道

中国古代文学批评的基础是文体批评,而作为文体批评之一的赋体批评,因赋创作的特有体制,具有相对的独立意义。郭绍虞在《赋在中国文学史上的位置》文中通过刘勰《文心雕龙》分列《明诗》《诠赋》,进而阐发赋与诗性质和作用的不同。从性质上讲,郭文引《诗大序》"在心为志,发言为诗"与《文心雕龙·诠赋》"赋者铺也,铺采摛文,体物写志也"以区分其体;从作用上讲,又引《汉书·艺文志》"《书》曰'诗言志,歌咏言',故哀乐之心感,而歌咏之声发。诵其言谓之诗,歌其声谓之歌"与"不歌而诵谓之赋"以区分其用[1],甚明诗、赋体用之二途。然而,深入古代赋论的历史与体系,其间隆替、创复、交叉诸复杂现象又非前引数语可以概括,所以欲明赋学体用,必先对赋的理论批评历史轨迹进行梳理。

---

[1] 郭文原载1927年《小说月报》十七卷号外《中国文学研究》,后收入《照隅室古典文学论集》上编。

先贤持论迥时流

纵观我国赋学理论的批评历史，自汉代迄晚清，历时两千年，几与赋创作实践相始终。目前为数不多的有关赋论史著，基本采用一般文学史或批评史朝代划分的方法，其特点是重视赋论与诗论、文论等批评共时态以及其政治文化背景的解释，但却缺乏对赋"体"理论自变规律的把握。目前出版的赋论专著有何新文的《中国赋论史稿》，开明出版社1993年版；叶幼明的《辞赋通论》（含赋论史部分），湖南教育出版社1991年版。又如蔡钟翔《赋论流变考略》（第三届国际辞赋学研讨会论文）基本承上述二著，将赋论划分为"两汉：赋论的发端""魏晋南北朝：赋论的深化""唐宋：赋论的低落""元明：赋论的复兴"和"清代：赋论的繁荣"五个阶段。我认为，与其他文体批评如诗歌评论、散文评论、词曲评论相比，赋论历史发展有一显著的不同之处，即产生早而成熟晚。可以说，汉魏时代的早期评论家是由对赋的批评引领起有关散文、诗歌艺术理论之探讨，而随着唐宋诗文理论之繁荣，特别是宋、元、明三朝文话、诗话、词话、曲话类批评专著的大量出现，确使这一阶段仅散见于一些文人序跋、随笔以及赋选评点和供士子科考之用的格律手册类赋学评论相形见绌。因此，以清代始出现的赋话类专著为代表的

何新文《中国赋论史稿》书影　　叶幼明《辞赋通论》书影

纯粹赋学批评,一则源自唐宋以来诗文理论的发展,一则又是赋论自身走向成熟的现象。而就赋论史的发展线索来看,又有一个显著标志,即因赋至唐代始分古体、律体,并由此开启了唐以后的赋论批评围绕古、律之辨而引起的赋体之争。赋论史与赋创作史既有密切的关联,又存在某种不平衡性,如果说我将赋史分为上古、中古、近古三时段的意义在打破单纯的朝代划分方法,以发掘赋艺的自身轨迹,那么,对赋论史,我觉得应划分两个长时段,其界线即为唐代的古、律之辨。缘此,本人曾撰《中国辞赋理论通史》(凤凰出版社2016年版)正依此线索,构篇明义,这里择要阐述,以观大略。

从汉到隋这一阶段,赋论围绕楚辞、汉赋展开,讨论问题已包涵赋源、赋史、赋用、赋艺诸端,然价值评判要以"赋用论"为核心。

我国赋论发端于赋作为一代文学兴起的西汉武帝时期,并以两司马对赋的评价为开山。《西京杂记》卷二记载:

> 司马相如为《上林》《子虚》赋,意思萧散,不复与外事相关,控引天地,错综古今,忽然如睡,焕然而兴,几百日而后成。其友人盛览……尝问以作赋,相如曰:"合綦组以成文,列锦绣而为质,一经一纬,一宫一商,此赋之迹也。赋家之心,苞括宇宙,总览人物,其乃得之于内,不可得而传。"

此"赋迹""赋心"之说,是由创作论着眼而勘进于赋学的艺术批评的。由于这段谈论赋艺的话在汉代似无传响,略可对应的亦仅如扬雄关于赋的"闳""丽"之说和谓"长卿赋,不似从人间来,其神化所至邪"的评语,故学界或以为后世假托之词[1]。尽管相如赋论真伪尚存疑虑,然其经纬宫商诸语于汉大赋之结构与韵律,是基本相符的。所以从文献的可靠度来说,司马迁因记史而论赋于汉晋赋论的开启意义

---

[1] 详见周勋初《司马相如赋论质疑》,载《文史哲》1990年第5期。

尤为重要。《史记·屈原贾生列传》云：

> 屈平疾王听之不聪也，谗谄之蔽明也，邪曲之害公也，方正之不容也，故忧愁幽思而作《离骚》。……屈平正道直行，竭忠尽智以事其君，谗人间之，可谓穷矣。信而见疑，忠而被谤，能无怨乎？屈平之作《离骚》，盖自怨生也。

继此以下"《国风》好色而不淫，《小雅》怨诽而不乱。若《离骚》者，可谓兼之矣"等一段对屈原人品与创作的评价，据王逸《楚辞章句》录班固《〈离骚〉序》所考，系引自淮南王刘安《离骚传》。又《司马相如列传》云：

> 《春秋》推见至隐，《易》本隐之以显，《大雅》言王公大人而德逮黎庶，《小雅》讥小己之得失，其流及上。所以言虽外殊，其合德一也。相如虽多虚辞滥说，然其要归引之节俭，此与《诗》之风谏何异。

很显然，司马迁对屈原骚辞与相如大赋的评价，基本传承《诗》之美刺，是以文学的作用为批评中心的。继此，汉代赋论虽亦涉及赋体渊源、赋体特征、赋的经验法则方方面面，然推崇"赋用"，则一以贯之。所或异者，只是因时而变，故

"赋用"思想的涵盖面和侧重点不同罢了。如汉宣帝出盛世帝王兼容心态,认为"辞赋大者与古诗同义,小者辩丽可喜"[1],即于赋的政治作用之外兼及鉴赏作用。同样,扬雄出于儒家经学观处衰落之世的自拯心情,在慕相如"丽辞"而作四赋后,提出对汉赋讽谏作用的反思。《法言·吾子》载:

> 或问:"吾子少而好赋?"曰:"然。童子雕虫篆刻。"俄而曰:"壮夫不为也。"或曰:"赋可以讽乎?"曰:"讽乎!讽则已,不已,吾恐不免于劝也。"或问:"雾縠之组丽?"曰:"女工之蠹矣。"或问:"景差、唐勒、宋玉、枚乘之赋也益乎?"曰:"必也淫。""淫则奈何?"曰:"诗人之赋丽以则,辞人之赋丽以淫。如孔氏之门用赋也,则贾谊升堂,相如入室矣;如其不用何?"

以上四问四答,皆以讽为中心,然不完全排斥赋弘丽的风格,所以他在《法言·君子》篇认为"文丽用寡,长卿也",主张"事辞称则经"[2]。值得注意的是,同出于汉人之手的《汉志·诗赋略叙》与《两都赋序》,其对赋之史源的探讨所表现出的作用,则颇有龃龉。《汉志》认为:"春秋之后,周道浸

---

1 《汉书·王褒传》引。
2 扬雄《法言·吾子》。

坏,聘问歌咏不行于列国,学《诗》之士逸在布衣,而贤人失志之赋作矣。大儒孙卿及楚臣屈原离谗忧国,皆作赋以风,咸有恻隐古诗之义。其后宋玉、唐勒,汉兴枚乘、司马相如,下及扬子云,竞为侈丽闳衍之词,没其风谕之义。"《两都赋序》认为:"武宣之世,乃崇礼官,考文章,内设金马石渠之署,外兴乐府协律之事,以兴废继绝,润色鸿业。……故言语侍从之臣……日月献纳……或以抒下情而通讽谕,或以宣上德而尽忠孝,雍容揄扬,著于后世,抑亦雅颂之亚也。"很显然,前者重视赋的讽谏作用,对西汉赋家多致不满,系班氏所存刘歆《七略》之遗义,代表西汉末年的赋用观。关于《汉志》承刘歆《七略》,《艺文志序》及颜师古、郑樵、章宗源、汪辟疆等均有论述。如郑樵《通志》卷七十一:"班固《艺文志》出于《七略》者也。《七略》虽疏而不滥,班氏步步趋趋不离于《七略》,未见其失也。"后者重视赋的"颂扬"功能,则出于班氏处东汉盛世的"颂汉"意识,与刘歆、扬雄的赋学观相左。至于王充批评西汉赋家"文丽而务巨,言眇而趋深,然而不能处定是非,辨然否之实"[1],王符、蔡邕批评汉末赋颂琐屑之徒"苟为饶辩屈塞之辞,竞陈诬罔无然之事"[2],"书画辞赋,才之小者,匡国理政,未有其能"[3],均主致用之

---

1 王充《论衡·定贤》。
2 王符《潜夫论·务本》。
3 范晔《后汉书·蔡邕传》引《上封事陈政要七事》之"五"。

说而掀起了具有明确针对性的反赋思潮。

魏晋南北朝赋论传承汉世,又向三方面作理论拓展:一是由"赋用"思想派生出"征实"之论。这一思想由建安时期曹植与杨修的论辩启端。曹植在《与杨德祖书》中认为"辞赋小道",不足以揄扬大业。杨修作《答临淄侯笺》云:

> 今之赋颂,古诗之流。不更孔公,风雅无别耳。……若乃不忘经国之大美,流千载之英声,铭功景钟,书名竹帛,斯自雅量,素所畜也。岂与文章相妨害哉!

两人对辞赋的态度截然不同,然采取经世致用之评价标准,殊为一致。晋人正是针对汉赋的创作状况和贯彻致用思想,引起了驳正汉赋"虚浮",强调辞赋"征实"的批评风尚。如左思《三都赋序》在批评汉赋四大家(司马相如、扬雄、班固、张衡)京殿游猎赋"于辞则易为藻饰,于义则虚而无征"后自谓作赋之义云:

> 余既思摹《二京》而赋《三都》,其山川城邑,则稽之地图;其鸟兽草木,则验之方志;风谣歌舞,各附其俗;魁梧长者,莫非其旧。何则?发言为诗者,咏其所志也;升高有颂者,颂其所见也;美物者,贵依其本;赞事者,宜本其实。匪本匪实,览者奚信?

扬雄画像

挚虞《文章流别论》云：

> 古诗之赋，以情义为主，以事类为佐；今之赋，以事形为本，以义正为助。情义为主，则言省而文有例矣；事形为本，则言富而辞无常矣。……夫假象过大，则与类相远；逸辞过壮，则与事相违；辩言过理，则与义相失；丽靡过美，则与情相悖。

一出于创作体验反省汉赋之虚夸，一出于理论思考批评汉以来大赋"四过"，前者重"宜本其实"，言必有征；后者防"背大体而害政教"，因致用而求实，立意甚明。至于南北朝文风对峙,或如南朝萧绎《金楼子·立言》一则强调文章"绮縠纷披""情灵摇荡",一则反对文风(主要指赋)"浮动""轻侧",裴子野《雕虫论》出自经学观反对赋家"淫文破典";或如北朝魏收融南朝绮靡,兼北朝气骨,以为"会须能作赋,始成大才士",其征实致用,堪称同构。

二是由"赋艺"探讨派生出"体物"之论。在魏晋时代,陆机《文赋》所倡"赋体物而浏亮"说,与当世玄学文化思潮关系深密,但论其渊源,又不可忽略汉世对"赋艺"自身的思考。署名司马相如的《答盛览问作赋》有"赋迹""赋心"说、汉宣帝论赋有"小者辩丽可喜"说,扬雄"丽则""丽淫"说内含对"丽"的肯定与推崇,已初见诗赋创作风格之异趣。魏晋文家论赋,较汉人趋于自觉。如魏文帝曹丕谓"诗赋欲丽"[1],"赋者,言事类之因附也"[2],已明显淡化了汉人因《诗》论赋的"讽谏"意识。所以曹丕在比较屈原与相如辞赋时仅谓"优游案衍,屈原之尚也;穷侈极妙,相如之长也"[3],也是关注赋体的铺衍特色。其实,赋的博丽决定于对物态的摹现,正是出于赋与自然物关系的考虑,魏晋赋论家重体物之态,明物之理,始蔚成风气。皇甫谧为左思《三都赋》作序云:

1　曹丕《典论·论文》。
2　曹丕《答卞兰教》。
3　《北堂书钞》卷一百引《典论》佚文。

古人称不歌而颂谓之赋,然则赋也者,所以因物造端,敷弘体理,欲人不能加也。引而申之,故文必极美;触类而长之,故辞必尽丽。然则美丽之文,赋之作也。

成公绥《天地赋序》亦云:

赋者,贵能分赋物理,敷演无方,天地之盛,可以致思矣。

其说均在不排斥赋的政教意义的同时,强调其分赋物理的作用,这也与魏晋征实赋风应契。所不同者,魏晋赋家论体物,重点并不在敷演物态的铺叙和结构,而在赋体物性能之本身,所以陆机谈赋之"体物",特别强调"无取乎冗长"。前引皇甫谧、成公绥论大赋重物,张华《鹪鹩赋序》说小赋咏微物也能"言有浅而可以托深,类有微而可以喻大",与陆机"体物"论吻合。至刘勰《文心雕龙·诠赋》认为"赋者,铺也;铺采摛文,体物写志",是绾合诗源赋体探讨赋艺;而论京殿苑猎之大赋,赞其"体国经野,义尚光大",说"草区禽族,庶品杂类"之小赋,亦美曰"拟诸形容,则言务纤密;象其物宜,则理贵侧附。斯又小制之区畛,奇巧之机要",则是兼括大小,明体物之理。

三是由诗源思想派生出的古、今之辩。古代赋学批评

基本以诗源为津筏,褒抑臧否,盖发于此。萧统《文选序》云:

> 古诗之体,今则全取赋名。荀、宋表之于前,贾、马继之以末。自兹以降,源流实繁。述居邑,则有"凭虚""无是"之作;戒田游,则有《长杨》《羽猎》之制。若其纪一事,咏一物,风云草木之兴,鱼虫禽兽之流,推而广之,不可胜载矣。

这与刘勰《诠赋》所云"赋也者,受命于诗人,而拓宇于《楚辞》",均从诗源而论赋体之自身发展。但是,这种注重文学发展的观点因凭依于诗源思想,故仍与班固"赋者,古诗之流"评赋标准相等,必然内含《诗经》之崇高对赋的掩压,前引诸家就赋用意义而言的抑赋之词,表现的正是以屈原赋更接近于诗人讽谏的复古心态。于是晋人持进化观评赋者,势必以赋与《诗》相抗,葛洪《抱朴子·钧世》以为"《毛诗》者,华彩之辞也,然不及《上林》《羽猎》《二京》《三都》之汪秽博富也",即为代表性的观点。因这种古今贵贱的批评观,南北朝时也就出现了如萧纲《与湘东王书》"若以今文为是,则古文为非;若昔贤可称,则今体宜弃"的古今相格论和如颜之推《颜氏家训·文章》"宜以古之制裁为本,今之辞调为末,并须两存"的折中古今论之争辩。这也开启了唐以后赋论复古与趋新的矛盾。

魏晋南北朝赋论虽然仍以"赋用"为主,但由于大量的文学批评家如曹丕、挚虞、陆机、葛洪、刘勰、萧统、颜之推等介入赋学批评,且多专论,涉及面已十分广泛,为古代赋学研究展开了斑斓绚丽的世界。继齐、梁、周、陈,隋朝结束南北纷争,文学批评因惩于"齐梁体格""亡国之音",赋论亦向极端"致用"观发展。所谓"连篇累牍,不出月露之形;积案盈箱,惟是风云之状"[1],赋作为华美不实之文遭到抑弃,也为我国前期赋论标上了一个衰飒黯淡的终结音符。

从唐到清这一阶段,赋论围绕古赋与律赋展开,讨论问题虽较先唐更为广泛,对赋的作用与艺术风格也十分重视,然其价值评判要以赋体论为核心。

赋至唐始分古体、律体,清人林联桂《见星庐赋话》云:"古赋之名始于唐,所以别乎律也,犹今人以八股为时文,以传记为古文之意也。"考古律之分,其因有二:一为诗赋艺术之历史发展,徐师曾《文体明辨序说》云:"唐兴,沈、宋之流,研炼精切,稳顺声势,号为律诗……至于律赋,其变愈下。始于沈约'四声八病'之拘,中于徐、庾'隔句作对'之陋,终于隋唐'取士限韵'之制。"其源在齐梁声律之学。二为文化制度之现实规范,孙梅《四六丛话序》云:"自唐迄宋,以赋造

---

[1] 李谔《上隋文帝论文书》。

士,创为律赋。"明其与科举考试之关系。缘于唐人之赋"大抵律多而古少"[1],赋学批评亦因创作变化而确立古赋、律赋之名,开启了唐以后赋论史的古律之辨与"赋体"之争。唐初始肇律赋,乃承齐梁体格,李调元认为:"古变为律,兆于吴均、沈约诸人。庾子山信衍为长篇,益加工整,如《三月三日华林园马射赋》及《小园赋》,皆律赋之所自出。"[2]颇重由骈入律现象。这也决定了初唐赋学思想一方面传承齐梁文风,创制重声律形式的宫体诗、骈律赋,一方面又出于对历史的反思,在理论上倡导文学教化功用,以诋斥浮华文风。如王勃为唐初骈、律作手,其《春思赋》等"皆李谔所谓风云月露、争一字之巧者"(李调元语),然观其对辞赋之态度,则全然承继李谔、王通以政治、历史批评代替文学批评之观念,认为"屈、宋导浇源于前,枚、马张淫风于后……魏文用之而中国衰,宋武贵之而江东乱,虽沈、谢争骛,适先兆齐、梁之危;徐、庾并驰,不能免周、陈之祸"[3]。与之相比,唐初史学家的赋论虽较宽容,但因出于"以古为镜,可以知兴替"[4]的史学意识,同样持有由反齐梁体到怀疑赋学作用的批评观。如令狐德棻评庾信赋"其体以淫放为本,其词以

1　祝尧《古赋辨体》卷七《唐体》。
2　《赋话》卷一。
3　王勃《上吏部裴侍郎启》。
4　《贞观政要》卷二《论任贤》。

轻险为宗"[1]，魏征以为"梁自大同以后，雅道沦缺，渐乖典则，争驰新巧"[2]，李百药论齐梁"淫声"乃"亡国之音"，刘知几上溯两汉辞赋"繁华而失实，流宕而忘返，无裨劝奖，有长奸诈"[3]，思路尽同。尽管如此，唐初骈律仍日见其甚，自武后好文，朝廷宰臣、江左文士许敬宗大力倡导"齐梁体格"，渐开科举试赋之风，而赋学的古律之辨始围绕取士问题而成为理论主题。

据科举考赋情况，唐先后有特科、常科、制科试赋，且以常科之进士科最盛，历唐之世虽曾有德宗建中三年（782年）、文宗大和七年（833年）两度诏罢诗赋，但稍停即复。由于律赋与科举的联姻，一批经学家、古文家又将反辞赋浮华的历史眼光转移到经义取士与诗赋取士这一现实问题上，从而形成经义派与诗赋派的论争。从经义派来看，矢的为诗赋取士。开元十七年（729年）洋州刺史赵匡《选举议》谓：

> 进士者时共美之，主司褒贬，实在诗赋，务求巧丽。以此为贤，不惟无益于用，实亦妨其正习；不惟浇其淳和，实又长其佻薄。

1　令狐德棻《周书·王褒庾信传论》。
2　魏征《隋书·文学传序》。
3　《史通·载文》。

继后,刘秩《选举论》、杨绾《条奏选举疏》、沈既济《词科论》等,亦力主其说。这也得到当时古文家的附议。如贾至"考文者以声病为是非,而惟择浮艳,岂能知移风易俗化成天下之事"[1],柳冕"屈、宋唱之,两汉扇之,魏晋江左随波而不返",故"诗之六义尽矣"[2]之说,以及独孤及、李华对辞赋的挞伐,皆为明证。而当时诗赋派趋赴进士之科,实为高宗、武后以来之新兴阶级,陈寅恪《唐代政治史述论稿》云:"唐代士大夫中其主张经学为正宗、薄进士为浮冶者,大抵出于北朝以来山东士族之旧家也。其由进士出身而以浮华放浪著称者,多为高宗、武后以来君主所提拔之新兴统治阶级也。"故以"翠华飞而臣赋,雅颂之盛与三代同风"[3]的附时之心与"信一言之炫耀,为百代之光荣"[4]的致用之意,掩压了经义派的抗争,文宗太和七年(833年)停赋而翌年"旋即复旧",正标志经义派的失败。因此,中唐贞元以后,经义、诗赋之争又衍为古体、律体两派理论的对垒与交互。律体派代表人物元稹、白居易不仅赞同考赋制度,而且自觉从事律赋创作,元氏"以题为韵"、白氏"分股制义"法,为时文竞效。但元、白制科考赋思想在"词赋合警诫讽谕"[5],落实于

---

1 贾至《议杨绾条奏选举疏》。
2 柳冕《谢杜公论房杜二相书》。
3 张说《唐昭容上官氏文集序》。
4 王起《掷地金声赋》。
5 白居易《问文章对策》。

韩愈画像

柳宗元画像

律赋理论,已由初唐"齐梁体格"向"六义"精神转移。所以白氏在《赋赋》中一则称颂应制律赋"义类错综,词采舒布,文谐宫律,言中章句",一则将其纳入儒教范畴:"我国家恐文道寝衰,颂声凌迟,乃举多士,命有司,酌遗风于三代,明变雅于一时。全取其名,则号之为赋。杂用其体,不出乎诗;四始尽在,六义无遗。"此将应试律赋视为"凌砾风骚,超轶古今"的唐室"中兴"文化象征,既继承了初盛唐重赋精神,又扬弃了前此史学家、古文家以诗教否定律赋的观念。相较而言,古体派代表人物韩愈、柳宗元等所缘境遇尤为复杂。他们一方面同出于文为世用的思想倡导复古,以企打破应制律赋束缚,一方面又不同于唐初史学家及早期古文家盲目排斥辞赋,而是盛赞屈、宋、扬、马赋作,甚至"为求科第"对应试赋持相对保留态度。所以韩、柳古体派与律体派的对垒,焦点又由对试赋制度的商榷转向思考赋之体用问题。韩愈认为"楚大国也,其亡也屈原鸣","汉之时,司马迁、相如、扬雄最其善鸣也"[1],柳宗元力主"文之近古而尤壮丽,莫若汉之西京"[2],其以楚汉为古,不仅形成与今体的理论抗衡,而且开启了赋学史"祖骚宗汉"的思潮。中唐以后,律赋复炽,出现大量供士子考试之需的律赋格法手则,虽陈陈相因,殊无足观,但对律赋形式理论系统之形成不乏

---

1 韩愈《送孟东野序》。
2 柳宗元《柳宗直〈西汉文类〉序》。

可资借鉴的价值。

宋代赋论围绕古律问题由两条线索展开：一是科举试赋与文学革新运动的交织。夷考北宋持续百年之久的文学革新运动，初经柳开、穆修等"志欲变古"到范仲淹天圣三年（1025年）《奏上时务书》主张改革文风，庆历三年（1043年）参知政事时复上书谋新政、黜浮华、倡散（古）文，为一转捩；"逮庐陵欧阳修出，以古文倡，临川王安石、眉山苏轼、南丰曾巩起而和之，宋文日趋于古"[1]。而宋代赋学之发展依循诗文变革轨迹，落点亦在考试制度与科目。北宋考赋制度大体经历了神宗前保留唐代以诗赋为主的进士科；神宗熙宁间采纳王安石罢诗赋，以试经义策论为主；哲宗元祐间废新法，旋分经义与诗赋二科到绍圣复罢诗赋四个阶段。在此期间，由于统治者重儒学，渐成重经义、轻诗赋意向，故宋初隐士何群即上言"文辞害道者，莫甚于赋，请罢去"[2]。真宗时河阳节度判官张知白又主张进士"先策论，后诗赋，责治道之大体，舍声病之小疵"[3]；而范仲淹"庆历新政"第三条即为"进士先策论而后诗赋"[4]，意使"天下学者……务通经术，多作古文"[5]。这股思潮虽对试赋制度形成一定的冲

---

1 《宋史・文苑传序》。
2 《宋史・隐逸传》。
3 李焘《续资治通鉴长编》卷五十三。
4 范仲淹《答手诏条陈十事》。
5 欧阳修《嘉祐二年条约举人怀挟文字劄子》。

击力,然至仁宗嘉祐时仍实行先诗赋、后策论的科试程序,由此又衍出神宗时王安石与苏轼间展开的一场关于诗赋取士的争论。当然,北宋科举经义、诗赋之争又具有一定的党争色彩[1]。概括地说,王氏出于政治家的观点,由在其《取材》文中批评"策进士则但以章句声病"到参知政事后议改科制,所谓"先除去声病对偶之文,使学者得以专意经义"[2]。苏氏出于文学家的心态,在用古文轻时文的思想指导下,反对一味强调废诗赋取士,认为"得人之道,在于知人,知人之法,在于责实。……自唐迄今,以诗赋为名臣者,不可胜数,何负于天下,而必欲废之"[3],所以他在《谢王内翰启》中提出"博观策论,以开天下豪俊之途;精取诗赋,以折天下英雄之气"的折中主张,也是针对王安石新政力改科制的。经此之后,经义、诗赋或停或开,或先或后,终宋之世,未变两科并行的格局,迨至宋末南方试赋极盛,如《宋史·尹谷传》有"宋以词赋取士,季年惟闽浙赋擅四方"的记载,又于文天祥作《八韵关键序》中载述宋末朝廷试赋之风仍炽,均可窥一斑。而从经义、诗赋之争对文学作用与地位的思考看"赋体"之争,宋人更注重赋体自身的更化。可以说,文学革新运动一则使诸多文人开辟了新文赋创作途径,

---

[1] 参见马端临《文献通考》卷三一《选举考》四。
[2] 王安石《乞改科条制》。
[3] 苏轼《议学校贡举状》。

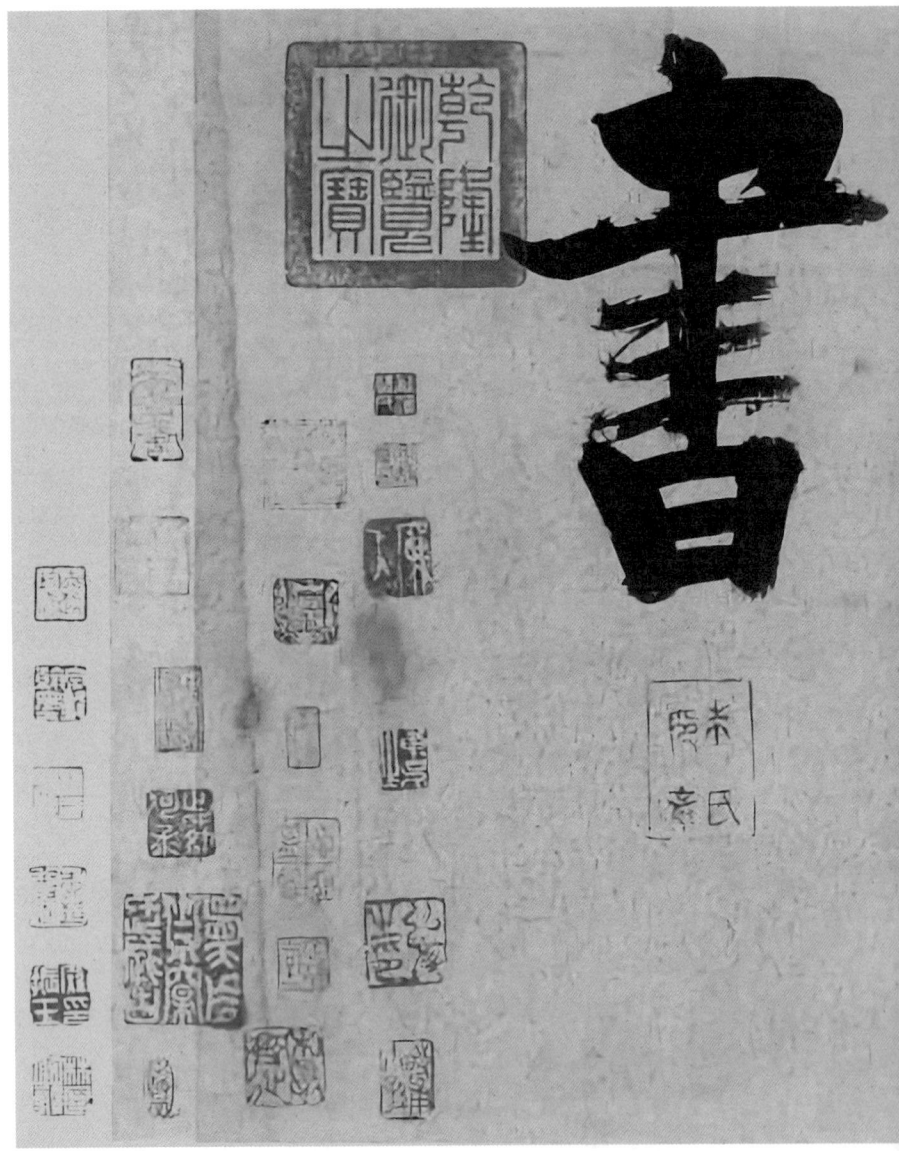

宋代大儒朱熹大字《书易系辞册》部分,明人吴讷论楚骚曾引用朱熹的说法:"《诗》之兴多而比少,《骚》则兴少而比、赋多。赋者要当辨比,而后辞义不失古诗之六义矣。"

未熏 鼓也

一则用古文之法既改造文人骈、律创作，又干预场屋文风，使应试律赋更偏重于表现作家的器识与学殖。叶梦得《石林燕语》卷八载：

> 熙宁以前，以诗赋取士，学者无不先遍读五经。……自改经术，人之教子者，往往便以一经授之，他经纵读，亦不能精。

又李焘《续资治通鉴长编》卷三六八载哲宗元祐闰二月尚书省言：

> 近岁以来，承学之士闻见浅陋，辞格卑弱……为文者惟务解释，而不知声律体要之学。深虑人材不继，而适用之文从此熄矣。

这两则话语皆就科举废诗赋而失学害文发论，在当时颇具普遍性。换句话说，正因宋人重应制律赋欲革浇薄之风，观作家学识，在理论上又形成律赋赖以生存的两大优势，即博学为赋的创作实绩得以与经义派抗衡，试赋重器识故为多数古文家所接受，从而在一定程度上淡化了宋初传承唐人的古律对立情绪。

二是长期不息的党争和接踵而至的外敌入侵造成的社

会忧患,使宋人赋学意识转向现实情感,骚体赋的复兴和楚辞学的昌明,当与此相关。而这一现实精神在赋学领域向理论的转换,凝定成"骚为赋祖"的历史观。明人吴讷《文章辨体序说》论古赋源流时引北宋时宋祁之说:"《离骚》为辞赋祖,后人为之,如至方不能加矩,至圆不能过规。"又于论楚骚引南宋朱熹之说:"《诗》之兴多而比少,《骚》则兴少而比、赋多。赋者要当辨比,而后辞义不失古诗之六义矣。"从赋体更化角度看宋人重骚思想之形成,诚如前述,一在对唐宋科举试律赋的反省,一在对北宋文赋议论化的批评。宋代熙宁、元祐间考试科目之争,虽在诗赋、经义,然古学复兴骚体思潮,已渗融其中。如王安石主废诗赋取士,然却创制大量骚体小赋,以抒泄情感。晁补之辑《续楚辞》《变离骚》,亦与人生困厄、抒泄现实情感相关。而作为律赋理论家的秦观,既赞律赋"贵炼句之功","一言一字,必要声律",又对唐宋试赋提出"乃江左文章凋敝之余风,非汉赋之比也"[1],可见复古之意。这种反省至南宋更为明显,如杨万里认为以赋取士致"无赋",在一定程度上也是与他专精骚学(有《天问天对解》)和创制骚体(如《归欤赋》)的审美经验有关。同样,朱熹在党争烦扰与抗战主张受挫的痛苦心态中潜心骚学,于完成《楚辞集注》《辨证》《后语》《音考》系列著述时,

---

[1] 引自李廌《师友谈记》。

再次提出取士"必罢诗赋"[1]，也说明宋人复兴骚学是抒写心志、摆脱场屋文学的一条途径。从宋赋的发展来看，北宋文赋创作起于废黜晚唐五代律赋之侈靡，然因过分散文化、议论化又受到当世与后代的批评，在理论上复兴骚体、骚学，是对"以文为赋，则去风雅日远"（李调元语）的反思。而综合宋人复兴骚体的双重功用（反律赋与反文赋），恰为元明赋学复古的逻辑起点。

元明赋学为复古阶段，倘从传承唐宋两朝古律之辨这一理论主题来看，其衍变特色又表现于倡扬文学辨体与古文时文相争两个方面。

文学辨体之论肇自元人《古赋辨体》，继踵者有明人吴讷《文章辨体》、徐师曾《文体明辨》、贺复征《文章辨体汇编》、许学夷《诗源辩体》。元代文学辨体与赋学复古紧密维系，其结穴实在科举制度。考元太宗十年"戊戌选试"中有词赋一科，体承宋金律体。后科举停废，世祖至元间"以经义、词赋两科取人"（见礼部议案）方案，亦久议不行，而反对试赋取士主张日盛。从世祖至元八年（1271年）尚书省拟罢词赋到仁宗皇庆二年（1313年）十月中书省复上奏"律赋、省题诗、小义皆不用，专立德行明经科"[2]，数十年间经义、词赋之争终以律赋退出科举告终。而其时反对诗赋取

1　朱熹《学校贡举私议》。
2　《元史·选举志》。

士者有蒙古贵族、倡实学之君臣与理学家,试赋与否之争尤在理学家与文士间进行[1]。因此,仁宗诏复科举时另于汉人、南人三场试中加古赋一项,又以"变律为古"的方法平亭经义、词赋之争,并迎合了当时理学家与文士共有的致用精神和博学思想。祝尧《古赋辨体》正于此复古氛围中形成,且以历史的惩戒为现实科举服务。当然,祝尧不同于文化政策的制定者,而是以文士的态度对待科举试赋,所以他在倡导古赋时灌注了他赋论的"情""理"思想。他反对三国以后赋"辞愈工而情愈短,情愈短而味愈浅,味愈浅而体愈下"[2],赞美祢衡《鹦鹉赋》、张华《鹪鹩赋》等仿骚之作"就物理上推出人情"[3],"本于人情,尽于物理"[4],显示出形式之复古与内涵之情理的有机统一。为了配合现实科考,且从根基上剥夺唐宋律赋的传统地位,祝氏辨体,又从理论上确立"祖骚宗汉"的赋本论思想。他在《古赋辨体》中不断阐发其复古赋学观:

> 古今言赋,自骚以外,咸以两汉为古,已非魏晋以还所及。心乎古赋者,诚当祖骚而宗汉。
> 古赋之所以贵者,诚以本心之情,有为而发;六义

---

1 参见马积高《宋明理学与文学》中关于元代理学派文士派的论争。
2 《古赋辨体》卷五。
3 《古赋辨体》卷四。
4 《古赋辨体》卷五。

之体，随寓而形。（卷七）

（唐代）惟韩、柳诸古赋，一以骚为宗，而超出俳、律之外。（同上）

在延祐设科改律赋为古赋时，已有"古赋当祖何赋"的疑问，当时作为读卷官的袁桷回答是"欲稍近古，观屈原《橘赋》、贾生《鵩赋》为正体"。吴莱编《楚汉正声》亦为科试古赋服务，以选本形式反映当时祖骚宗汉观。兹书今佚，但仍在宋濂《渊颖先生碑》文中可见其编纂思想之大概。祝尧古赋观正是对这一问题所作的进一步的理论解答，意在于考赋制度上摧毁律赋之价值体系。

明代辨体学者皆复古中人，赋学观亦传承祝氏之说，所以徐师曾感叹："至于律赋……但以音律谐协对偶精切为工，而情与辞皆置弗论。呜呼，极矣！数代之习，乃令元人洗之，岂不痛哉。"[1] 但元明赋学复古之不同，即在应合与脱离科举制度上。质言之，明初于政治文化诸方面"荡胡元之陋"，也包括了元代设科例用古赋以及相沿剽窃之习。考明代学者尊理学，取消诗赋取士，元人设科用古赋例亦废止，清人《四库全书总目·丽则遗音提要》谓："元代设科例用古赋，行之既久，亦复剽窃相仍，未免太甚。"即延承其意。因

---

[1] 徐师曾《文体明辨序说》。

此，明人在继承元人赋学复古思想时，业已摆脱试赋问题，而使赋学辨体渗合于古文、时文的相关争论中。从明代复古派赋论内涵来看，有三个层次：一是对唐宋以来试赋制度及应制律赋的排拒。李梦阳赠歙人佘育的《潜虬山人记》首倡"唐无赋"说：

> 山人商宋梁时，犹学宋人诗。会李子客梁，谓之曰："宋无诗。"山人于是遂弃宋而学唐。已问唐所无。曰："唐无赋哉！"问汉，曰："无骚哉！"山人于是则又究心赋骚于唐汉之上。

同类的说法又见何景明"秦无经，汉无骚，唐无赋，宋无诗"[1]，胡应麟"骚盛于楚，衰于汉，而亡于魏。赋盛于汉，衰于魏，而亡于唐"[2]，旨意鲜明。明人"唐无赋"说固有深刻的现实内涵[3]，但与科举亦不无关联。考明初"诏复唐制"，不取诗赋科制，而以《四书》《五经》为国子监功课，制定以程朱理学为内容的经义取士模式，且衍为八股之文。顾炎武《日知录》卷一六"试文格式"条认为八股始于明宪宗成化以后。商衍鎏《清代科举考试述录》认为"八股之法，实肇于宋

---

1 《何子·杂言》。
2 《诗薮·内编》卷一。
3 详见拙文《明代"唐无赋"说辨析——兼论明赋创作与复古思潮》，载《文学遗产》1994年第4期。

绍兴、淳祐,定于明之洪武,而盛于成化以后"。而八股之法,略有两大源头:一曰唐代律赋,如顾炎武《日知录》"试文格式"条即认为八股破题法"本之唐人赋格",李调元《赋话》卷二亦举白居易《动静交相养赋》谓"制义分股之法,实滥觞于此"。二曰宋代经义,《明史·选举志》载:"其文略仿宋经义,然代古人语气为之,体用排偶,谓之八股,通谓之制义。"合此可见明代科举从内涵到形式对律赋与经义的容受。由此,明人"文必秦汉""唐无赋"的复古口号,是基于古文、时文争锋而内含以古反律思想的。二是对宋人以理入赋的否定。明人赋学复古重"情",是追求赋本之"第一义""最上乘",故以骚为祖。王世贞《艺苑卮言》称"屈氏之骚,骚之圣也;长卿之赋,赋之圣也",而批评"宋之文陋,离浮矣,愈下矣"。徐师曾《文体明辨序说》认为"文赋尚理而失于辞",即视文赋等同律赋,为唐宋赋史之两大病例。三是摆脱场屋文风之羁缚而表现出创作与理论的一致性。在明代,复古派文人有一共同特点,即无意为应举经义八股之文,故以祖骚宗汉理论对抗当世汗牛充栋的时文。如何景明评李梦阳"赋追屈原",顾璘评何景明赋"词旨沉郁",王世贞谓"赋至何、李,差足吐气",陈山毓《赋略绪言》则认为"唐之俳,宋之俚,元之稚,无赋矣。国朝宋、刘诸君子,犹沿季习,暨李献吉出,人始知有屈、宋、马、扬云,厥功伟矣"。相互推挹,假复古以抒当世情怀。

在明代赋学复古主潮中,固然没有律体派理论与之抗衡,但亦不乏文学流派由对时文的容受而表现出对唐宋律赋的推重,客观上又形成了对抗古体派的理论态势。这种对抗在明代有两度高潮:一为唐宋派的态度。从唐宋派主要作家王慎中、唐顺之、茅坤、归有光的理论着眼,其要在反对秦汉派(前七子)摹字拟句,食古不化,而失"其中之神"[1]。由于反对复秦汉之古,唐宋派推重唐宋文学,一则倡扬时文,且为制义高手,一则又将唐宋八家古文阑入时文,以提高其历史价值和现实地位。落实到赋学,唐宋派作家好为律赋,而与秦汉派祖骚宗汉不侔。二为公安派的态度。公安三袁承王学左派,继李贽"童心"之说,针对前、后七子,以扫荡"复古妖氛"为己任,故一方面出于"文章由我"、独抒性灵之观点对"既作破题,我由文章"的八股时文提出批评,一方面又出于"文格代变"的精神大加赞美制艺之"时"文的价值,如袁宏道以为士子应试八股"伸其独往者仅有此文"[2],即为一例。出此借八股之趋时对抗卑今之士拟古的心态,袁宏道《与江进之》认为赋学骚汉,"谬谓复古,不亦大可笑哉",并提出赋格代变的观点:

---

1 茅坤《刻〈史记钞〉序》。
2 袁宏道《诸大家时文序》。

>夫物始繁者终必简,始晦者终必明,始乱者终必整,始艰者终必流丽痛快。……张、左之赋,稍异扬、马。至江淹、庾信诸人,抑又异矣。唐赋最明白简易,至苏子瞻直文耳。然赋体日变,赋心亦工,古不可优,今不可劣。

其以唐律宋文对抗明代复古派仿骚摹汉,是显而易见的。

清代赋论由元明变古之论上溯汉晋,中包唐宋,其思想结穴,仍在古律之辨,且显示出理论的相异与趋同。

就辨异而论,清代大部分赋话作者如李调元、浦铣、朱一飞、孙奎、江含春、林联桂、魏谦升等,均为律体派学者,与元明复古论相左。从他们的著述来看,不外两类。一是探讨律法,供士子登科之用。这源于清代科举一则继明代八股取士,一则又于馆阁考试、地方学政典试律赋以觇才学之制度。二是总结唐以来律赋创作经验,阐发其艺术精神。如果说前者仅沿袭唐宋以来为士子开方便之门的传统做法,并无新的价值,那么着眼后者,则可以看到清人以极大的空间包容性建构了前人无与伦比的律赋学体系。这包括:其一,为律赋正名,以驳正古体派学者对律赋的菲薄态度。其二,以唐人律赋为审美标准,廓除唐以后产生的各种创作的或理论的歧义。其三,倡扬律赋的致用精神,以博学与时识充实内涵,巩固其现实地位。其四,对律赋艺术本质、审美形式的重视,使其批评趋于自觉。有关清代律赋学理论,容后介绍赋话时讨论,并参见拙文《论清代的赋学批评》[1]。偏于古体观的清代赋论家主要有程廷祚、沈德潜、孙梅、张惠言、章学诚、王芑孙、刘熙载等,其理论昌明于乾嘉时期。这是因为一方面馆阁试赋兴盛,引起古体派与呈泛滥之势的场屋律赋针锋相对,另一方面因帝王倡导"以古文为时文"、反对制义之文仅为"弋取科名之具",如乾隆《御选唐宋文醇》即倡"以古文为时文";《四库全书总目提要》载馆臣语"论八比而沿溯古文,为八比之正脉",甚至桐城派古文家对时文的接受亦源于此,由此激发起一批赋家以古赋为世用的热情。他们的思想已不限于元人"以古变律"之方法,亦不囿于明人"唐无赋"之论,而能拓阔视野,形成具集成性质的古赋理论系统。其要点亦可归纳为四层次:一是以风骚为古赋之源,试图超越元明复古理论,遥协汉晋赋家诗志骚情,以突出赋的崇高地位与致用精神。王芑孙《读赋卮言·导源》云:"飙流所始,同祖风骚。"纳兰性德《赋论》亦谓:"本赋之心,正赋之体,吾谓非尽出于三百篇不可也。"二是传承前贤,以骚、汉为宗。如程廷祚《骚赋论》赞美屈、宋为"赋家之圣",亦赞美汉赋大家"风度卓然","能事毕矣"。而沈德潜《赋钞笺略序》所云"西汉以降,鸿裁间出","牢笼

---

[1] 载《文学评论》1996年第4期。

清代古体赋学观到咸同时期刘熙载集大成，图为其作品《赋概》

潋涤，蔚乎钜观"，又是发挥康熙《历代赋汇序》"赋之于诗，功尤为独多"之颂德观褒扬汉赋。三是将唐宋诗论范畴之"汉魏风骨"引入赋论，以对抗律赋创作思潮。张惠言编《七十家赋钞》虽溯源屈、荀，然其选目、评鉴，极力标美汉魏风骨，以汉魏古赋为"能之者"，骈律赋作为"佚放者"。四是选学受到重视，其将骈赋归于古赋的观点虽与正宗古体派不侔，但无疑又属于清人断然划分古律的思想表现。林联桂《见星庐赋话》卷一区分古律，即认为："古之体有三：一曰文体赋……一曰骚体赋……一曰骈体赋，骈四俪六之谓也。此格自屈、宋、相如略开其端，后遂有全用比偶者。"孙梅《四六丛话》对《文选》所录骈赋态度,同出崇古心态,以为:"固非古音之洋洋,亦未如律体之靡靡也。"清代古体赋学观到咸同时期刘熙载集大成。他的《赋概》持"赋,古诗之流""骚为赋之祖"的历史审美观,以论骚人之赋与汉魏六朝赋家为主,其与乾嘉古体赋论相比虽更重艺术性,然其观念,实相一致。

就趋同而言,又标明了清代赋学家处于历史总结期在古律争辩过程中表现出的理论会通。论其大略,有三点值得注意:第一,清人对赋本体的追求,由古体派影响到律体派,构成艺术形上之学。这不仅表现在清人为古赋或律赋寻找本源,而更重要的是发扬陆机、刘勰"体物"说而对赋体之艺术本质进行全面探讨。如主古体者的程廷祚反复证明"赋宜于浏亮",倡律体者的林联桂则推述"工于赋者,学贵于博,才贵于通"[1],可见通合古赋与律赋的美学思想。第二,清代古体、律体批评观皆贯注以史的意识,康熙《历代赋汇序》即以史学观论证赋用论,故相继论列先秦"赋《诗》言志",屈荀创立赋体,汉世昌明大盛,魏晋六朝"变而为俳",唐宋"变而为律,又变而为文","及元而始不列科目",以阐明当世赋颂之意。由此发端,古体论者如程廷祚、孙梅论骚赋统绪,下及唐宋,以历史的线索通贯赋体、赋艺。而律体

---

[1] 林联桂《见星庐赋话》卷一。

论者也破前人为实用仅谈律法之局限,将理论建立于对律赋史的认识。如李调元《赋话》卷一、卷五分别对唐宋律赋创作史进行研究,最为详明。缘于由史出论,故见解也显得深厚精警。第三,清代赋学鉴赏,由律体派开创并影响古体派学者,形成其赋学鉴赏理论。在清代赋论家中,固有魏谦升分品论律之形式论著与汪廷珍由律法讨论风格的鉴赏论著,但最有价值的还是李调元对唐、宋、金、元、明五朝,孙奎对唐、宋两代,林联桂对清人律赋研究撰写的赋话。而他们在建立律赋鉴赏系统过程中发表的如"精峭取致""旁渲力透""攻坚破硬""轻撚浮弹"类的精妙评语,亦潜入古体派赋论。如刘熙载论古赋象物"按实肖像易,凭虚构像难。能构像,像乃生生不穷矣",即明显取法律赋论有关体势虚实之说。而清代赋学正是在古律之争锋与会通中留下了最后的辉煌。

纵观自西汉迄晚清长达两千年的发展,经历了两大阶段的衍替,其间赋论家对"赋用""赋体"的研究与阐发,既受社会文化之隆替、政治制度之兴衰的影响,又揭示了赋文学自身的演进轨迹,其中包括赋在汉魏以后整体衰落态势下的创作自拯与理论反思。

古人处其道,足以察臧否

辞赋的批评作为中国古代文学理论批评的一分支,它的批评形态与诗歌、散文、小说批评有同枝连气的关系,且表现出适应我国古人杂文学批评特色的艺术形式。如前所述,由于我国赋论具有兴起早而成熟晚的历史特点,作为赋的专门批评形态的赋话至清代才出现,因此在清以前,可以说是有独立的赋学批评,却没有相应独立的赋的批评形态。就赋的批评形态本身而论,古代赋论家的评论主要表现于几个方面:史传(赋论部分)、选集(含评点)、论文(含序跋)、赋格(含赋谱、赋例、赋楷等)与赋话。

史传批评

我国以史官文化为学术繁荣之象征,早期文化与文学的批评皆蕴涵于史学之中,赋论也不例外,自西汉兴起之初,即由史家导夫先路。《史记》《汉书》有关枚乘、司马相如诸汉赋家的传记,即为赋学领域中最初的史传批评形态。考史传评赋,要在因史传文,故以纪事为主。如《汉书·司马相如传》载:

> 会景帝不好辞赋,是时梁孝王来朝,从游说之士齐人邹阳、淮阴枚乘、吴严忌夫子之徒,相如见而说之,因病免,客游梁,得与诸侯游士居,数岁,乃著《子虚》之赋。……居久之,蜀人杨得意为狗监,侍上(武帝)。上读《子虚赋》而善之,曰:"朕独不得与此人同时哉!"得

意曰:"臣邑人司马相如自言为此赋。"上惊,乃召问相如。相如曰:"有是。然此乃诸侯之事,未足观,请为天子游猎之赋。"上令尚书给笔札,相如以"子虚",虚言也,为楚称;"乌有先生"者,乌有此事也,为齐难;"亡是公"者,亡是人也,欲明天子之义。故虚借此三人为辞,以推天子诸侯之苑囿。其卒章归之于节俭,因以讽谏。奏之天子,天子大说。……赋奏,天子以为郎。……上既美子虚之事,相如见上好仙,因曰:"上林之事未足美也,尚有靡者。臣尝为《大人赋》,未就,请具而奏之。"……相如既奏《大人赋》,天子大说,飘飘有凌云之气,似游天地之间意。

检阅该传记中关于赋的文字,不仅使相如一生为赋的主要经历和代表性成就一目了然,而且于景帝、梁孝王、武帝对赋的态度,西汉盛世的献赋之风气,以及相如为赋之意图及作用等文化史实,均有明晰记载。又如《后汉书·张衡传》:

衡迁侍中,帝引在帷幄,讽议左右,尝问天下所疾恶者,宦官惧其毁己,皆共目之,衡乃诡对而出。阉竖恐终为其患,遂共谗之。衡常思图身之事,以为吉凶倚伏,幽微难明,乃作《思玄赋》以宣寄情志。

又《晋书·左思传》:

> 及(三都)赋成,时人未之重。思自以其作不谢班、张,恐以人废言。安定皇甫谧有高誉,思造而示之,谧称善,为其赋序。张载为注《魏都》、刘逵注《吴》《蜀》而序之……司空张华见而叹曰:"班、张之流也。使读之者尽而有余,久而更新。"于是豪贵之家竞相传写,洛阳为之纸贵。

观两则记载,前者说明张氏《思玄赋》之作与东汉宦官擅权的关系,后者说明左氏《三都赋》扬名与门阀贵族制度的关系,皆赋史重要内容,而尤为后人推崇的如"洛阳纸贵"诸佳话,亦多因史传传播流布。由于因史传文,史传批评于纪事的同时亦自然拓展到其他赋学领域。举要有三:一曰对赋史本身的探讨,具代表性的即为《汉书·艺文志》的一段载录(见前不引)。二曰对赋表才学的展示,这从《后汉书》班固、张衡传记到《晋书》之记左思、《唐书》之记杜甫、《宋史》之记周邦彦、《金史》之记宋九嘉、《明史》之记桑悦、《清史》之记胡天游等,均表明文士多以赋才见称于世的史实。且魏收"会须能作赋,始成大才士"之说,亦载《北史·魏收传》中,堪称赋学批评极为重要之内涵。三曰对赋之社会作用与艺术价值的批评,这在《史记·司马相如列传》中有关"虽多虚辞滥说,然其要归引之节俭"的评价已见端倪,后代史著类似评语,可谓举不胜举。

从史传批评这条线索,历代尚有诸多史论和说部"子目"(含"小说目")杂著中的赋学评论,其中如葛洪《抱朴子》、欧阳修《归田录》、洪迈《容斋随笔》、何焯《义门读书记》、章学诚《文史通义》等皆有大量精彩赋论,然以"纪事"为主,当属此类批评形态的基本特征。

选本与评点

文学批评观的建立,有赖于大量的创作实践,以作家作品研究为中心,是我国古代文学理论的特色,所以汇集创作实例的选本,既为文学批评提供资源,同时也因寓含选家的眼光而自成一种批评形态。文学选本出现于魏晋时代,究其因有四:一是受经学选本的影响。汉代经学昌盛,特别是东汉以来,章句学兴,诸说杂糅,大儒贾逵、马融、郑玄、何休、服虔等或慎择经本,或汇集义疏,如《谢氏毛诗谱钞》(贾逵)、《春秋三家经本训诂》(贾逵)、《春秋左氏传解谊》(服虔)、《易纬八卷》(郑玄)等[1],成一时风气。受其影响,东汉王逸始以"经"名作《楚辞章句》,晋人"文章志""文选"大量出现,诚渊源有自。二是文学观念的自觉,文学创作日趋繁盛,故至东汉时代,文家辈出,后世史家列《文苑传》实出此

1　详见《隋书·经籍志一》。

考虑。然文学创作,亦重借鉴,所以选家辑前贤之美,供时人玩习追摹,顺理成章。三是以史传文,文繁难载,别集、总集及选本之兴,实应运而生。自挚虞辑《文章流别集》四十一卷,魏晋时代如《集苑》《集林》《文苑》《文选》《赋集》等纷纷出现,可谓一时风会。四是文学辨体意识的出现,与文学总集与选本相辅相成。这一点可从今存萧统《文选》分赋、诗等文体三十七类可窥其径。缘此氛围,至晋宋以来专门的赋集、赋选也大量出现,据《隋志》载目者即有谢灵运《赋集》(九十二卷)、无名氏《赋集钞》(一卷)、崔浩《赋集》(八十六卷)、无名氏《续赋集》(十九卷)、梁武帝《历代赋》(十卷)以及《五都赋》(六卷)、《杂都赋》(十一卷)、《杂赋注本》(三卷)、《献赋》(十八卷)、《百赋音》(十卷)等。这些赋集虽已有目无书,但从《隋志》存目情况来看,仍可见其编选思想。如《五都赋》即汇集张衡《二京》与左思《三都》而成,为京都宫殿赋创作提供范本。《杂都赋》目下又署《相风赋》七卷、《迦维国赋》二卷、《遂志赋》十卷和《乘舆赭白马赋》二卷等,亦可见时人按创作主题分类选辑赋篇的特色。

萧统《文选》是今存第一部选赋之作,其收赋共分京都、郊祀、耕籍、畋猎、纪行、游览、宫殿、江海、物色、鸟兽、志、哀伤、论文、音乐、情十五类别,堪称集汉晋赋学之成。所以编者在《文选序》中说:

古诗之体,今则全取赋名。荀、宋表之于前,贾、马继之于末,自兹以降,源流实繁。述邑居,则有凭虚、亡是之作;戒畋游,则有《长杨》《羽猎》之制。若其纪一事,咏一物,风云草木之兴,鱼虫禽兽之流,推而广之,不可胜载矣。

而从萧选分类原则,其编选思想有明确的批评意识:其一,全书首选赋,视之为纯文学之代表。所谓纯文学,即萧选序中的选文宗旨:"事出于沉思,义归乎翰藻。"其二,选赋首京都,已立汉代描写皇都的"体国经野"大赋为正宗的批评观念。其三,对物色、鸟兽诸咏物小赋的重视,与当时"体物"赋学观相近。其四,选目另辟志、哀伤、情三类,与魏晋时代言志赋的兴盛和伤逝情绪紧密相维。而对读陆机《文赋》与刘勰《诠赋》,萧选赋学观的时代意识也就昭然若揭。继萧选后,历代或文学总集选赋,或专门赋选,因"选"达"旨",为这一批评形态所决定。如宋初李昉等编《文苑英华》,姚铉编《唐文粹》,即一选律赋,一重骚、散,表现出自唐以来赋学古律之争的继续。而赋的辑录汇选,自宋人大兴其业,考唐人于赋的辑录之功主要在类书,新旧《唐书》仅著录各家赋,未载唐人辑录之赋总集和选集。至宋赋的辑选复盛,考《宋史·艺文志》即有如徐锴《赋类》二百卷、《广类赋》二十五卷、《灵仙赋集》二卷、《甲赋》五卷、江文蔚《唐吴英秀赋》七

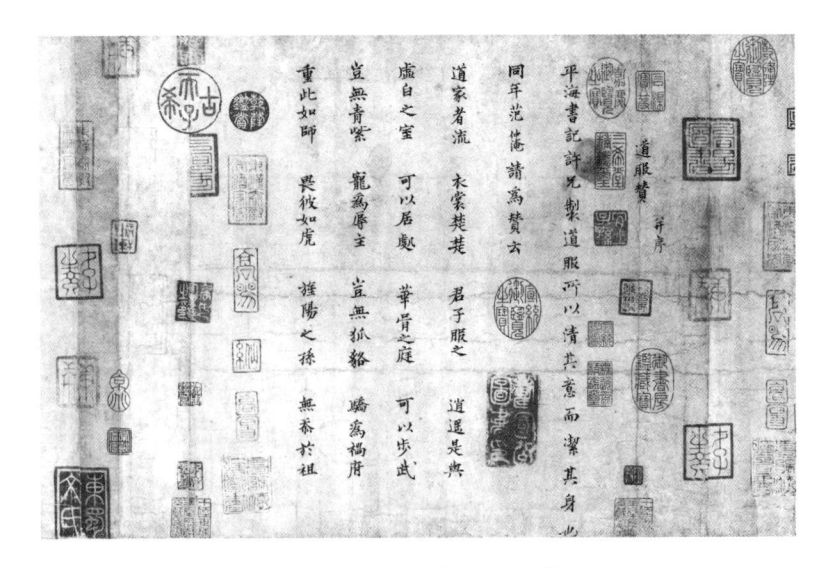

北宋名臣范仲淹遗墨《道服赞》

清宫所藏范仲淹画像

十二卷、《桂香赋集》三十卷、杨翱《典丽赋》六十四卷、《类文赋集》一卷、谢壁《七赋》一卷、许洞徐铉《杂古文赋》一卷、王咸《典丽赋》九十三卷、李祺《天圣赋苑》十八卷等。宋以后,元明赋选甚多,至清则有奉敕朝中选赋、地方学政选赋、文士独立选赋,数量之多,堪称盛极。然选赋思想亦多明确。如宋范仲淹《赋林衡鉴》主选唐赋,以为科场龟镜。其序云:

> 律体之兴,盛于唐室;贻于代者,雅有存焉。可歌可谣,以条以贯;或祖述王道,或褒赞国风;或研究物情,或规戒人事;焕然可警,锵乎在闻。国家取士之科,缘于此道。

此即以科试律赋的重要性为选赋主旨,并提到襄助教化、普察物情的高度。而论其可鉴依循的创作方法,兹选则依体势别析二十门,故序复云:

> 叙昔人之事者谓之叙事,颂圣人之德者谓之颂德,书圣贤之勋者谓之纪功,陈邦国之体者谓之赞序,缘古人之意者谓之缘情,明虚无之理者谓之明道,发挥源流者谓之祖述,商榷指义者谓之论理,指其物而咏者谓之咏物,述其理而咏者谓之述咏,类可以广者谓之引类,事非有隐者谓之指事,究精微者谓之析微,取比象者谓

之体物，强名之体者谓之假象，兼举其义者谓之旁喻，叙其事而体者谓之叙体，总其数而述者谓之总数，兼明二物者谓之双关，词有不羁者谓之变态。区而辨之，律体大备。

昔班固针对战国西汉赋区分为"颂上德"与"抒下情"两种，至萧统《文选》总汉晋赋之成分京都等十五类，洋洋大观，而《赋林衡鉴》仅取科考律赋就区分二十门之数，创作日丰，体类渐繁，于此可见。元代祝尧编著《古赋辨体》是中国文学史上第一部以"辨体"名书的赋学选本，其融史、论、选、评为

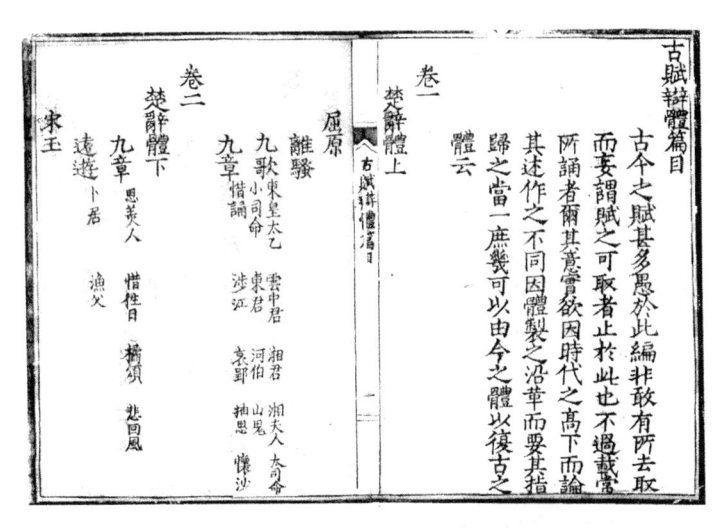

明嘉靖刻本《古赋辨体》书影

一体,采录先秦至季宋骚、辞、文、操、歌等作一百一十二篇,"同时代之高下而论其述作之不同,因体制之沿革而要其指归之当一"[1],所谓"采摭颇为完备","于正变源流亦言之最确"[2]。然考其选赋之旨意,一在适应元代考赋"变律为古"的现实需要,一在贯彻其"祖骚宗汉"的复古思想和建构本于情、形于辞、合于理的赋体理论体系。所以他论楚辞体云:

> 骚者,诗之变也。……故能赋者要当复熟于此,以求古诗所赋之本义,则情形于辞而其意思高远,辞合于理而其旨趣深长。

正是出于"欲求赋体于古者,必先求之于情"的"最上乘""第一义",决定了他选择历朝赋以及褒贬批评的标准。明清人选赋或古或律,其赋学主张极为明确。明人陈山毓辑《赋略》三十四卷(另绪言一卷、列传一卷、外篇二十卷),意主复骚汉魏晋之古,所以他的选赋标准,贯彻的正是"唐之俳,宋之俚,元之稚,无赋矣"(绪言)的理论主张。清人张惠言编《七十家赋钞》,"乃录自屈原、荀卿至于庾信,发其奥趣"[3],

---

1 《古赋辨体·自序》。
2 《四库全书总目·古赋辨体提要》。
3 康绍镛《七十家赋钞序》。

以彰祖骚宗汉兼取魏晋的理论思想。张氏自谓其选赋要旨在"郁于情""假于言",必"统乎志",其云:

> 天之漻漻,地之嚣嚣,日出月入,一幽一昭,山川之崔蜀杳伏,畏佳林木,振硪溪谷,风云雾霭,霆震寒暑;雨则为雪,霜则为露,生杀之代,新而嬗故;鸟兽与鱼,草木之华,虫走蟺趋;陵变谷易,震动薄蚀;人事老少,生死倾植;礼乐战斗,号令之纪;悲愁劳苦,忠臣孝子,羁士寡妇,愉佚愕骇。有动于中,久而不去,然后形而为言。于是错综其词,回互其理,铿锵其音,以求理其志。[1]

由此可见,张选赋论取穷物之变,以求达情志,而圭臬荀、屈,追踪汉魏,抗古扬藻,自成一家。相较相言,清代律赋选本尤夥。胡浚于乾隆二十三年(1758年)编成的《国朝赋楷》为清世最早的赋选之一,沈德潜在序中说:"律者,如师之有纪,官之有令,步伐章程一定而无可易者也。"即为选赋宗旨。嘉庆十七年(1812年)吴省兰在为法式善《同馆赋抄》作序亦云:

> 赋之有律,亦犹执规矩以程材,持尺度以量物,禅

---

[1] 《七十家赋钞目录序》。

方圆长短各中乎节而后止,况协音响于钧韶,摹光华于日月哉。

"执规矩以程材"可视为清代律赋选共同的主张,亦即"不欲夸多斗靡,务在敛才就范"[1]。同时,清人因重律赋,故以唐赋为中心,出现大量唐赋选本和六朝唐赋选本。而选录当朝律赋作品的赋抄,又可分为三类,即试牍和书院课赋抄,庶常馆赋抄,综会赋选。

因选本而出现评点,是我国古代诗文批评共有的形态,观赋选本中的评点,基本是选家批评观具体而微的补充。如祝尧《古赋辨体》卷四评扬雄《长杨赋》:

问答体如《子虚》《上林》,首尾同是文,而其中犹是赋;至子云此赋,则自首至尾纯是文,赋之体鲜矣。厥后,唐末宋时诸公以文为赋,岂非滥觞于此。

祝氏以骚情为本,故两汉"闳衍钜丽之辞"已落第二义,而大变其体者,很大程度又在如扬雄诸赋开"以文为赋"先声,此评与他的赋史观是通合的。又卷七评李白《惜余春赋》云:

---

[1] 蒋攸铦《同馆律赋精萃·自序》。

> 太白诸短赋雕脂镂冰,只是江文通《别赋》等篇步骤。晦翁尝谓《离骚》兴少而比、赋多,愚谓后代之赋但咏景物而不咏情性,并此废之,而况他义乎?欲复古者当何如哉!

论者于唐律赋、宋文赋多加贬抑,然于其抒情短章,却有呵护,亦与其赞同赋诗言志,反对赋家"辞愈工而情愈短"的理论思想一致。与当代朝政(如科举)关系密切的赋选如此,一些文人随意性较大的赋选也多因其意而作评点之语。如清人缪艮编《文章游戏》收赋数十篇[1],篇篇有时人评点语。其中缪艮撰《新绿赋》,赵古农评:"题本空泛,妙从四面渲染托出,句句是新绿,却无一语入俗,其格高故也。"又方仰周撰《秋菊有佳色赋》,缪艮评:"借题发挥,寄情楮墨间。"其评点之论与其选赋以文人自由创作为宗旨相符,且折映出清代因律赋评点学兴起而显现的赋学鉴赏特征。值得注意的是,明清赋家专集始盛,时人推挹,后学宗仰,亦多评点,可与选学评点相应照。

赋学专论

历代赋学专论甚多,主要有以下几类:一是专题论文,

---

1 缪艮编《文章游戏》,嘉庆二十五年(1820年)刻印本。

如桓谭《新论·道赋》、葛洪《抱朴子·钧世》、刘勰《文心雕龙·诠赋》、纳兰性德《赋论》、程廷祚《骚赋论》、章学诚《文史通义·汉志诗赋》等。这类专论有的全面论述赋的渊源、流别、体类、风格等,其中刘勰《诠赋》最为典型。如其论赋的源流、体制,即总结前人刘熙、郑玄、陆机、挚虞诸论,认为:"赋者,铺也;铺采摛文,体物写志也。"又云:"赋自《诗》出,分歧异派。写物图貌,蔚似雕画。"其论赋的演变,则云:"陆贾扣其端,贾谊振其绪,枚、马播其风,王、扬骋其势。皋、朔已下,品物毕图。繁积于宣时,校阅于成世……信兴楚而盛汉矣。"论赋的结构、题材,则有"京殿苑猎,述行序志,并体国经野,义尚光大"与"草区禽族,庶品杂类,则触兴致情"之别。论作家才情,则有荀、宋、枚、马、贾、王(褒)、扬、班、张、王(延寿)十家"并辞赋之英杰"之论。有的则对具体问题进行探讨,如纳兰性德《赋论》因赋源而论赋用,故力主诗源说云:

至唐例用试士,而骈四俪六之习,风雅之道于斯尽丧。中世杜牧之辈始推陈出新,更为奇肆,实已开宋人滥漫无纪极之风,而赋之体又穷矣。本赋之心,正赋之体,吾谓非尽出于三百篇不可也。

此惩唐应制律赋、宋文赋靡辞滥漫,而提出以复古求致用的赋学主张。程廷祚的《骚赋论》分上、中、下三篇，上篇论赋源，中篇论赋史，下篇标明其因诗论赋的方法，各篇可独自成文，汇总又是一赋学通论。而其中"骚、赋源于诗"，"骚主于幽深，赋宜于浏亮"，则为程氏赋论核心，可视为通贯三篇的思想宗旨。

二是序跋书信，如《两都赋序》(班固)、《遂志赋序》(陆机)、《桃花赋序》(皮日休)、《赋略·绪言》(陈山毓)、《历代赋汇序》(玄烨)、《七十家赋钞序》(康绍镛)[1]、《跋归田赋》(黄滔)、《复小斋赋话跋》(孙福清)、《答临淄侯笺》(杨修)、《答吴知录书》(汪藻)、《答李天英书》(赵秉文)、《答友人论文法书》(郝经)、《潜虬山人记》(李梦阳)等，均为赋论名篇。这些作品大量散见诸家文集，为赋论最丰富的资源。然论其性质，不外乎纪事与论述两种，前者与史传批评相近，后者则属赋学专论。如班固《两都赋序》是一篇赋学史论，陆机《遂志赋序》是一篇汉晋言志赋的概述，玄烨《历代赋汇序》崇赋之说开有清一代赋学之盛，孙福清《复小斋赋话跋》对赋话批评形态进行了论析与界定。他如杨修对轻赋观的批评，赵秉文将"师辞"与"师意"引入赋学研究，李梦阳提出"唐无赋"说，均为赋论史上的重要课题，影响甚巨。

三是以文学创作形式论赋，如陆机的《文赋》、白居易的

---

[1] 按，"序"又可分为单篇赋序与赋选、赋集序两类。

《赋赋》和王起的《掷地金声赋》、李峤《赋诗》等。这类作品虽为数不多,然极有赋论价值。其中陆机《文赋》对包括赋在内的文学创作构思的论述,白居易《赋赋》对律赋义理与声律的探讨,皆精到透辟。他如李峤《赋诗》论赋云:

> 布义孙卿子,登高楚屈平。铜台初下笔,乐观正飞缨。乍有凌云势,时闻掷地声。造端长体物,无复大夫名。

五言八句,于赋之渊源、性征、演变皆有论列,诚识者语。又如王起《掷地金声赋》论孙绰《游天台山赋》云:

> 眇眇神迈,悠悠精骛,发翠屏之藻思,掞赤城之丽句。既穷嵩岳之标,复得华池之趣。清韵秀出,芳名独步,飘飘凌云之气,捧而必观;铃铃振策之声,掷之可喻。……聆之于耳,疑委地而铿锵;度之以心,在体物而浏亮。

将情景意趣提升于赋学创作理论,文词既美,思理亦精,可谓论赋赋的独到之长处。

赋格与赋话

自唐代以诗赋取士,为指导举子创作之需,大量诗格、

清代书法家查昇书孙绰《游天台山赋》

赋格类的技法撰述出现,成为一种实用性极强的批评形态。有关赋格,《宋史·艺文志》著录有:白行简《赋要》一卷、范传正《赋诀》一卷、浩虚舟《赋门》一卷、纥干俞《赋格》一卷、和凝《赋格》一卷、张仲素《赋枢》一卷、马偁《赋门鱼钥》十五卷、吴处厚《赋评》一卷。陈振孙《直斋书录解题》卷二十二《赋门鱼钥》十五卷下云:"进士马偁撰,编集唐蒋防而下至本朝宋祁诸家律赋格诀。"可知散佚者数量可观。这些著述尽佚,然据有关史料记载,其为进士科试"帖括之津梁"[1],是无疑义的。在上引书目之外,今存赋格类的著述尚有唐无名氏的《赋谱》和宋人郑起潜的《声律关键》两种。《赋谱》讨论律赋创作的韵律、句法、结构与体势,如句法则分壮、紧、长、隔、漫、发、送,说明了新体(律)赋与古体赋的不同;而其对律赋结构头、项、腹、尾的认识,对官韵、官字的探讨,皆有赋例佐证,显然是为士子提供创作应试律赋的法门。《声律关键》共有八卷,第一卷叙作赋"五诀",即一认题,二命意,三择事,四琢句,五压韵,参以赋例,详细说明了当时考律赋的八韵要求与作法。关于律赋官韵用八字,详参洪迈《容斋续笔》卷十三"试赋用韵"条。而郑氏于其《上尚书省札子》言其编撰之因:"起潜屡尝备数考校,获观场屋之文,赋体多失其正。起潜初仕吉州教官,尝刊赋格,自《三元衡鉴》、二李及乾、淳以来诸老之作,参以近体古今奇正,粹为一编,总以五诀,分为八韵,至于一句,亦各有法,名曰《声律关键》。"可见其正律赋规矩,为场屋鉴衡的作用。南宋以后,元明科考废律赋,故赋格类著述隐焉无闻,迨至清人复兴考律赋之风,又有同类撰述流延,然赋的批评主流,已转移到大量涌现的赋话。

考赋话缘起,立名初见宋人王铚《四六话序》:"铚类次

---

[1] 李调元《赋话序》。

先子所谓诗赋法度与前辈话言,附家集之末,又以铨所闻于交游间四六话事实私自记焉。其诗话、文话、赋话,各别见之。"王氏所称赋话,未见流传,但其将赋话与诗、文、四六诸话对举,已视赋话"别为一宗"。王氏以后,历宋、元、明三朝既无赋话之实,也无冠以赋话之名的著述出现,直至清乾隆年间撰著并刊行的李调元《雨村赋话》和浦铣《历代赋话》《复小斋赋话》,是为肇造。按时而论,李著自署成于乾隆四十三年(1778年),今存最早版本系乾隆四十四年(1779年)广东瀹雅斋刊本,浦著则初刻于乾隆五十三年(1788年),李著当属刊行的第一部《赋话》。但据有关文献,浦著初稿于乾隆二十九年(1764年),至四十一年(1776年)完成,惟因"无力付梓",故至五十三年(1788年)始刊行,所以浦氏在《自序》中明云:"宋汝阴王铚性之撰四六话一卷,自序云:'诗话、文话、赋话各别见。'顾赋话未见其书也,岂为之而未成欤?抑失其传欤?夫诗话之作夥矣,赋则错见于诸书,未有集其成者。……予年来稍稍缀辑,渐成卷帙。"袁枚作于乾隆五十三年(1788年)五月的《历代赋话序》亦云:"唐以后,诗有话,诗余有话,独赋无话。……柳愚先生创赋话一书。"由此可知李、浦两人治赋话之学互不相知,皆为独创。考李著《自序》亦谓:"古有诗话、词话、四六话,而无赋话。"又,当时文士为浦著题序者除袁枚外尚有孙士毅、杨宗岱等,皆谓之独创,可见李著虽刊刻在前,然流传未广。同样,浦著撰集,耗时至久,非一时之功,两书绝无相袭可能。自此以后，赋话滋盛，成为清代文学批评领域一道独特的风景线。然而，赋话成形何以晚至清世？首先当注意中国古代文学理论史有两点特异现象：一是汉晋赋论引领起诗文批评理论的兴盛，二是赋话则为后出的批评形态。就后者言，欧阳修《六一诗话》开诗话风气，唐庚《子西文录》、陈骙《文则》著散文话先鞭，而杨湜的《古今词话》、王铚的《四六话》，皆宋代创制；至于后起的戏曲，虽然第一部以曲话命名的也是李调元《雨村曲话》，但明人何良俊《曲论》、王世贞《曲藻》等，已为完形的曲话论著。相比之下，赋话仅早于小说话（完形的小说话至晚清才有）出现。考论辞赋文体创造最早而赋话出现最晚之因，我认为关键在赋创作文本的包容性与依附性特征。也就是说，一篇大赋的创制，往往包罗万象，作为文体批评的话类论著，对赋这样包容性极广的创作之关注，自然远不及那些针对性极强的如诗、词、四六体等，这应该是赋话晚出的一个重要原因。同样，由于赋创作的包容性特征，当批评家从狭义的文体理论辨识和评判赋时，则因为赋"体"特征的不明确，又看到了赋的依附性，亦即依诗或文立义的批评意识。缘此，自宋代出现的文话、诗话类著述，一直到清代赋话的编撰，其间数百年对赋的批评，常见于诗、文话中，诸如唐庚《子西文录》、李涂《文章精义》、王世贞《艺苑卮言》、胡应麟《诗薮》、许学夷《诗源辩体》等，最为典型。明末清初吴景旭编纂《历代诗话》八十卷，中含赋话九卷，这一则说明他在诗话中对赋的重视而别立赋话多卷,一则仍表达了他同于前人因诗兼赋的批评思想。

赋话脱离诗、文话的规囿而"别立一宗",是清代赋论家批评意识自觉的一个鲜明表现,尽管它的数量仍无法与诗话、词话相比。考查今存清代属于赋话类的论著,主要有以下几种:

序号	作者	书名	内容	主要版本
1	李调元	《雨村赋话》	共十卷,其中《新话》六卷,论述由汉魏迄元明赋;《旧话》四卷,系采旧籍史料编成。	有乾隆四十三年刊本。
2	浦铣	《历代赋话》	共二十八卷,其中正集十四卷,辑录历代正史间赋学史料;续集十四卷,辑录正史以外各种旧籍的赋学文献及评论文字。	有乾隆五十三年刊本。
3	浦铣	《复小斋赋话》	共两卷,收录作者赋论二百六十余则,重点评述唐宋元明赋,兼及汉魏六朝。	原附《历代赋话》后,有乾隆刊本及檇李遗书本。
4	孙奎	《春晖园赋话》	亦名《春晖园赋苑卮言》,共两卷,上卷多载赋家本事,下卷谈作赋旨趣,意主鉴赏。	有嘉庆十五年刻本与道光十六年书有堂刊本。
5	朱一飞	《赋谱》	专论律赋的渊源、作法、风格等,置朱氏于乾隆间辑当朝赋家律赋选本《律赋拣金录》之首。	有乾隆五十三年博古堂本。

续 表

序号	作者	书名	内容	主要版本
6	王芑孙	《读赋卮言》	《导源》等十六篇,于渊源、体制、创作、鉴赏多有论列。	共分有嘉庆渊雅堂、光绪富顺考巂堂诸本。
7	汪廷珍	《作赋例言》	共十一则评论,重在作赋之法则。	有黄秩模辑《逊敏堂丛书》本。
8	江含春	《楞园赋说》	仅一卷,前为《律赋说》一篇,专论律赋创作技巧;后录入作者自撰赋数篇,各篇后系以李春甫简短评语。	有咸丰年间《楞园仙书》本。
9	林联桂	《见星庐赋话》	共十卷,首卷释"赋"义,余则以评论清代律赋为主。	有道光三年刊本及光绪十八年吴宣崇辑《高凉耆旧遗书》本。
10	魏谦升	《赋品》	仿唐司空图《诗品》体例,分"源流"等二十四品论赋。	清抄本,今有何沛雄《赋话六种》本。
11	余丙照	《赋学指南》	初辑于道光七年,增订并重刻于道光二十三年,定名《增注赋学指南》。该书虽为律赋选本,然分押韵、诠题等十六卷评析,且书末附有《赋法绪论》,与诸家赋话亦切近。	有道光二十三年醉经堂增注本。

续 表

序号	作者	书名	内容	主要版本
12	程先甲	《赋话》	仅一卷,论作赋之法。	有《千一斋全书》本。
13	刘熙载	《赋概》	为《艺概》中一篇,于辞赋源流、体类、风格、结构等多有论述。	版本甚多,初有同治十二年刻本,今有上海古籍出版社排印本。
14	张之洞	《赋语》	仅一卷,为其所撰《辅轩语》中一篇专论场屋试赋规则,兼及清代律赋的评价。	有《有诸己斋格言丛书》诸本。

据上表所示,清代赋话已见大概。而从文学史和批评史的视角考察赋话内容,有两条线索不容忽略:一是赋学批评自身的线索,特别是唐宋以来围绕应试律赋出现的《赋谱》《赋格》类供士子考试所需的作赋手册。然唐宋后历元明两朝无同类嗣响,至数百年后方见于清人赋话,则令人深思。这又使我们考虑到第二条线索,即宋、元、明三代大量诗话出现并对赋话产生影响。对诗话的性质,清人章学诚《文史通义·诗话》认为"虽书旨不一其端,而大略不出论辞论事"。近人郭绍虞《宋诗话辑佚序》也确认章氏分诗话为"论诗及辞"与"论诗及事"二例"最好",且进谓:"仅仅论诗及辞者,诗格诗法之属是也;仅仅论诗及事者,诗序本事诗之属是也。诗话中间,则论诗可以及辞,也可以及事;而且

更可以辞中及事,事中及辞。"观清代赋话,有的探讨渊源流变,有的研究风格体制,有的注重辨析考核,有的展示作法技巧,有的搜罗史料掌故,实在论辞、论事两端,其渊承诗话显而易见。然犹有辨:其一,作为第一部诗话的欧阳修《六一诗话》,其撰著要旨在"以资闲谈"(欧公自题诗话语),且开宋人风气,所以批评界或谓"'诗话'是对于'诗格'的革命"[1],也就是说,诗话作为一种对诗人诗创作的品评,是迥异于为场屋文学服务的诗谱、诗格;而赋话明显不具备这种时代的革命性,且论述对象与方式,或更多等同于唐宋时的赋谱、赋格。其二,既然诗话的出现是诗格相对衰落的象征,那么何以唐宋以后赋格类论著的衰落并没有出现赋话?同样,既然诗话的论辞、论事两端能涵盖赋话的功能,那又为什么在数百年后的清代产生赋话,且成群体兴起之势?这也是赋话完全源于诗话所不能解答的。

因此,探究赋话的产生与"别是一宗"的意义,还有待落实于清代文学批评与赋体文学创作之关系。

清廷文化政策重赋,是有清一代辞赋创作炽盛与赋学批评新形态出现的思想基础。夷考历代王朝重赋,有汉、唐、清三世,然汉人通经致用,赋家多以文采取悦帝王,起涂饰作用;唐人因进士科诗赋取士,好赋者多出利禄之需;惟

---

[1] 罗根泽《中国文学批评史》第二分册第 220 页,古典文学出版社 1957 年版。

清代兼括二者,更重王朝文化建设的经世致用意图。这一信息首先见诸康熙皇帝《历代赋汇序》。康熙的圣谕有三层意思:一是效法唐宋以赋取士,观觇才学;二是赋居六义而功用最大,卓然经世;三是总结赋史而对赋体衍变取兼容态度。这三者无疑是促进清代赋学繁荣的政治动力与规范赋学批评的重要鉴衡。特别是其中强调赋的经世致用之功,在当世赋创作与批评均得到明确的回应。王芑孙《读赋卮言》谓赋"可拓疆于文苑","学者当溯博文之教,非徒小道之观";刘熙载强调"实事求是,因寄所托,一切文字不外此两种,在赋则尤缺一不可"[1],可见著赋话学者心态一斑。

围绕取士试赋,清代文坛再次掀起创作律赋的热潮,这是赋话产生的历史机缘。换句话说,赋话起源的直接动因是对律赋的批评,但又不仅限于应制。这也决定赋话类批评内含以下几方面:首先,探讨律赋创作法则,供士子科考之用,是撰著赋话者切近现实的思想。观清人赋话之制,如李调元《雨村赋话》即于连州试院教授诸生课赋之用,张之洞《赋语》亦为任四川学政时训导诸生言谈辑录。他如朱一飞《赋谱》、余丙照《赋学指南》、江含春《楞园赋说》、汪廷珍《作赋例言》等,论律赋作法,系专供士子馆阁习赋的参考读本。如朱一飞从辨源、立格、叶韵、遣词、归宿论律赋之法,

---

[1] 《艺概·赋概》。

李调元《赋话》书影

即与唐人《赋谱》相近。又如江含春云："(律赋)得题后,先须审题,看何字当着眼,何处当轻带,何处当极力发挥,就题之曲折以作波澜,则每段各有意义,必不重复。且得其扼要,则开手数句,已全题在握,眉目了然。"示之技巧,以供应试。

其二,对律赋艺术本质、审美形式的重视,是赋话缘于科举考试而又超越其上的新层次,其中内涵了对律赋艺术批评的自觉意识。关于这一点,李调元在《雨村赋话·自序》中为赋话正名最能说明问题:

徐铉之集唐宋律赋为《赋苑》二百卷，李鲁之《赋选》五卷，杨翱之《典丽赋》六十四卷，唐仲友之《后典丽赋》四十卷，马偁之《赋门鱼钥》五卷，搜辑则该博矣，决择则精粹矣，然只帖括之津梁，而非作赋之法门也。故虽体物浏亮，为士人占毕之具，而其中有蕴奥焉，尚隐而未发也，故亦不可以赋话名。

李氏的"蕴奥"，在其"溯流穷源"和"典丽"联语，所谓"尤津津于声律之学"。这种视赋话为作律赋法门，是有关声律技巧的专门学问，似乎成为清代赋话家的共识。李调元在其书《新话》部分历评唐、宋、金、元、明五朝律赋佳章，溯流穷源，辨析精义，意即在对当世律赋创作具明确的艺术指导。同样，浦铣于辑录《历代赋话》正、续集（近似李氏的"旧话"）时，自撰论律为主的《复小斋赋话》两卷，其中"作赋贵得其神""文以有情为贵"等理论命题，皆逸出应制范围，"独出新意，一扫陈言"[1]。同样，孙奎《春晖园赋话》、林联桂《见星庐赋话》，一评前贤，一重当代，尽管也时时论及棘闱中赋，然其以评点形式建构了比较完整的律赋鉴赏体系，又显然与"帖括之津梁"的赋格类手册划出疆界。

其三，倡扬律赋的致用精神，以博学与时识充实内涵，

1　孙福清跋语。

《四库全书》中收录的范仲淹《用天下心为心赋》

确立其现实地位，是赋话批评观的一个重要立论依据。自唐宋以来，科举考试一直存在经义与诗赋之争，至清人取八股制义，复台阁试赋，始从兼取八股与律赋起到凝合经义与诗赋之目的。缘此，李调元《赋话》评宋人范仲淹应试之作《用天下心为心赋》云："此中大有经济，不知费几许学问，才得此境界，勿以平易而忽之。"林联桂《见星庐赋话》论律赋"偏于隆富侈侈之中，归作大言炎炎之势"，究其本质，就在赋话家对律赋大篇或短制均宜"穿穴经史"，"以觇气化"（李调元语）。

其四，对律赋创作历史的回顾与评论，是清代赋话家站在历史的制高点所取得的超越前人的成就。试观李调元《赋话》的两则评论：

（唐初）不试诗赋时，专攻律赋者尚少。大历、贞元之际，风气渐开，至大和八年，杂文专用诗赋，而专门名家之学樊然竞出矣。李程、王起，最擅时名；蒋防、谢观，如骖之靳；大都以清新典雅为宗。其旁骛别趋，元、白为公；下逮周繇、徐寅辈，刻酷锻炼，真气尽漓。……抽其芬芳，振其金石，亦律赋之正宗，词场之鸿宝也。（卷一）

宋初人之律赋最夥者，田、王、文、范、欧阳五公。黄州一往清泚，而谏议较琢炼，文正游行自得，而潞公尤谨严，欧公佳处乃似笺表中语，难免于陈无己以古为俳之诮。故论宋朝律赋，当以表圣、宽夫为正则，元之、希文次之，永叔而降，皆横骛别趋，而侪唐人之规矩者矣。（卷五）

这里简述中晚唐与宋初律赋史，有鉴赏，有比较，底蕴深厚，见解警辟。而赋话家对律赋的艺术批评理论均建立在史的基础上，所以也就有了集成的意义。

从文体批评来看，赋话的兴起还受到清代文学"尊体"理论思潮之推动。我国古代文体理论有两个历史高潮：一是魏晋南北朝时代以刘勰、萧统、钟嵘为代表的诗文评论；一是元明时期的文章辨体理论，代表论著有祝尧《古赋辨体》、吴讷《文章辨体》、徐师曾《文体明辨》、许学夷《诗源辩体》等。清人继元明辨体理论之后，掀起了从康、雍经乾隆到嘉道历百年之久的文学"尊体"思潮,其中兼括了对各类文体由思想到形式的建设。概括地说,在诗学方面,王士禛的《律诗定体》《古诗平仄论》,李郁文的《律诗四辨》,赵执信的《声调谱》等,虽属探讨声律形式的著述,然观其推重,或古或律,内含的正是"尊体"意识。这种意识传播于诗歌风格批评,即是一时纷纭呈示的神韵说(王士禛)、格调说(沈德潜)、肌理说(翁方纲)、性灵说(袁枚)等。在词学方面,清人继宋代苏轼以为"诗庄词媚""词为小道"与李清照论词"别是一家"的思想,大力推尊词体,特别是前有浙西词派之重"醇雅",后有常州词派之崇"比兴",已把历史上的"艳科"之词置于文学的经典地位。比如张惠言《词选》出于"尊体"意识,评温庭筠《菩萨蛮》(小山重叠金明灭)词谓:"感士不遇也,篇法仿佛《长门赋》。'照花'四句,《离骚》初服之意。"真不免有"固哉高叟"味道。在散文方面,桐城派作家远溯秦汉大文,下及唐宋八家,大倡文章之"道、法、辞"(戴名世)、"义法"(方苞)和"义理、辞章、考据"(姚鼐),实尊古文之"体"。不仅古文如此,即如应制时文(八股文)亦以尊体理论为支撑。如乾隆帝《御选唐宋文醇》即倡"以古文为时文",反对制义之文仅为"弋取科名之具",所以四库馆臣以为"论八比而沿溯古文,为八比之正脉"。正缘此尊体思潮,清代赋论以推尊赋体为一重要目的。纳兰性德《赋论》云:"本赋之心,正赋之体,吾谓非尽出于三百篇不可也。"沈德潜《赋钞笺略序》云："西汉以降,鸿裁间出。……牢笼漱涤,蔚乎钜观。"王芑孙《读赋卮言·导源》云："飙流所始,同祖风骚。"而以推尊词体为己任的张惠言,曾编《七十家赋钞》,即溯源屈、荀,标美汉魏,以至康绍镛为张编作《序》谓："赋者,《诗》之讽谏,《书》之反复,《礼》之博奥。约而精之,以情为表,以理为职,以言为端倪者也。"其尊崇态度已达"依经立义"之地步。

如果说尊崇古赋是整个赋学史的常见课题,清人仅是在继承中宏扬,那么对律赋在本体意识上的推尊,则具有时代的特殊性。因为赋话之声律学内涵的尊体意识,与尊体理论促进赋话体批评形式的诞生,是有着难以剥离之相辅相成关系的。换言之,清代赋话推尊律赋,是绾合当时文学尊体思潮与律赋历史流变而立论。

本此律赋与骚、古同源的尊体理论,林联桂品鉴当朝律赋佳作的立论基础即是:

> 工于赋者,学贵乎博,才贵乎通,笔贵乎灵,词贵乎粹。而又必畅然之气动荡于始终,秩然之法调御于表里,贯之以人事,合之以时宜,渊宏恺恻,一以风雅颂为宗,宇宙间一大文也。[1]

---

1 《见星庐赋话》卷一。

赋话家出于尊体,才能展开律赋的价值评论,如汪廷珍《作赋例言》云:"律赋与律诗一般,有一定之规矩。读选赋,贵得其神,毋袭其貌。读唐赋,贵得其新切生动,毋学其率意。"系尊其体而论其格。李调元《赋话》认为"宋人律赋,大率以清便为宗,流丽有余,而琢炼不足。故意致平浅,远逊唐人",同因尊体而定唐律之高标。特别是清人撰著教士人帖括之用的"谱""格"类赋论,也异于唐宋间赋格专教人作赋技巧,而是以尊体为首要任务,如朱一飞《赋谱》论"律赋之法",首立"辨源"一节,为律赋寻求古雅纯正的历史根源。

六大赋学理论范畴

赋学作为中国古代文学理论的一支,内涵与形态虽颇博杂,但从文学批评的构架来看,实可与其他文体的批评参照,亦即在大量作家作品研究和纪事考辨的基础上,归纳出本原、因革、法则、体类、风格、鉴赏六大理论范畴。

本原论

论赋的本原,实际上包括了对赋的渊源与功用的研究。关于赋的渊源,如前所述,古人已论及诗、骚、散文、隐语、俳词以及综合诸说,兹不复赘;然古人探讨赋的渊源关键在考论其当世功用,则是其本原理论的特色。刘勰《诠赋》承《汉

志》之说,认为"受命于诗人,拓宇于楚辞"的同时,于赋源诗而又独立成体颇有论述:

> 原夫登高之旨,盖睹物兴情。情以物兴,故意必明雅;物以情观,故词必巧丽。丽词雅义,符采相胜,如组织之品朱紫,画绘之著玄黄,文虽新而有质,色虽糅而有本,此立赋之大体也。

此从诗人登高作赋演绎到赋之大体,其思路十分清晰。由于论家尝糅渊源与作用于一体考虑,所以古代以诗源说最盛,缘此又产生两条批评线索:一是沿着《诗》志的讽谏作用发展,一是沿着《诗》"六义"之一"赋"之铺陈的表现作用发展。偏重讽谏作用的论家,多依此评价赋的地位,司马迁评相如赋"因以讽谏"堪称典型。继后,扬雄的讽劝之说,挚虞批评汉赋"假象过大""逸辞过壮""辩言过理""丽靡过美",要在"背大体而害政教"[1],令狐德棻评庾信赋"其体以淫放为本,其词以轻险为宗"[2],皆渊承于此,以《诗》志为本原之论。乃至赋学艺术批评昌明的清代,康绍镛《七十家赋钞序》认为:"赋者,《诗》之讽谏,《书》之反复,《礼》之博奥。约而精之,以情为表,以理为职,以言为端倪者也。"讽谏仍为

---

1 挚虞《文章流别论》。
2 令狐德棻《周书·王褒庾信传论》。

赋体之首用。

　　由《诗》之"六义"说生发,赋的铺陈作用同样得到古代赋论家的重视,这也是赋本论与诗同源殊象的认识之开端。所以程廷祚《骚赋论》倡言"诗者,骚赋之大原"时又说"赋何始乎？曰宋玉",故其批评"赋能体万物之情状而比兴之义缺焉"。出于对陆机"赋体物而浏亮"、刘勰赋"铺采摛文,体物写志"说的认可,历代赋论家又从赋艺特征阐发其赋本思想。如王世贞云：

　　　　赋览之,初如张乐洞庭,褰帷锦官,耳目摇眩；已徐阅之,如文锦千尺,丝理秩然；歌乱甫毕,肃然敛容；掩卷之余,傍徨追赏。[1]

此论汉代古赋大篇,形象展示了赋之异于诗、骚的文体特性。古赋如此,律赋亦复有此评价。林联桂云：

　　　　赋之有声有色,望之如火如荼,璀灿而万花齐开,叱咤则千人俱废,可谓力大于身,却复心细如发者。[2]

这显然是出于对律赋的鉴赏眼光,参借历代古赋批评而阐

1　《艺苑卮言》卷一。
2　《见星庐赋话》卷三。

发赋学艺术之本体论思想的。

因革论

赋学的因革问题，实质是继赋源论的一种历史批评。对赋史的批评，自司马迁、扬雄、班固肇端，至挚虞、刘勰渐成系统。刘勰《诠赋》论荀、宋赋"遂客主以首引，极声貌以穷文，斯盖别诗之原始，命赋之厥初"，明辨赋史因革之初端；继谓"陆贾叩其端，贾谊振其绪，枚马同其风，王扬骋其势"云云，则论汉赋流变之迹。唐宋时代，于赋史不乏评说，然皆片言只语，殊无建树，迨元明文章辨体之学兴，开赋学史的自觉批评。祝尧《古赋辨体》卷五云：

> 盖西汉之赋，其辞工于楚《骚》；东汉之赋，其辞又工于西汉；以至三国六朝之赋，一代工于一代。辞愈工，则情愈短而味愈浅；味愈浅则体愈下。建安七子，独王仲宣辞赋有古风。至晋陆士衡辈《文赋》等作，已用俳体。流至潘岳，首尾绝俳。迨沈休文等出，四声八病起，而俳体又入于律矣。……唐人之赋，大抵律多而古少。夫雕虫道丧，颓波横流，风骚不古，声律大盛。……宋人作赋，其体有二：曰俳体，曰文体。……至于赋，若以文体为之，则是一片之文，押几个韵尔，而于《风》之优游，比兴之假托，《雅》《颂》之形容，皆不兼之矣。

祝尧《古赋辨体》书影

此从复古立论反思赋史因革,颇简核周备。明人吴讷、胡应麟、徐师曾,清人孙梅赋史观基本传承祝氏,惟吴讷又补论元代赋风云:

> 元主中国百年,国初文学,不过循习金源之故步。迨至元混一,士习丕变,于是完颜之粗犷既除,而宋末萎苶之气亦去矣。延祐设科,以古赋命题,律赋之体,由是而变。然多浮靡华巧,抑扬归美。至末年而格调益弱矣。[1]

1　《文章辨体序说》。

至清代李调元诸家《赋话》出,又变元明复古之风,既为律赋正名,复为律赋作史。清康熙二十五年(1686年)刊陆葇《历朝赋格·凡例》云:"古赋之名始于唐,所以别乎律也,犹之今人以八股制义为时文,以传记词赋为古文也。若由今论之,则律赋亦古文矣,又何古赋之有?"此说后又被林联桂《见星庐赋话》引录,以为定论。这种泯合古律之论,实质是为律赋张本,所以也正是出于古赋"溯源于周、汉,沿流于魏、晋、齐、梁,律则以唐为准绳,而集其成于昭代(按:指清代)"[1]的心态,李调元撰《赋话》十卷,其前六卷《新话》正是唐、宋、金、元、明五朝律赋史论,尤其于唐、宋两代史论,最为警策。由此可见,赋史之因革与赋论之因革,辅成相应,通贯千年。

法则论

我国古代文论以创作为本,诗赋批评最多的也就是讨论创作法则。夷考赋学中的法则论,又主要包括命意、造句、炼字、谋篇、声律、对偶、用事、避忌等方面的内容。在汉晋时代,早期赋论家如司马相如提出的"赋迹""赋心",左思倡导"依本""依实",陆机论赋"体物浏亮",刘勰论"立赋之大体",皆属赋的创作原则和作法技巧。到唐宋律赋兴起,

---

[1] 鲍桂星《赋则》道光二年(1822年)刻本《自序》。

论家在赋格、赋话类著作中对赋的创作法则更为重视,论析也日见周密。如言命意,郑起潜《声律关键》云:

> 何谓命意？有一题之意,有一韵之意。有意方可措词。如《汉网漏吞舟鱼》,须说吞舟大鱼,尚且漏网,小者可知,便见汉法如此宽大。

刘熙载《赋概》谓"赋欲不朽,全在意胜","赋家主意定则群意生",颇明骋词之赋,若命意无主,则必漶漫流散。言谋篇,汉大赋则有相如"一经一纬"之说,成公绥《天地赋序》"分赋物理,敷演无方"之论,而律赋谋篇,尤重警饬。如江含春《楞园赋说》论律赋：

> 得题后,先须审题,看何字当作眼,何处当轻带,何处当极力发挥,就题之曲折以作波澜,则每段各有意义,必不重复。且得其扼要,则开首数句,已全题在握,眉目了然。否则,发挥处未免轻重倒置,或与题旨刺谬,亦不自知。

又如汪廷珍《作赋例言》言律赋首段"或浑冒,或引入,又要切,又忌实","末段须更加警策,不可如强弩之末,精神一衰,通篇减色",对篇章结构的要求极为讲究。言用事,大赋

则必重离辞连类,如刘熙载《赋概》云:

> 赋欲纵横自在,系乎知类。太史公《屈原传》曰:"举类迩而见义远。"《叙传》又曰:"连类以争义。"司马相如《封禅书》曰:"依类托寓。"枚乘《七发》曰:"离辞连类。"皇甫士安叙《三都赋》曰:"触类而长之。"

此以类状赋,取博物用事之意。然刘氏复谓"赋与谱录不同。谱录惟取志物,而无情可言,无采可发,则如数他家之宝,无关己事",可知赋之博物用事,却有文情妙旨。而律赋用事,尤近诗歌,"用典处以不说出为高"。如谢观《吴坂马赋云:"乍同曲突,收将宫徵之音;又似丰城,指出斗牛之气。"浦铣评曰:"虽用蔡邕爨桐、张华剑气事,却不说出桐与剑字,亦是避熟法。"[1]至于"避忌",刘勰《诠赋》之"繁华损枝,膏腴害骨"、江含春《楞园赋说》之"律赋正格,必须四六"、王芑孙《读赋卮言·审体》之"欲审体,务先审弊"诸说,皆示人避忌,倡言赋合规矩。所以王芑孙论律云:

> 读赋必从《文选》《唐文粹》始,而作赋则当自律赋始,以此约束其心思,而坚整其笔力。声律对偶之间,

---

[1] 《复小斋赋话》下卷。

> 既规重而矩叠,亦绳直而衡平。

其通于古而言其律,重渊源而示规范,也是赋学批评异于诗歌的"有迹可寻"的理论观念。

体类论

体类问题,是赋学批评的一个理论焦点。与诗、词、曲诸体相比,赋创作因时而变,惟有体类,无体派的特征。举诗歌为例,唐宋以来,体派炽盛,诸如因时而言之盛唐、大历、元祐,因地而言之江西、永嘉,因人而言之诚斋、铁崖等等。至于明清时代,诗(词)文创作更是百派纷陈。缘此,如诗话等评论以体派论极盛。与之相比,赋的"体国经野""敷演无方"特征,以及长期的应制创作,使之有非文人化倾向,文人集团化为赋已少(著名者仅梁园宾客),更无赋派之称,所以赋论无体派之说,而体类研究最为昌明。所谓体类,赋论家又从多方面考察:因时而论,有楚、汉、六朝、唐、宋之别;因体而论,有诗体赋、骚体赋、骈体赋、文体赋、律体赋之分;因结构而论,又有大赋与小品赋的说法。观此几条线索,赋论显然多依据赋史关注"体"与"类",而鲜有流派与专家意识。如论骚体,则如王世贞《艺苑卮言》卷一云:

> 骚览之,须令人裴回循咀,且感且疑;再反之,沉吟

> 嘘欷；又三复之,涕泪俱下,情事欲绝。

从创作论的角度说明了骚体的艺术特性。而论汉代散体大赋,刘熙载《赋概》云:

> 赋取穷物之变,如山川草木,虽各具本等意态,而随时异观,则存乎阴阳风雨晦明也。赋家之心,其小无内,其大无垠。

评骈体赋,则如林联桂《见星庐赋话》云:

> 骈体之赋,四六句法为多,然兼有用三字叠句者,则其势更耸,调更遒,笔更峭,拍更紧,所谓急管促节是也。

林氏论法举例,不拘六朝,而兼及唐、宋、明、清骈赋佳作,为崇体之论。至于汪廷珍《作赋例言》评律赋当"与律诗一般,有一定规矩。读选赋,贵得其神,毋袭其貌;读唐赋,贵得其新切生动,毋学其率意";王芑孙《读赋卮言·小赋》评小赋谓"锵其片玉,依然密栗之容;跃是祥金,蔚有精纯之气",一属语言声律之"体"(律赋),一属篇章结构之"体"(小赋),因类品评,得其鉴衡,是一致的。

风格论

由于古代文学理论以作家为中心,所以赋学风格论也首先表现在对作家作品的评价方面。刘勰《文心雕龙·诠赋》论汉晋十家辞赋英杰云:

> 荀结隐语,事数自环;宋发巧谈,实始淫丽;枚乘《兔园》,举要以会新;相如《上林》,繁类以成艳;贾谊《鵩鸟》,致辨于情理;子渊《洞箫》,穷变于声貌;孟坚《两都》,明绚以雅赡;张衡《二京》,迅发以宏富;子云《甘泉》,构深玮之风;延寿《灵光》,含飞动之势。

这种对作家主体风格的评论,至后世赋话著述中可谓比比皆是,堪称赋学风格论的主流。随着赋创作史的延伸,清代赋论家又从作家联系到时代,以品评各朝不同的主体风格。如浦铣《复小斋赋话》上卷即云:"唐人赋好为玄言,宋元赋好为议论,明人赋专尚模范《文选》,此其异也。"沈祖燕等辑录《赋学》[1],于"赋体源流"诸条中分述战国宋玉赋之"轻清婉逸"、汉赋之"俳组铺张"、唐宋文赋之"清新流动"的不同风格,实绾合作家与时代而论。赋学风格论至清魏谦升仿

---

[1] 引见清光绪十三年(1887年)上海点石斋校印《策学备纂》本。

《二十四诗品》以"源流"等二十四品论赋,始摆脱时代和作家,规以范畴探讨辞赋风格,自成体系。《赋品》中"雅赡"至"古奥"八品,纯属赋的艺术风格理论。试观其中二品:

朗如行玉,清若流泉。疑义雾解,藻思芊绵。聪明冰雪,呈露乾坤。微辞奥旨,无弗弃捐。体物一语,士衡薪传。光明白地,濯锦秦川。(《浏亮》)

短韵结言,倒泻词源。灵气往来,云烟吐吞。负声有力,霜鹘高骞。之而鳞甲,变化松根。风雨忽至,将朝禹门。心香一瓣,灵光独存。(《飞动》)

用诗化语言品评赋的各类风格,且上升于一种鉴赏法则,是前所未有的。这种风格理论,对选赋家亦多启迪。如沈祖燕于光绪十四年(1888年)作《赋海大观序》云:

赋学一道,词章家尚焉。汉唐以来,至今勿替,其卓然名家者,代不乏人。或则磅礴沉郁,气溢行间,其势如千军万马之来,奔山倒海;或则轻婉抑扬,声流言外,其趣如美女佳人之侣,哦月迎风。或以词胜;或以气胜;或则钩心斗角,以工致胜;或则弹徵歌商,以轻倩胜。虽体格意趣,不无异致;而绛树黄华,凡有流露,工力悉敌,选声选色,美矣备矣。

论者全面肯定历代赋艺"磅礴沉郁""轻婉抑扬"以及"词胜""气胜""工致""轻倩"的多元风格,是以声色相渲、工力悉敌的大备至美评价清赋,宏展其集大成观念的。

鉴赏论

赋的鉴赏起始甚早,汉晋论家有关赋的"体物""宏实""博丽""形神"论述,均相对地表现出对赋文学的一种鉴赏意识。然而,诚如前述,汉晋赋论围绕楚辞、汉赋展开,涉及虽广,然价值评判要以"赋用论"为核心。因此,自觉的赋学鉴赏批评,实由古代诗歌艺术鉴赏理论引领,其结穴在赋创作的诗化与律化。在清代赋话家笔下,鉴赏理论通过两条线索完成:首先是从具体作品的品鉴达到整体艺术形式的鉴赏。如李调元《赋话》通过分析皇甫湜《山鸡》、赵蕃《月中桂树》等赋,看到"唐人琢句雅以流丽为宗,间有以精峭取致者"的艺术效果。又评唐人林滋《小雪赋》"微交月影"四语"从小字刻划,不就雪字铺排,细入毫发",彰示其与汉晋大赋征实体物迥然异趣的情致。又如林联桂评时人鲍桂星《夏日之阴》等赋云:

> 赋题不难于旁渲四面,而难于力透中心。而名手偏能于题心人所难言之处,分出三层、两层意思,攻坚破硬,乃称神勇。[1]

刘熙载论赋之"兴象"云:

> 春有草树,山有烟霞,皆是造化自然,非设色之可拟。故赋之为道,重象尤宜重兴。兴不称象,虽纷披繁密而生意索然,能无为识者厌乎?[2]

显然是受诗歌评论的影响,从对赋的具象批评上升于本体艺术之阐发。其次是由律赋的品评拓扩于其他体类的品评,再达至赋的整体艺术鉴赏。清人赋话的一大贡献,在于建立了律赋学鉴赏体系。孙奎《春晖园赋话》谓"唐赋每篇必有名句,风光细腻,美不胜收。……今之所谓工丽绵密者,在当日固卑之无甚高论也",概括了这种由唐迄清的鉴赏线索。正因为律赋易于接受诗歌的品鉴方式,赋话家在品鉴律赋的同时,亦将其法传播于其他赋体的赏析中。如果我们对照刘熙载《赋概》与刘勰《诠赋》的赋论,二人对楚汉赋家赋作的评论有一绝大不同处:刘熙载接受了清代赋

---

[1] 《见星庐赋话》卷二。
[2] 《艺概·赋概》。

话家的律赋鉴赏理论。如《赋概》评古赋"按实肖象易,凭虚构象难",即借用了有关律赋体势研究之虚实观。又云"赋中骈偶处,语取蔚茂;单行处,语取清瘦",兼取骈散而论,亦来自律赋的鉴赏术语。同样,这种鉴赏思想与方法的贯通,又使清代赋话家达到某种超越的层次,即王芑孙《读赋卮言》所说"不名一体,斯将具体;莫识何家,已自成家"的境地。所以刘熙载《赋概》有云:"屈子之缠绵,枚叔、长卿之巨丽,渊明之高逸,宇宙间赋,归趣总不外此三种。"其批评观与陆机"体物浏亮"、刘勰"体物写志"存在较大艺术审美距离,自当于诗化的律赋鉴赏理论中去体悟。

赋论的历史、形态与范畴,既有与其他文体批评同气连枝的关系,又以卓然之特色,成为中国文学理论批评领域重要一系,有着重要的历史价值和现代意义。

第五讲

辞赋名篇

王延寿《鲁灵光殿赋》

鲁灵光殿者,盖景帝程姬之子恭王余之所立也。初,恭王始都下国,好治宫室,遂因鲁僖基兆而营焉。遭汉中微,盗贼奔突,自西京未央、建章之殿皆见隳坏,而灵光岿然独存。意者岂非神明依凭支持,以保汉室者也?然其规矩制度,上应星宿,亦所以永安也。予客自南鄙,观艺于鲁,睹斯而眙曰:"嗟乎!诗人之兴,感物而作。故奚斯颂僖,歌其路寝,而功绩存乎辞,德音昭乎声。物以赋显,事以颂宣,匪赋匪颂,将何述焉?"遂作赋曰:

粤若稽古帝汉,祖宗濬哲钦明。殷五代之纯熙,绍伊唐之炎精。荷天衢以元亨,廓宇宙而作京。敷皇极以创业,协神道而大宁。于是百姓昭明,九族敦序。乃命孝孙,俾侯于鲁。锡介珪以作瑞,宅附庸而开宇。乃立灵光之秘殿,配紫微而为辅。承明堂于少阳,昭列显于奎之分野。

瞻彼灵光之为状也。则嵯峨嶵嵬,崨嶪孱崼。吁!可畏乎,其骇人也。迢峣偈佛,丰丽博敞,洞轇轕乎,其无垠也。邈希世而特出,羌瑰谲而鸿纷。屹山峙以纡郁,隆崛岉乎青云。郁坱圠以嶒峵,崱缯绫而龙鳞。汩硡硡以璀璨，赫燡燡而烛坤。状若积石之锵锵，又似乎帝室之威神。崇墉冈连以岭属，朱阙岩岩而双立。高门拟于闾阖，方二轨而并入。

于是乎乃历夫太阶，以造其堂。俯仰顾眄，东西周章。彤彩之饰，徒何为乎？澔澔涆涆，流离烂漫。皓壁昈曜以月照，丹柱歙赩而电烻。霞驳云蔚，若阴若阳。灌濩磷乱，炜炜煌煌。隐阴夏以中处，霠寥窲以峥嵘。鸿爌炾以爣閬，飋萧条而清泠。动滴沥以成响，殷雷应其若惊。耳嘈嘈以失听，目瞳瞳而丧精。骈密石与琅玕，齐玉珰与璧英。

遂排金扉而北入，霄霭霭而晻暧。旋室娩娟以窈窕，洞房叫窱而幽邃。西厢踟蹰以闲宴，东序重深而奥秘。屹瞠曈以勿罔，屑屓赑以懿濞。魂悚悚其惊斯，心慅慅而发悸。

于是详察其栋宇，观其结构。规矩应天，上宪觜陬。倔佹云起，嵚崟离娄。三间四表，八维九隅。万楹丛倚，磊砢相扶。浮柱岧嵽以星悬，漂峣嵲而枝拄。飞梁偃蹇以虹指，揭蘧蘧而腾凑。层栌磥垝以岌峨，曲枅要绍而环句。芝栭欑罗以戢舂，枝掌权枒而斜据。傍天蟜以横出，互黝纠而搏负。下弟蔚以璀错，上崎嶬而重注。捷猎鳞集，支离分赴。纵横骆驿，各有所趣。

尔乃悬栋结阿，天窗绮疏。圆渊方井，反植荷蕖。

发秀吐荣，菡萏披敷。绿房紫菂，窋咤垂珠。云楶藻棁，龙桷雕镂。飞禽走兽，因木生姿。奔虎攫拿以梁倚，仡奋鬖而轩鬐。虬龙腾骧以蜿蟺，颔若动而躨跜。朱鸟舒翼以峙衡，腾蛇蟉虬而绕榱。白鹿子蜺于欂栌，蟠螭宛转而承楣。狡兔跧伏于柎侧，猿狄攀椽而相追。玄熊舑舕以齗齗，却负载而蹲跠。齐首目以瞪眄，徒脉脉而狋狋。胡人遥集于上楹，俨雅跽而相对。仡欺䫜以雕䚣，顩颐顟而睽䁝。状若悲愁于危处，憯嚬蹙而含悴。神仙岳岳于栋间，玉女窥窗而下视。忽瞵眄以响像，若鬼神之仿佛。图画天地，品类群生。杂物奇怪，山神海灵。写载其状，托之丹青。千变万化，事各缪形。随色象类，曲得其情。上纪开辟，遂古之初。五龙比翼，人皇九头。伏羲鳞身，女娲蛇躯。鸿荒朴略，厥状睢盱。焕炳可观，黄帝唐虞。轩冕以庸，衣裳有殊。下及三后，淫妃乱主。忠臣孝子，烈士贞女。贤愚成败，靡不载叙。恶以诫世，善以示后。

于是乎连阁承宫，驰道周环。阳榭外望，高楼飞观。长途升降，轩槛曼延。渐台临池，层曲九成。屹然特立，的尔殊形。高径华盖，仰看天庭。飞陛揭孽，缘云上征。中坐垂景，頫视流星。千门相似，万户如一。岩窔洞出，逶迤诘屈。周行数里，仰不见日。

何宏丽之靡靡，咨用力之妙勤！非夫通神之俊才，谁能克成乎此勋？据坤灵之宝势，承苍昊天纯殷。包阴阳之变化，含元气之烟煴。玄醴腾涌于阴沟，甘露被宇而下臻。朱桂黝儵于南北，兰芝阿那于东西。祥风翕习以飒洒，激芳香而常芬。神灵扶其栋宇，历千载而弥坚。永安宁以祉福，长与大汉而久存。实至尊之所御，保延寿而宜子孙。苟可贵其若斯，孰亦有云而不珍？

乱曰：彤彤灵宫，岿崞穹崇，纷厖鸿兮。崱屴嵫厘，岑崟齝嶷，骈龙揪兮。连拳偃蹇，仑菌踒产，傍歆倾兮。歇欹幽蔼，云覆霮霴，洞杳冥兮。葱翠紫蔚，磥硌瑰玮，含光晷兮。穷奇极妙，栋宇已来，未之有兮。神之营之，瑞我汉室，永不朽兮。

王延寿《鲁灵光殿赋》是篇描绘宫室殿宇的作品，在内容上，该赋通过对大汉开国史的回溯，对灵光殿内雕刻与壁画的流观、摹写，营构出殿宇雄奇瑰丽的神圣感；在形式上，改变汉大赋繁类穷变与对称叙列的特征，代之移步换景的时间结构，给人如身历其境的阅读感受。赋家以天纵之才，挥灵动之笔，雕画图貌，赋予鲁灵光殿以"圣显"的文化符号，并塑造了汉室正统性的象征。

在阅读这篇赋之前，首先要了解两点：一是作者，王延寿，字文考，一字子山，东汉南郡宜城人，也就是今天的湖北襄阳宜城，他是著名楚辞学家，也就是《楚辞章句》的作者王逸的儿子，后因渡湘水溺死，只有二十几岁。范晔《后汉书》称他"有俊才"。据说汉末蔡邕读了他的文章，为之"辍翰"，放下笔不敢写了。晋代的皇甫谧称赞他是"近代辞赋之伟"。南朝的刘勰在《文心雕龙》中说他是"辞赋之英杰"。可以说，在古代，他算是位神童式的少年作家，这篇赋就是他的代表作。二是宫殿赋写作，在汉代，刘歆写有《甘泉宫赋》，李尤写有《德阳殿赋》，但都是残篇，只有王延寿的赋是全帙，所以可以被称为历史上第一篇完整的宫殿赋，继后则有魏朝何晏的《景福殿赋》、唐代李华的《含元殿赋》等名篇写作。在汉赋中，有关宫殿的描写，多体现在京都赋中，如班固《两都赋》对昭阳殿的描绘，而专写一殿的赋，正是从京都赋中分流而独立的题材。所以，王延寿赋是具有开创意义的。

宫殿赋的象征

品读这篇赋作，要思考王延寿写宫殿赋的意义。作者在赋序的开篇就说："鲁灵光殿者，盖景帝程姬之子恭王余之所立也。"指的是恭王刘余，汉景帝刘启的儿子，其母程姬，初封淮南，后迁徙到鲁地，谥号为"恭"。赋序接着说："恭王始都下国，好治宫室，遂因鲁僖基兆而营焉。"这里有两层意思：一层是春秋时鲁僖公使公子奚斯，上新姜嫄的庙宇，下治文公的宫室，称赞其追尊祖德。另一层是说恭王刘余在鲁宫室的地域营建新的宫殿，但因汉代已是大一统的国家，所以鲁地所封的诸侯，只是地方小王国，所以称"下国"，又接着说鲁灵光殿是"配紫微而为辅"，"承明堂于少阳"，紫微指天宫的紫微垣，是中宫所在，明堂是天子或皇帝施政的处所，所以合起来，指的都是"下国"要围绕"中央"朝廷，阐明了赋中尊天子而抑诸侯的主旨。

于是，作者从两方面开拓，通过写宫殿而尊天子。一方面是回顾历史，特别提到汉室中微，指的是王莽篡汉，改为新朝，以致西汉朝廷的未央宫、建章殿等著名宫室都被毁坏，而鲁灵光殿虽是诸侯王国的宫室，但毕竟是西汉宫室的遗存，作为汉宫的象征，弥足珍贵。如果我们对照东汉的京都赋创作，就会发现汉人作赋有两大历史视点，就是"亡秦"和"非莽"，因"亡秦"教训而尊奉"周德"，因"非莽"乱政而尊奉"汉德"。清人李光地《榕村语录》说："秦恶流毒万世……莽后仍为汉，秦后不为周耳。实即以汉继周，有何不可。"这种历史观早在汉赋的书写中就有呈现，最典型的就是杜笃《论都赋》的汉统汉德论："昔在强秦……大汉开基，高祖有勋……太宗承流……是时孝武因其余财府帑之蓄，始为钩深图远之意……故创业于高祖，嗣传于孝惠，德隆于太宗，财衍于孝景，威盛于圣武，政行于宣、元，侈极成、哀，祚缺于孝平。传世十一，历载三百，德衰而复盈，道微而复章，皆莫能迁于雍州,而背于咸阳。"杜笃赋中继此倡言:"今国家躬修道德,吐惠含仁,湛恩沾洽,时风显宣。"已点破大汉继周的建德观中两个历史节点,就是秦亡教训与王莽篡统。"过秦"是汉人继周建德的历史前提,表现于赋文中,除了司马相如《哀二世赋》明确批评"亡秦",其他作品如班彪《北征赋》中写道:"越安定以容与兮,遵长城之漫漫。剧蒙公之疲民兮,为强秦乎筑怨。舍高亥之切忧兮,事蛮狄之辽患。不耀德以绥远兮,顾厚固而缮藩。身首分而不寤兮,犹数功而辞愆。"其中批判蒙恬修长城劳民伤财,赵高与胡亥荒淫乱政的行为,张衡《东京赋》中写道:"秦政利觜长距,终得擅场。思专其侈,以莫己若。乃构阿房,起甘泉,结云阁,冠南山,征税尽,人力殚。……百姓弗能忍,是用息肩于大汉。"写秦始皇耗天下之财力建阿房宫,以满足私欲,都是典型的例证。同样,对待王莽篡汉以及莽后仍为汉的历史现实,东汉赋家如班固《东都赋》说:"王莽作逆,汉祚中缺。"张衡《东京赋》说:"世祖(光武帝)忿之……共工(指王莽)是除。"也就是说,赋家重建东汉之"德",都是通过"过秦"与"非莽"两大历史教训展开的。由此再看王延寿赋叙述的对奚斯治文公宫室,包括对西汉宫殿的衰毁的悲悯,与这样的创作背景切切相关。

所以从另一方面来看,该赋所针对的现实,就是通过西汉宫室的毁坏,对王莽篡政的批判,反过来赞美汉室"中

山东汉画像石描绘的汉朝建筑,均见于山东省博物馆、山东省文物考古研究所编《山东汉画像石选集》1982年版图版部分。

兴"，就是汉光武帝刘秀扫除群凶，衔接西汉政权，重建东汉王朝的功德。只是作者的视点在西汉的"鲁宫"，所以他通过对"汉统"的讴歌，来表达"尊王"的态度。这就是赋文开篇所颂扬的："粤若稽古，帝汉祖宗，濬哲钦明"，"敷皇极以创业，协神道而大宁"，并希望"百姓昭明，九族敦序"，"永安宁以祉福，长与大汉而久存；实至尊之所御，保延寿而宜子孙"。为了强调"瑞我汉室，永不朽兮"，作者又在赋中穿插大量的祥瑞描写，这也是当时的流行思维，具有以祥瑞颂德、以灾异讽喻的"天人感应"的时代烙印。例如赋中写祥瑞，则有锡介珪作瑞、据坤灵宝势、承苍昊之纯殷、包阴阳变化、含元气烟煴、玄醴腾、甘露下臻、朱桂黝儵、兰芝阿那、祥风翕习等，都是汉人常提到的祥瑞征兆。又如赋中写到"天人感应"，说："其规矩制度，上应星宿，亦所以永安"，"荷天衢以元亨"，"协神道大宁"，"规矩应天，上宪菁陬"，"神灵扶其栋宇，历千载而弥坚"，把汉王朝的兴衰与上天意志紧密结合，这也是人们常批评的王延寿的思想局限所在。但是，如果我们对照王延寿赋"遭汉中微，盗贼奔突"，与班固在《东都赋》中说的"王莽作逆，汉室中衰"，再看班固赋中对汉光武帝的歌颂，例如赋中描述的"上帝怀而降监，乃致命于圣皇"，"圣皇乃握乾符，阐坤珍，披皇图，稽帝文，赫然发愤，应若兴云，霆击昆阳，凭怒雷震"，"立号高邑，建都河洛"，"绍百王之荒屯，因造化之荡涤"，就可以理解王延寿赋对祥瑞的描写，不过是借此烘托对汉统、汉德的讴歌，只是借助赋体的铺陈手法罢了。

图画天地的佳作

这篇赋的另一重要价值在于赋中对图像的描写，这就是王延寿赋中说的"图画天地，品类群生"。我们先读一下这段文字：

> 图画天地，品类群生。杂物奇怪，山神海灵。写载其状，托之丹青。千变万化，事各缪形。随色象类，曲得其情。上纪开辟，遂古之初。五龙比翼，人皇九头。伏羲鳞身，女娲蛇躯。鸿荒朴略，厥状睢盱。焕炳可观，黄帝唐虞。轩冕以庸，衣裳有殊。下及三后，淫妃乱主。忠臣孝子，烈士贞女。贤愚成败，靡不载叙。恶以诫世，善以示后。

这段描写虽然与赋的政教主旨相契合，但其画面的展示，包括神话人物、历史帝王等，都是灵光殿中的壁画的呈现，赋文又是对壁画图像的书写。如果追溯题图赋的源头，王延寿的父亲王逸《楚辞章句》的《天问叙》说："屈原……见楚有先王之庙及公卿祠堂，图画天地山川神灵，琦玮谲诡，及古圣贤怪物行事……仰观图画，因书其壁。"这应该是目前所见有文献记载的最早的题图赋,比较屈原《天问》与王延寿《鲁灵光殿赋》中的壁画,又很类似,两篇赋都题写了楚地宫室。明朝人王绂《书画传习录》说:"古人能事施于画壁为多……其作画障,均属大幅,亦张素绢于壁间,立而下笔,故能腾挪跳荡,手足并用,挥洒如志,健笔独扛,如骏马之下坡,若铜丸之走板。今人施纸案上,俯躬而为之,腕力运掉,仅及咫尺。"古代壁画,气象宏大,不是后来文人纸画可比的,而这种"大幅",又正好和汉赋构象的"巨丽"相类似。

王延寿这篇赋又可引出另一层思考,刘勰《文心雕龙·诠赋》认为赋"写物图貌,蔚似雕画",说的是赋体的语象描绘,本身就有构图摹绘的特色。近代学者张世禄《中国文艺变迁论》也说:"吾国文字衍形,实从图画出,其构造形式,特具美观。词赋宏丽之作,实利用此种美丽字形以缀成。"所取也是"图貌"的大观。汉大赋的美,在其由无数"个像"组成的宏大的画面。例如班婕妤《捣素赋》:"若乃盼睐生姿,动容多制,弱态含羞,妖风靡丽。皎如明魄之升崖,焕若荷华之昭晰。调铅无以玉其貌,凝朱不能异其唇。胜云霞之迩日,似桃李之向春。红黛相媚,绮组流光,笑笑移妍,步步生芳。两靥如点,双眉如张,颊肌柔液,音性闲良。"赋的描绘堪称一幅完整的"美人图"。又如马融《琴赋》:"昔师旷三奏,而神物下降,玄鹤二八,轩舞于庭,何琴德之深哉!"赋写师旷奏乐,以"玄鹤""轩舞"衬托,使形象更具画面感。把马融赋文描写和汉画像石图像参读，例如四川雅安高颐阙的《师旷鼓琴图》，画面描写就很相近。

这种赋体的"写物图貌"与"随物赋形"，在王延寿赋中也得到尽情展示。如赋中对宫殿建筑的描写，擅长图物写貌，写建筑群组成部分有崇墉、朱阙、高门、太阶、堂、阴夏、扉、室、房、西厢、东序、连阁、驰道、榭、楼、观、轩槛、台、池、高径、华盖、飞陛、门、户、朱桂、兰芝等，写具体建筑部件有壁、柱、檐、楹、浮柱、飞梁、层栌、曲枅、芝栭、悬栋、天窗、方井、梲、桷、衡、㮰、楣、橼、欂栌、上楶等。对这些物象加以组合，并加以详细描述，构成宫室构造的整体画面。

又如对宫殿景观的描写，也采用绘画散点透视的方式，征实写物，却因时变景，突出表现赋体的空间特质。赋先写观览宫殿的感受，继写上阶登堂，观彤彩装饰，再写排扉北入，观旋室、洞房、西厢、东序，由此细察其栋宇结构与藻绘雕镂。于是移步换景，景随目移，感物生情，因之变化：从"睹斯而眙"到"嗟乎"的赞叹，到"感物而作赋"，引发出"吁"、"可畏乎"、"其骇人也"的惊呼声，再引出"彤彩之饰，徒何为乎"的疑问，到"耳失听""目丧精"，到"魂悚悚其惊斯，心愢愢而发悸"，由此再感发"非夫通神之俊才，谁能克成乎此勋"，"苟可贵其若斯，孰亦有云而不珍"的反诘，归于"穷奇极妙，栋宇以来，未之有兮"的感慨。该赋已将光怪陆离的景观与激切奔放的情感绾合一体，给读者以神秘感、神奇感与神妙感。

有人说汉赋是从语言到文字的桥，由于诸多方言落实到文字，尤其是对大量物象的摹写，所以有很多异字与难字，甚至被后世讥笑为"字林"，王延寿的赋也同样有此特点，难字怪字会给人以阅读的障碍。但同时，由于汉赋的口语特征，王延寿赋又保留了诸多清新通俗的口语与方言，比如"嗟乎！诗人之兴，感物而作"，"吁，可畏乎，其骇人也"，皆直抒胸臆，又给人以阅读的快感。

成公绥《天地赋》

赋者，贵能分赋物理，敷演无方，天地之盛，可以致思矣。天地至神，难以一言定称。故体而言之，则曰两仪；假而言之，则曰乾坤；气而言之，则曰阴阳；性而言之，则曰柔刚；色而言之，则曰玄黄；名而言之，则曰天地。历观古人，未之有赋。岂独以至丽无文、难以辞赞？不然，何其阙哉？遂为天地赋曰：

惟自然之初载兮，道虚无而玄清，太素纷以溷浠兮，始有物而混成，何元一之芒昧兮，廓开辟而著形。尔乃清浊剖分，玄黄判离。太极既殊，是生两仪，星辰焕列，日月重规，天动以尊，地静以卑，昏明迭照，或盈或亏，阴阳协气而代谢，寒暑随时而推移。三才殊性，五行异位,千变万化,繁育庶类,授之以形,禀之以气。色表文采,声有音律,覆载无方,流形品物。鼓以雷霆,润以庆云,八风翱翔,六气氤氲。蚑行蠕动,方聚类分,鳞殊族别,羽毛异群,各含精而熔冶,咸受范于陶钧,何滋育之罔极兮,伟造化之至神。

若夫悬象成文,列宿有章,三辰烛耀,五纬重光,河汉委蛇而带天,虹霓偃蹇于昊苍,望舒弭节于九道,义和正辔于中黄,众星回而环极,招摇运而指方,白兽峙据于参伐,青龙垂尾于心房,玄龟匿首于女虚,朱鸟奋翼于注张,帝皇正坐于紫宫,辅臣列位于文昌,垣屏骆驿而珠连,三台差池而雁翔,轩辕华布而曲列,摄提鼎峙而相望。若乃征瑞表祥,灾变呈异,交会薄蚀,抱珥带珥,流逆犯历,谴悟象事,蓬容著而妖害生,老人形而主受喜,天矢黄而国吉祥,彗孛发而世所忌。

尔乃旁观四极,俯察地理,川渎浩汗而分流,山岳磊落而罗峙,沧海沆瀁而四周,悬圃隆崇而特起,昆吾嘉于南极,烛龙曜于北址,扶桑高于万仞,寻木长于千里,昆仑镇于阴隅,赤县据于辰巳。于是八十一域,区分方别;风乖俗异,险断阻绝,万国罗布,九州并列。青冀白壤,荆衡涂泥,海岱赤埴,华梁青黎,兖带河洛,扬有江淮。辨方正土,经略建邦,王圻九服,列国一同,连城比邑,深池高墉,康衢交路,四达五通。东至旸谷,西极泰濛，南暨丹炉，北尽空同。迨方外区，绝域殊邻，人首蛇躯，鸟翼龙身，衣毛被羽，或介或鳞，栖林浮水，若兽若人，居于大荒之外，处于巨海之滨。

于是六合混一而同宅，宇宙结体而括囊，浑元运流而无穷，阴阳循度而率常，回动纠纷而乾乾，天道不息而自强。统群生而载育，人托命于所系，尊太一于上皇，奉万神于五帝，故万物之所宗，必敬天而事地。

若乃共工赫怒，天柱摧折，东南俄其既倾，西北豁而中裂，断鳌足而续毁，炼玉石而补缺。岂斯事之有征，将言者之虚设？何阴阳之难测，伟二仪之参阔！

坤厚德以载物，乾资始而至大，俯尽鉴于有形，仰蔽视于所盖，游万物而极思，故一言于天外。

成公绥《天地赋》是一篇敷演"天地"与"阴阳"的形而上的哲理赋，赋由宇宙混沌、阴阳并生，万物繁育总起，续以天宇星辰及祥瑞征兆，尔后按空间次序铺写山川树木、列国城邑，篇末以"敬天事地""乾坤载生"呼应前文。全赋辞采丰赡，多用四六成文，铺写真实的物态，又时以神话传说映带其间，虽以天象为体，却有情有致，刘勰《文心雕龙》称赞其"吟咏所发，志惟深远"，又将他与左思、陆机并称，誉为"魏晋之赋首"。

赋的作者成公绥，字子安，晋朝人，少有俊才，却有口吃病,但好音律,词赋壮丽,为当世文坛大家张华推重,叹为绝伦之人,推荐给太常,征为博士。后又任秘书郎、秘书丞、中书郎诸职,并与贾充等参订本朝法律。他除了创作该赋,还有《啸赋》享名于世,据《晋书·成公绥传》记载,他"常当暑承风而啸,泠然成曲,因为《啸赋》"。比较而言,成公绥的《啸赋》多情感的抒发,而《天地赋》则偏重自然的描绘,是篇赞美大自然的作品。

读这篇赋,先应看作者赋前的《序》。序文分三个层面:第一个层面是明确"赋"的功用,就是"赋者,贵能分赋物理,敷演无方,天地之盛,可以致思",阐明赋的体物明理的意义,选择写"天地",只是便于"致思矣",而达到"分赋物理"的效果。第二个层面是如何赋写"天地",就是"体而言之,则曰两仪;假而言之,则曰乾坤;气而言之,则曰阴阳;性而言之,则曰柔刚;色而言之,则曰玄黄;名而言之,则曰天地",进一步阐发赋"物"明"理"的意义。第三个层面是赋写前人之阙,就是"历观古人,未之有赋,岂独以至丽无文,难以辞赞?不然,何其阙哉",说明赋写"天地",以补前人之"阙"的原因。由"序"观"赋",作者的创作思想不仅体现在赋作的实践中,而且昭示了魏晋时期的文学思潮,落实到赋的领域,同样呈现在三个方面:首先,赋创作的"征实"观。比如左思写《三都赋》,就反对汉代赋家"于辞则易于藻饰,于义则虚而无征",强调自己的创作是:写山川城邑,则"稽之地图",写鸟兽草木,则"验之方志",因为"美物者,贵依其本;赞事者,宜本其实"。同样,挚虞在《文章流别论》中批评汉代作家有"四过",即假象过大、逸辞过壮、辩言过理、丽靡过美。其致用求"实"的思想,与左思一致。所以读成公绥赋,虽歌咏虚无缥缈的天地,却力求落到实处,以剖析自然奥妙。其次,赋创作的"明理"观。魏晋人与汉人不同,论自然好为本体探究,更重"物自体"的认知。陆机《文赋》说:"赋体物而浏亮。"是对"物理"的关注与提升,挚虞说赋要"穷理尽性,以究万物之宜"也是这个道理。所以读魏晋时的赋篇,如嵇康的《琴赋》、张华的《鹪鹩赋》、潘岳的《闲居赋》、孙绰的《游天台山赋》,或咏物,或游观,无不象物以明理,假物以写心。成公绥赋写天地,关键也在通自然之象,明乾坤之理。再者,赋创作题材的扩大。萧统在《文选序》中说当时的创作现象,是"纪一事,咏一物,风云草木之兴,鱼虫禽兽之流,推而广之,不可胜载",可见魏晋以后文学创作题材的扩大。刘勰《文心雕龙》论赋说:"草区禽族,庶品杂类,则触兴致情,因变取会。"指的是魏晋时咏物赋之盛。成公绥赋虽是大篇,但他说的写"天地"是补前人之"阙",正缘于这一文学思潮的推动。

征实与明理的时代精神

通过以上三个理论视点,再看《天地赋》的创作,同样具有征实、明理与拓展写作视域的特征。具体而论,首先是在对天地之大美的铺写与歌颂。闻一多曾谈司马相如及其汉赋创作,"《上林赋》是司马相如所独创,它的境界极大","凡大必美……当时的人懂得大就是美,所以那些大赋还能受到称赏"。汉代大赋之美,主要体现在游猎、郊祀、京都等题材,而成公绥赋写天地,也是他的独创,境界也很大,所以他对自然的大美描写,也是值得称赏的。成公绥认为,天地为"巨丽",而"难以辞赞",所以想独创这一题材。因为与诗歌比较,赋体物的功能无比广大,清人刘熙载《赋概》就说"赋取穷物之变","赋起于情事杂沓,诗不能驭,故为赋以铺陈之",读该赋,作者就采用"铺"的方式展开。

成公绥《天地赋》全赋可分为四段。第一段从"惟自然之初载"到"伟造化之至神",叙写天地之形成。有关天地形成,《易经》已有天、地、人"三才"之道,《老子》有"道生一,一生二,二生三,三生万物"之说,汉代张衡的《灵宪》已有"太素始萌,萌而未兆","宇之表无极,宙之端无穷"的说法,成公绥亦承其说,认为"太素纷以溷涌兮,始有物而混成",只是改以赋的语言加以形象的表述。如先写宇宙混沌,元一茫昧;继写清浊剖分,天地形成;复写阴阳并生,万物繁育,由此而宇宙运转不息,生命肇始,于是赞叹"何滋育之罔极兮,伟造化之至神"。这俨然一曲对天地生命发端的赞美诗。

第二段从"若夫悬象成文"到"彗孛发而世所忌",叙写天文,如自然的"悬象列宿",人事的"祥瑞灾异",其中反映了人与自然的关系,也彰显了当时人对"天相"以喻"人相"的认知方式。这段描写,有关天象的知识含量极大,如三辰、五纬,指日月星辰与金、木、水、火、土五大行星;九道、中黄,指日月运行轨道,及古天文学相像的太阳绕地球运行的黄道;白兽、青龙、玄龟、朱鸟,分指四方星宿,而帝星、紫宫,指天上帝星居紫微垣,与大地分野对应,象征朝廷中央的权力,极似司马迁《史记》的《天官书》的赋语书写。当然其中也充斥了神话,比如望舒弭节、义和正辔,分别指古神话中为月亮、太阳驾车的神灵。

第三段从"尔乃旁观四极"到"处于巨海之滨",叙写地理区划,由天地上下四方,全方位展示山川树木、列国城邑、昆仑悬圃、九州分野、奇人异事等,充分呈现了该赋博物知类的描写特征。中国古代极重"取则天象"与"画野分州",天人合一,突出政教的功能。也因此,《周礼》论古代区域治理,首先就是"体国经野",到了刘勰撰《文心雕龙》,在《诠赋篇》论赋,也首先彰显的是"体国经野,义尚光大"。由此再看该赋这段描写,正是这一思想传统的形象表述。赋中说"昆仑镇于阴隅,赤县据于辰巳","万国罗布,九州并列",是早期世界观的"中国"说;"辨方正土,经略建邦。王圻九服,列国一同",是大一统帝国的政治图像;至于如"遐方外区,绝域殊邻。人首蛇躯,鸟翼龙身。衣毛被羽,或介或鳞。栖林浮水,若兽若人。居于大荒之外,处于巨海之滨",既有摹写《山海经》的神话传说，又有帝国统治的真实书写。

第四段从"于是六合混一而同宅"到赋末，作者归纳六合同宅，敬天事地，追踪"万物之所宗"的本质，以骋放赋家"游万物而极思"的想象，以颂扬天道不息，宇宙无穷，讴歌大自然的伟大。这段文字中又有两个问题值得推敲：一是赋中忽然陡起一节，"若乃共工赫怒，天柱摧折"，引自《淮南子·天文训》：共工与颛顼争帝，怒触不周之山，天柱折，地维绝，天倾西北，故日月星辰移动，地不满东南，故水潦尘埃归焉。但作者对此提出质疑："岂斯事之有征，将言者之虚设？何阴阳之难测，伟二仪之夐阔。"这显然是通过对传说的怀疑，来加强对大自然伟力的赞美。二是赋的收束处所言，"坤厚德以载物，乾资始而至大"，这句话是衍说《易》"乾""坤"卦辞"天行健，君子以自强不息；地势坤，君子以厚德载物"，这里内涵了儒家学者的情愫，那就是将自然道德化。正因如此，古人将中国文化的个人伦理推扩到家庭伦理、国家伦理、人类伦理，乃至上升到宇宙伦理。这篇赋也正是在此思想中，衍化为有思想深度的"巨丽"文章。

赋作的三大特征

在辞赋创作史上，成公绥有一突出贡献，就是较大地拓展了晋赋的题材范围，除了书写"天地"与"啸"这样的名篇，他还择取黄河、木兰、蜘蛛、螳螂、神鸟等为描写对象，是位既擅长写实，又善夸饰的赋家。从《天地赋》的写作来看，又有三点值得强调：

一是"征实"。成公绥论赋，一方面认为"敷演无方"，如天地之盛，一方面又提倡"分赋物理"，并以此为贵，所以从主要倾向来说，他赋"天地"还是以征实为主。如写天地之存在，则有太极、两仪、盈亏、昏明、阴阳、寒暑、三才、五行、雷霆、庆云、八风、六气等；写星辰之状态，则有三辰、五纬、招摇、文昌、紫微、帝星、三台、摄提、蓬容、老人、天矢、彗孛等；写地理之分布，则有川渎、山岳、沧海、悬圃、昆吾、寻木等；写神居之名目，则有烛龙、扶桑、旸谷、泰濛、丹炮、空同等等。大量的名词表实物，勾画出乾坤派生、星辰运行、地理方位、神灵居处等图式。这使我们读这篇赋，既看到天地知识系统的布局与展示，也看到作者采用大量的知识物件构建起的赋作的宏大空间。

二是"隐喻"。尽管全赋描绘天地自然，但作者却内涵对人事的褒贬，采用的方法就是，通过自然现象的正与反，寄寓隐喻之义。如叙写自然之"正"相，则谓"清浊剖兮，玄黄判离""星辰焕列，日月重规""八风翱翔，六气氤氲""悬象成文，列宿有章""帝皇正坐于紫宫，辅臣列位于文昌"等，拟状人事之安详。叙写自然之"反"相，则谓"交会薄蚀，抱晕带珥""蓬容著而妖害生""彗孛发而世所忌""共工赫怒，天柱摧折""断鳌足而续毁，炼玉石而补缺"等，拟状人事之变异。老子说:"人法地,地法天,天法道,道法自然。"成公绥于赋中将人事自然化,褒贬自然,正是美刺政治,这是赋中隐含的深层意蕴。

三是"纵情"。该赋虽然写天象地貌,作者却能于词章中纵放情感,气势磅礴,仪态万千。探究其因,又有两点:一是赋体自由,句式或四言,或六言,或七言,自由挥洒。如其中"尔乃旁观四极"一节文字,多用四言,整饬而具排宕之力;"若夫悬象成文"一节文字,则多用七言,句中采用虚字以呈顿挫之意。赋中句法随情绪而变化,所以生动活泼。二是赋文征实,却穿插神话,极尽夸张之能事,虚实相生,使全赋描摹物态而不板滞,称诵自然,更多生机。

合以上三者,方成就其对天地之描绘的巨丽之美,也使这篇作品成为历史上,尤其是辞赋史上,赞颂自然的大美篇章之一。

杜牧《阿房宫赋》

六王毕,四海一,蜀山兀,阿房出。覆压三百余里,隔离天日。骊山北构而西折,直走咸阳。二川溶溶,流入宫墙。五步一楼,十步一阁;廊腰缦回,檐牙高啄;各抱地势,钩心斗角。盘盘焉,囷囷焉,蜂房水涡,矗不知其几千万落。长桥卧波,未云何龙?复道行空,不霁何虹?高低冥迷,不知西东。歌台暖响,春光融融;舞殿冷袖,风雨凄凄。一日之内,一宫之间,而气候不齐。

妃嫔媵嫱,王子皇孙,辞楼下殿,辇来于秦,朝歌夜弦,为秦宫人。明星荧荧,开妆镜也;绿云扰扰,梳晓鬟也;渭流涨腻,弃脂水也;烟斜雾横,焚椒兰也。雷霆乍惊,宫车过也;辘辘远听,杳不知其所之也。一肌一容,尽态极妍,缦立远视,而望幸焉。有不见者,三十六年。燕、赵之收藏,韩、魏之经营,齐、楚之精英,几世几年,剽掠其人,倚叠如山。一旦不能有,输来其间。鼎铛玉石,金块珠砾,弃掷逦迤,秦人视之,亦不甚惜。

嗟乎!一人之心,千万人之心也。秦爱纷奢,人亦念其家。奈何取之尽锱铢,用之如泥沙?使负栋之柱,多于南亩之农夫;架梁之椽,多于机上之工女;钉头磷磷,多于在庾之粟粒;瓦缝参差,多于周身之帛缕;直栏横槛,多于九土之城郭;管弦呕哑,多于市人之言语。使天下之人,不敢言而敢怒。独夫之心,日益骄固。戍卒叫,函谷举,楚人一炬,可怜焦土!

呜呼,灭六国者六国也,非秦也。族秦者秦也,非天下也。嗟乎!使六国各爱其人,则足以拒秦;使秦复爱六国之人,则递三世可至万世而为君,谁得而族灭也?秦人不暇自哀,而后人哀之;后人哀之而不鉴之,亦使后人而复哀后人也。

唐人杜牧以诗闻名，与杜甫并称"大小杜"，与李商隐并称"小李杜"，他的赋创作仅存三篇，其中《阿房宫赋》在赋史上独树一帜，为世所重，被称评为名篇。该赋运用典型化的艺术手法，将宫殿的恢宏壮观、后宫的充盈娇美、宝藏的珍贵丰奢，揭示得层次分明，而又具体形象。作者由描写上升到思想，得出秦国的败亡是因其暴民取财、不施仁义的结论，为当朝统治者提供了深刻的教训与警示。赋文融叙事、抒情、议论为一体，骈散相间，错落有致，气贯全篇，具有较高的艺术鉴赏价值。

赋的作者，因有"十年一觉扬州梦，赢得青楼薄幸名"的诗句，常被视为浪荡公子，其实历史上的杜牧，是有政治抱负的人。他在唐太和二年（828年）登进士第，又登制科，历任弘文馆校书郎、团练判官等职，入朝任左补阙、史官修撰等职，又曾外任黄州、池州、睦州刺史等，谙于史学，熟悉政事。据《唐书》记载，他"刚直有气节"，"论列大事，指陈病利尤切"，这也切合他本人在《上李中丞书》中自称的，"治乱兴亡之迹，财赋兵甲之事，地形之险易得失"，靡不毕究，表现出一种社会责任的担当。他创作的诗赋，也多寄托历史兴亡之感慨，具有强烈针对性的现实价值。

奢侈的教训与俭德的倡导

杜牧该赋可分为两大段：前一段从"六王毕，四海一"到

"秦人视之,亦不甚惜",写阿房宫的兴建与焚毁,寄兴衰之理;后一段从"嗟乎,一人之心,千万人之心也"到"亦使后人而复哀后人也",是抒发议论,寓伤古哀今之情。有关这篇赋的创作主旨,作者在《上知己文章启》中说,唐敬宗宝历年间,朝廷大起宫室,广声色,所以"作《阿房宫赋》",很显然,这是一篇有针对性的警世之作。

赋的开篇,就用四个短句,"六王毕,四海一,蜀山兀,阿房出",霎时间将秦始皇扫灭六国,统一天下,又好大喜功,削平蜀山而兴建阿房宫的史实,如风起云涌般地展现,令人触目惊心,应接不暇。继写阿房宫室,极力铺陈,尽情渲染,由山到水,由内而外,如"五步一楼,十步一阁",全景俯瞰;"廊腰""檐牙",细节刻画;"盘盘""囷囷",描绘长桥如龙,复道如虹,譬喻极为形象;至于"蜂房水涡"的物象绘饰,"歌台暖响""舞殿袖冷""辞楼下殿""朝歌夜弦"的豪奢与情氛,都是为了衬托"一日之内,一宫之间,而气候不齐",宫殿的广袤深邃,人主的威权极势,尽现眼前。

作者极写阿房宫的广大瑰丽,为议论留下伏笔:六国的"剽掠其人",导致国亡族灭,而取代六国的秦人,又因"戍卒叫,函谷举,楚人一炬,可怜焦土",重蹈六国覆辙,其亡于骄横敛怨,是所必然。"灭六国者,六国也,非秦也",宋代的苏洵取其意而为《六国论》,说明这一结论令人信服;至于"后人哀之而不鉴之,亦使后人而复哀后人",既是这篇赋的思

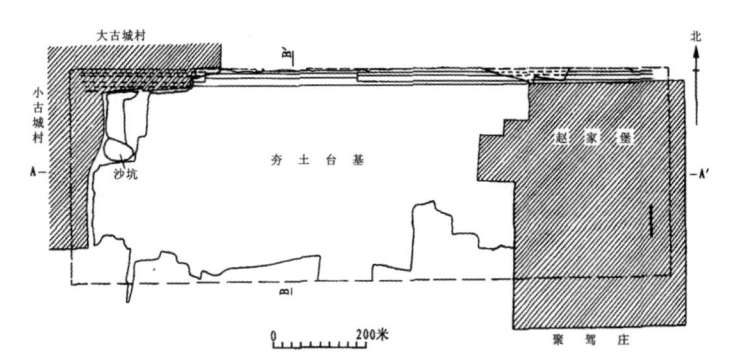

阿房宫前殿夯土台基平面图

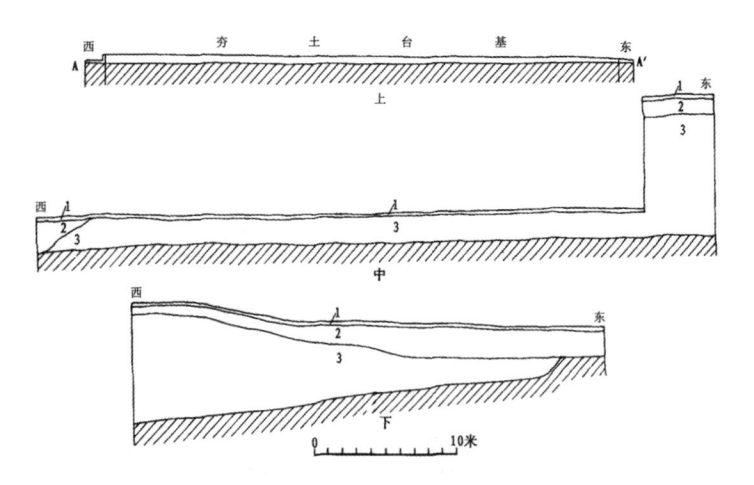

阿房宫前殿遗址纵剖面图

1. 耕土层 2. 扰土层 3. 夯土层（上为纵剖面示意图，中为纵剖面西部图，下为纵剖面东部图）

以上两图均见中国社会科学院考古研究所、西安市文物保护考古所阿房宫考古队《阿房宫前殿遗址的考古勘探与发掘》，《考古学报》2005年第2期。据考古试掘资料，阿房宫前殿遗址夯土台基东西长1270米、南北宽426米，现存最大高度12米。

想主旨,也是作者提供给后世的一剂拯世良药。

赋体的新变

如何评价这篇赋,还应该关注的是"体",这又呈现于两方面:

一是唐人试赋,重视"素学",就是平时的学问,唐代的闱场赋虽然与文人赋不同,但都是围绕制度出现。祝尧《古赋辨体》卷七《唐体》"杜牧之"条记载:"牧之为举子时,崔郾试进士,东都吴武陵谓郾曰:'君方为天子求奇才,敢献所益。'因出《阿房宫赋》,辞既警拔,而武陵音吐鸿畅,坐客大惊。武陵谓曰:'牧方试有司,请以第一人处之?'郾谢已得其人,至第五,郾未对。武陵勃然曰:'不尔,宜以赋见还。'牧果异等。"唐代闱场试赋以律体,然投卷观素学则不拘于体,而以立意警拔为佳,可知《阿房宫赋》实与科试有关。

二是这篇赋多议论,与文赋体相关联。再看祝尧前书"阿房宫赋"条:"赋也。前半篇造句,犹是赋,后半篇议论俊发,醒人心目,自是一段好文字,赋之本体恐不如此。以至宋朝诸家之赋,大抵皆用此格。潘子真载曾南丰曰:'牧之赋宏壮巨丽,驰骋上下,累数百言,至"楚人一炬,可怜焦土",其论盛衰之变判于此。'然南丰亦只论其赋之文,而未及论其赋之体。"后来类似说法很多,如戴纶喆《汉魏六朝赋摘艳谱说》:"杜牧之《阿房宫赋》'明星荧荧,开妆镜也'等句,古赋变调。"徐文驹《松阴堂赋集序》说:"小杜之《阿房》,大苏之《赤壁》,则又有所为文赋者。"方象瑛《与徐武令论赋书》说:"《阿房》《赤壁》以记为赋,王、骆诸公以歌行为赋,虽才极横溢,揆之正体,必有未合。"都着眼于"体",来说明唐宋文赋擅长议论的创作现象。

何以因议论而成文赋,这又可从杜牧《阿房宫赋》的立意观其变体,考察他对以往文本的拟效。论本事,杜赋是对汉史论秦政的拟效。据《史记·秦始皇本纪》记载,始皇三十五年,即公元前212年,因咸阳人多,先王宫小,所以"先作前殿阿房,东西五百步,南北五十丈,上可以坐万人,下可以建五丈旗,周驰为阁道,自殿下直抵南山,表南山之巅以为阙。为复道,自阿房渡渭,属之咸阳"。为建宫前后动用七十余万刑徒,以致"关中计宫三百,关外四百余"。杜赋咏史,有史据,写史事,继承前人"过秦",针对现实反对奢侈。

拟效与创造

清人孙奎《春晖园赋苑卮言》卷上记述:"或读《阿房宫赋》至'歌台暖响,春光融融。舞殿冷袖,风雨凄凄。一宫之间,而气候不齐',击节叹赏,以为形容广大如此,不知牧之此意,盖体魏卞兰《许昌宫赋》也。其词曰:'其阴则望舒凉室,羲和温房;隆冬御绨,盛夏重裘。一宇之深邃,致寒暑于阴阳。'非出乎此乎?"这是就殿宇广大而言。当然,赋家夸

牧大和三年佐故吏部沈
公江西幕好年十三始
以善歌舞来乐籍中

杜牧遗墨《张好好诗并序》局部

饰其辞,重在讽谏,就杜赋说,实传承汉赋中的"亡秦"教训。可以说,汉赋家的"建德"观,以及"大汉继周"的德教传统,多与秦亡教训有关。比如班彪《北征赋》写道:"剧蒙公之疲民兮,为强秦乎筑怨。舍高亥之切忧兮,事蛮狄之辽患。"张衡《东京赋》写道:"秦政利觜长距,终得擅场。思专其侈,以莫己若。乃构阿房,起甘泉,结云阁,冠南山,征税尽,人力殚。……驱以就役,唯力是视。百姓弗能忍,是以息肩于大汉。"对照杜赋开篇之"六王毕,四海一,蜀山兀,阿房出"的形容,赋中对"秦爱纷奢,人亦念其家。奈何取之尽锱铢,用之如泥沙"的惩戒,与汉赋中批评强秦并以阿房为例,是一脉相承的。

前人又有杜牧赋取效杨敬之赋的说法,比如刘克庄《后村诗话》说:"《阿房宫赋》中间数语,特脱换杨敬之《华山赋》。"如《华山赋》中"小星奕奕,焚咸阳矣"句式,极类似杜赋之法,尤其该赋末段议论,取"圣人之抚天下"与秦皇、汉武迷信祀神对比,以前朝训戒当世,与杜赋末段议论也是相同的。刘克庄又说贾谊《过秦论》,其中"陈涉锄櫌棘矜,不铦于钩戟长铩,谪戍之众,非抗九国之师;深谋远虑,行军用兵之道,非及曩时之士"几句话,是模仿《吕氏春秋》"驱市人而战之,可以胜人之厚禄教卒;老弱疲民,可以胜人之精士练才;离散系累,可以胜人之行阵整齐;鉏櫌白挺,可以胜人之长铫利兵",只是"贾生可谓善融化"。又如枚乘《七发》

"出舆入辇,命曰蹙痿之机;洞房清宫,命曰寒热之媒;皓齿蛾眉,命曰伐性之斧;甘脆肥脓,命曰腐肠之药",仿效《吕氏春秋》的"出则以车,入则以辇,命之曰招蹙之机;肥肉厚酒,命之曰烂肠之食;靡曼皓齿,郑卫之音,命之曰伐性之斧",以为只是"增损一两字"。所以他举杜牧赋,取效杨敬之赋,认为"未至若枚乘之纯犯前作",是有创意的。这里又有文体互通现象,《阿房宫赋》戒"秦"以讽"唐",而在赋中阐发议论,实有着"破体"为文的拟效途径。

"亡秦"的历史摹写

我们再读一读《阿房宫赋》有关宫室的描写和对亡秦的议论:

> 五步一楼,十步一阁;廊腰缦回,檐牙高啄;各抱地势,钩心斗角。盘盘焉,囷囷焉,蜂房水涡,矗不知其几千万落。长桥卧波,未云何龙?复道行空,不霁何虹?高低冥迷,不知西东。歌台暖响,春光融融;舞殿冷袖,风雨凄凄。一日之内,一宫之间,而气候不齐。
>
> 使负栋之柱,多于南亩之农夫;架梁之椽,多于机上之工女;钉头磷磷,多于在庾之粟粒;瓦缝参差,多于周身之帛缕;直栏横槛,多于九土之城郭;管弦呕哑,多于市人之言语。使天下之人,不敢言而敢怒!独夫之

心,日益骄固。戍卒叫,函谷举,楚人一炬,可怜焦土。

根据《三辅黄图》记载,阿房宫"规恢三百余里","阁道通骊山八百余里",可知赋中的夸饰是有前朝文献依据的。但是,赋家写阿房宫的规制,是拟状大秦帝国的声势,以其"胜极"比照"衰毁",所以全赋中心,则在后半部分的议论,以陈涉起事大泽乡与项羽火烧阿房宫故事喻示兴亡教训。比照赋中的议论,我们再看贾谊《过秦论》中"秦以区区之地,千乘之权,招八州而朝同列,百有余年矣,然后以六合为家,崤函为宫。一夫作难而七庙隳,身死人手,为天下笑,何也?仁义不施,而攻守之势异也"等说法,前后相承,显而易见。如果再拓开视域,品读汉史,班固《汉书·贾邹枚路传》引贾山《至言》中的话语,更接近杜赋的描写。不妨引其中一段文字:

(秦)贵为天子,富有天下,赋敛重数,百姓任疲,赭衣半道,群盗满山,使天下之人戴目而视,倾耳而听。一夫大呼,天下响应者,陈胜是也。秦非徒如此也,起咸阳而西至雍,离宫三百,钟鼓帷帐,不移而具。又为阿房之殿,殿高数十仞,东西五里,南北千步,从车罗骑,四马骛驰,旌旗不桡。为宫室之丽至于此,使其后世曾不得聚庐而托处焉。

贾山在汉文帝朝,进言"俭德",以亡秦为教训,写阿房宫的壮丽,写驰道的广袤,所谓"为驰道于天下,东穷燕齐,南极吴楚,江湖之上,濒海之观毕至。道广五十步,三丈而树,厚筑其外,隐以金椎,树以青松。为驰道之丽至于此,使其后世曾不得邪径而托足",又写秦皇死后葬骊山之豪奢,感叹"使其后世曾不得蓬颗蔽冢而托葬焉",最后束以"秦以熊罴之力,虎狼之心,蚕食诸侯,并吞海内,而不笃礼义,故天殃已加矣"的议论。虽然贾山不拘于阿房宫而发论,但对比杜赋的书写,其描述、句式、感慨无不毕肖,这是赋史研究者没有注意的,应该加以补益。

概括地说,杜牧《阿房宫赋》兼得抒情散文的情韵和历史论文的深邃,从其内容与形式来看,有两点值得注意:一是摆脱以往宫殿赋以颂为主的创作蹊径,而变之以暴露批判,拓宽和深化了这类题材。二是赋的语言前半兼散于律,后半纯用散体,这与中唐古文运动的影响有关,可视为从唐代律赋向宋代文赋转变过程中的一篇重要作品。《说郛》摘录《道山清话》一则文字,说苏东坡在雪堂,读《阿房宫赋》一遍,就咨嗟叹息,至夜分不能寐,阶下二老兵听得最深刻的句子是"使天下之人不敢言而敢怒"。这既说明苏轼对杜赋的挚爱,又透露出苏轼写《赤壁赋》采用文体,好为议论,是与之关联的。因"议论"而成"文赋",又与唐宋时期"破体为文"的风气相关,所谓"文成破体书在纸"(李商隐《韩碑》)、

"情通破体新"(韩偓《无题》),从杜甫"以诗为文"、韩愈"以文为诗"到杜牧、苏轼等以文体为赋,是欲打破"文各有体"的藩篱,有着共时的特征。同时,一种新体的形成,必然和作者文本的拟效有关,杜牧《阿房宫赋》为强化警世的思想主旨,多重拟效,其中尤其拟效汉文中的"过秦"说,引议论入赋,构建新体是一方面,而文本书写的需求与效果,或许才是更为重要的。

苏轼《赤壁赋》

前赤壁赋

壬戌之秋,七月既望,苏子与客泛舟游于赤壁之下。清风徐来,水波不兴。举酒属客,诵明月之诗,歌窈窕之章。少焉,月出于东山之上,徘徊于斗牛之间。白露横江,水光接天。纵一苇之所如,凌万顷之茫然。浩浩乎如冯虚御风,而不知其所止;飘飘乎如遗世独立,羽化而登仙。于是饮酒乐甚,扣舷而歌之。歌曰:"桂棹兮兰桨,击空明兮溯流光。渺渺兮予怀,望美人兮天一方。"客有吹洞箫者,倚歌而和之。其声呜呜然,如怨如慕,如泣如诉;余音袅袅,不绝如缕。舞幽壑之潜蛟,泣孤舟之嫠妇。

苏子愀然,正襟危坐而问客曰:"何为其然也?"客曰:"'月明星稀,乌鹊南飞。'此非曹孟德之诗乎?西望夏口,东望武昌,山川相缪,郁乎苍苍,此非孟德之困于周郎者乎?方其破荆州,下江陵,顺流而东也,舳舻千里,旌旗蔽空,酾酒临江,横槊赋诗,固一世之雄也,而今安在哉?况吾与子渔樵于江渚之上,侣鱼虾而友麋鹿,驾一叶之扁舟,举匏樽以相属。寄蜉蝣于天地,渺沧海之一粟。哀吾生之须臾,羡长江之无穷。挟飞仙以遨游,抱明月而长终。知不可乎骤得,托遗响于悲风。"

苏子曰:"客亦知夫水与月乎?逝者如斯,而未尝往也;盈虚者如彼,而卒莫消长也。盖将自其变者而观之,则天地曾不能以一瞬;自其不变者而观之,则物与我皆无尽也,而又何羡乎!且夫天地之间,物各有主,苟非吾之所有,虽一毫而莫取。惟江上之清风,与山间之明月,耳得之而为声,目遇之而成色,取之无禁,用之不竭。是造物者之无尽藏也,而吾与子之所共适。"

客喜而笑,洗盏更酌。肴核既尽,杯盘狼籍。相与枕藉乎舟中,不知东方之既白。

后赤壁赋

是岁十月之望,步自雪堂,将归于临皋。二客从予过黄泥之坂。霜露既降,木叶尽脱,人影在地,仰见明月,顾而乐之,行歌相答。

已而叹曰:"有客无酒,有酒无肴,月白风清,如此良夜何!"客曰:"今者薄暮,举网得鱼,巨口细鳞,状似松江之鲈。顾安所得酒乎?"归而谋诸妇。妇曰:"我有斗酒,藏之久矣,以待子不时之需。"

于是携酒与鱼,复游于赤壁之下。江流有声,断岸千尺;山高月小,水落石出。曾日月之几何,而江山不可复识矣。予乃摄衣而上,履巉岩,披蒙茸,踞虎豹,登虬龙,攀栖鹘之危巢,俯冯夷之幽宫。盖二客不能从焉。划然长啸,草木震动,山鸣谷应,风起水涌。予亦悄然而悲,肃然而恐,凛乎其不可留也。反而登舟,放乎中流,听其所止而休焉。时夜将半,四顾寂寥。适有孤鹤,横江东来。翅如车轮,玄裳缟衣,戛然长鸣,掠予舟而西也。

须臾客去,予亦就睡。梦一道士,羽衣翩跹,过临皋之下,揖予而言曰:"赤壁之游乐乎?"问其姓名,俯而不答。"呜呼!噫嘻!我知之矣。畴昔之夜,飞鸣而过我者,非子也邪?"道士顾笑,予亦惊寤。开户视之,不见其处。

天才的写意赋

苏轼在中国历史上是位全才式的人物,他不仅诗、书、

苏轼书《前赤壁赋》

画均有建树，而且就文学一端来说，他的诗、词、文、赋各体创作都成就不凡，而且具有开创性的意义。苏轼写有两篇《赤壁赋》，一般称前、后《赤壁赋》，两篇赋是作者在宋神宗元丰五年（1082年）七月和十月两次游览黄州赤壁矶时所作，当时作者刚经历"乌台诗案"（元丰二年，1079年）不久，正被贬谪在黄州团练副使任上，当时他的人生是困顿的，但他的赋作却是旷逸的，这也成为后世追慕苏轼其人及文的重要原因。有关《前赤壁赋》，据历史记载，是苏轼在阴历秋七月与道士杨世昌同游赤壁矶，追忆三国故事，感慨系之，而成此名篇。苏轼在写作的第二年，就将这篇赋寄给朋友傅尧俞，他在赋的跋语中透露情怀："轼去岁作此赋，未尝轻出以示人，见者盖一二人而已。钦之有使至，求近文，遂亲书以寄。多难畏事，钦之爱我，必深藏之不出也。"写赋秘而不宣，其中忧患，定有难言之隐。

我们先读几节文字，也是赋的几个重要层次：

壬戌之秋，七月既望，苏子与客泛舟，游于赤壁之下。清风徐来，水波不兴。举酒属客，诵明月之诗，歌窈窕之章。……

于是饮酒乐甚……客有吹洞箫者，倚歌而和之，其声呜呜然，如怨如慕，如泣如诉。……

客曰："'月明星稀，乌鹊南飞'，此非曹孟德之诗乎？西望夏口，东望武昌。山川相缪，郁乎苍苍。此非孟德之困于周郎者乎？……况吾与子渔樵于江渚之上，侣鱼虾而友麋鹿，驾一叶之扁舟，举匏樽以相属。……

苏子曰："客亦知夫水与月乎？逝者如斯，而未尝往也。盈虚者如彼，而卒莫消长也。盖将自其变者而观之，则天地曾不能以一瞬。自其不变者而观之，则物与我皆无尽也，而又何羡乎。……"

先说明时间、地点，再转入情景、作为（饮酒、诵诗），继而写"吹箫客"，引发出"悲声"，再由"客"的问话，来追溯三国故事，逗引主与客的现实境遇，最后结束以"苏子"的答"客"之语，抒发人生的感慨。

通观全赋，显然赋"体"所重之"物"与"事"，在这里只是引发或虚拟，而其实写，是由情、景生发出的"理"与"意"。尤其是赋中有关"变"与"不变"的言说，据考证当是源自《庄子》与《楞严经》，比如宋人林子良《林下偶谈》引《庄子·德充符》"自其异者视之，肝胆楚越也；自其同者视之，万物皆一也"语，说苏轼"赋祖庄子"；又如周密《浩然斋雅谈》卷上引述《楞严经》"佛告波斯匿王言：'汝今自伤发白面皱，其面必定皱于童年，则汝今时观此恒河，与昔童时观河之见，有童耄不？'王言：'不也。世尊。'佛言：'汝面虽皱，而此见精，性未尝皱,皱者为变,不皱非变,变者受生灭,不变者元无生灭'"一段话,认为苏赋"用《楞严经》意"。所以从这篇赋的写作内容来看,说是写景赋、写情赋、写意赋,都可以,或者说苏赋是通过景与情来喻"理"取"意",寄托人生。

例如写景,作者以时间为序,由清风与水波过渡到明月与山峦,再过渡到水天之际,视角由下往上,由近而远,历历如绘。又如写情,又从两方面展开:一写幽伤之情,如赋中由"客有吹洞箫者"引起,依声画形,以"呜呜然"的箫声,构画出"如怨如慕,如泣如诉"的"孤舟之嫠妇"。一写旷达之情,如赋中写三国英豪,当年功勋,已消逝于历史的烟云,反转写自己与客"渔樵于江渚","侣鱼虾而友麋鹿",驾一叶扁舟,举匏樽相属,虽以"哀吾生之须臾""托遗响于悲风"衬托,然其宽阔的胸怀,已与"清风徐来,水波不兴"的自然景象融为一体。再说写意,赋中相对突出"主"与"客"的对话,也就是"客曰"和"苏子曰"的两段文字。"客"以三国英雄如曹操"破荆州,下江陵"时"酾酒临江,横槊赋诗"的气象,对应"困于周郎"的赤壁之败,感叹吾生须臾,长江无穷,是人生短暂,而宇宙永恒,乃至历史无情的惆怅。"苏子"则以水和月的比喻,以"变"与"不变"的自然喻示人生的哲理,得出"吾与子之所共适"的短暂享受,和"物与吾也"类的永恒思考。而作者通过这样的自然意趣,告诫人们不要一味沉溺于感伤与悲哀,而应用自然或宇宙的眼光加以思索,得到超脱。这也赋予了这篇赋作超妙的哲学意趣、自由旷达的情怀和耐人寻味的义理。

物象与意趣

苏轼在赋中为了尚意造境,采用了借物传意的手法,所以融织了大量的物象于书写过程中,构成特有的语象系统。《赤壁赋》中的物象极为丰富,举其要者,有苏子、客、舟、赤壁、清风、水波、酒、月、东山、斗牛、白露、水光、一苇、桂棹、兰桨、洞箫、乌鹊、曹孟德、夏口、武昌、周郎、荆州、江陵、舳舻、旌旗、江渚、扁舟、匏樽、盏、肴核、杯盘等。这又可引申出动作语象,如泛舟、酾酒等;引申出时间语象,如壬戌、七月等;引申出声音语象,如歌、吹洞箫等;引申出象征语象,如幽壑潜蛟、羽化登仙等。

在作者继写《后赤壁赋》时,也采用了这种方法,虽然后赋写得较前赋更加空灵,但物象亦甚繁多,例如雪堂、临皋、二客、黄泥之坂、霜露、木叶、人影、明月、赤壁、江流、断岸、巉岩、草木、山谷、舟、孤鹤、道士、羽衣等,同样也可引申出动作语象,如步、归、行歌等;引申出时间语象,如是岁、十月、良夜等;引申出声音语象,如长啸、山鸣谷应等;引申出象征语象,如栖鹘之危巢、冯夷之幽宫等。与前赋记述作者与道士杨世昌游赤壁不同,《后赤壁赋》记述与两友(一是杨世昌)同游,且转写实游为写梦境,我们读几段文字:

> 是岁十月之望,步自雪堂,将归于临皋。二客从予,过黄泥之坂。霜露既降,木叶尽脱。人影在地,仰见明月。……
>
> 于是携酒与鱼,复游于赤壁之下。江流有声,断岸千尺,山高月小,水落石出。……予乃摄衣而上……二客不能从焉。……予亦悄然而悲,肃然而恐,凛乎其不可久留也。……
>
> 时夜将半,四顾寂寥,适有孤鹤,横江东来……须臾客去,予亦就睡,梦一道士;羽衣蹁跹,过临皋之下,揖予而言曰:"赤壁之游乐乎?"问其姓名,俯而不答。呜呼噫嘻,我知之矣,畴昔之夜,飞鸣而过我者,非子也邪?

在赋中,作者写时、地、景、情,尤其是"携酒"与"观月",同样也以情、景来明"理"述"意",这些写法几乎和前赋相同,但两篇赋不同的地方主要在后赋结束时托一梦境,显得更为空灵。《赤壁赋》按题材说,属于纪游赋的创作,但作者却写得如此惝恍迷离,确实与前人同类赋作不尽相同。所以宋人唐子西《语录》说,历代的赋作,只有"东坡《赤壁》二赋,一洗万古,欲仿佛其一语,毕世不可得也"。清人浦起龙《读杜心解》评杜甫《谒文公上方》说"诗有似偈处,为坡公佛门文字之祖",所取的也是如"大珠脱翳""白日当空"类的超越

"世谛"而入"空谛"的意思。

赤壁的图画书写

在辞赋创作史上,苏轼的《赤壁赋》和曹植的《洛神赋》特别受到历代画师的关注,其"赋图"的绘制极多,这也是一个非常突出的艺术现象。曹植的赋因为顾恺之《洛神赋图》而提高了知名度,况且后续绘作极多,成为绘画史关注的重点,而苏轼的赋在写好不久,就有了同是北宋人的乔仲常画的《后赤壁赋图》,甚至后续的绘作数量远胜过《洛神赋图》。据不完全统计,从北宋到晚清现存相关《赤壁图》,约有一百二十余幅,而后世拟效的文字作品(赋作)数量之多,也是其他作品罕与比较的。于是综观围绕苏轼前、后《赤壁赋》的图像绘制与语象拟效,其中内涵的写意赋与文人画的创造,不仅是中国绘画史的一个聚焦点,也是辞赋创作中值得思考的问题。

我们可以通过历代画师在《赤壁图》的画面构设与意象聚焦,增添对苏轼赋作本身的审美认识。历代《赤壁赋图》,较著名的如传说为北宋乔仲常所画的《后赤壁赋图》(或认为明人作),南宋李嵩的《赤壁赋图》,马和之的《后赤壁赋图》,金朝武元直的《赤壁图》,元朝赵孟𫖯的前、后《赤壁赋图》,明朝文征明、董其昌的《赤壁图卷及楷书》,明朝文嘉的《赤壁图并书赋》,清朝任颐的《赤壁赋诗意图》等,图画多对应赋作语象，以择取具体物象而呈示全幅意境。比较诸图，大同小异，如《前赤壁赋图》以舟、人为中心，山、水、树为背景，于画幅上端绘月轮，上云影纹，下水波纹；或突出峭壁、急流，以壮其势；所不同者在舟中人或有不同，如武元直的《赤壁图》仅四人，而明人仇英的《赤壁图》则绘有五人，包括艄公一人、童子一人、主客三人。《后赤壁赋图》与前图相同之处在月、舟、人等物象，如乔仲常《后赤壁赋图》所绘月光下的赤壁矶，舟、人饮酒之状可见；又如马和之的《后赤壁赋图》，舟占中心画面，计六人，分别是主客三人、艄公一人，船头二人（或为童子）。后图与前图不同的地方，在于画幅上突出雪堂（庭院）、孤鹤（飞凤），以及入梦情境的图案化（人伏雪堂入梦状），这也是依据赋文描述的绘制。就《后赤壁赋图》而言，也有繁简不一：如乔仲常的《后赤壁赋图》几乎是全面摹写赋文描写，只是将故事的时序变为连环画式的空间展示。如该图从左到右分成几节画面：先是水边五人（主客、童仆、船夫），次则桥、水、石、柳诸景，复则庭院、主、妇、童子及马厩；又山石与水流，岸石上坐客三人，旁立一僮仆，水边摄衣而上者一人（为主人）；又转一画，即赤壁矶边行舟，计五人，遥观飞凤（孤鹤）天来；又雪堂景象，三人居内，摹写入梦状；门外独立一人，对应孤鹤，具象征意义。从简者如元人吴镇的《后赤壁图》，竖幅，赤壁矶巨石占半幅，下绘舟、人诸景，巉岩壁立，给人以突兀而耸目的感受。又

清代缂丝《后赤壁赋图卷》

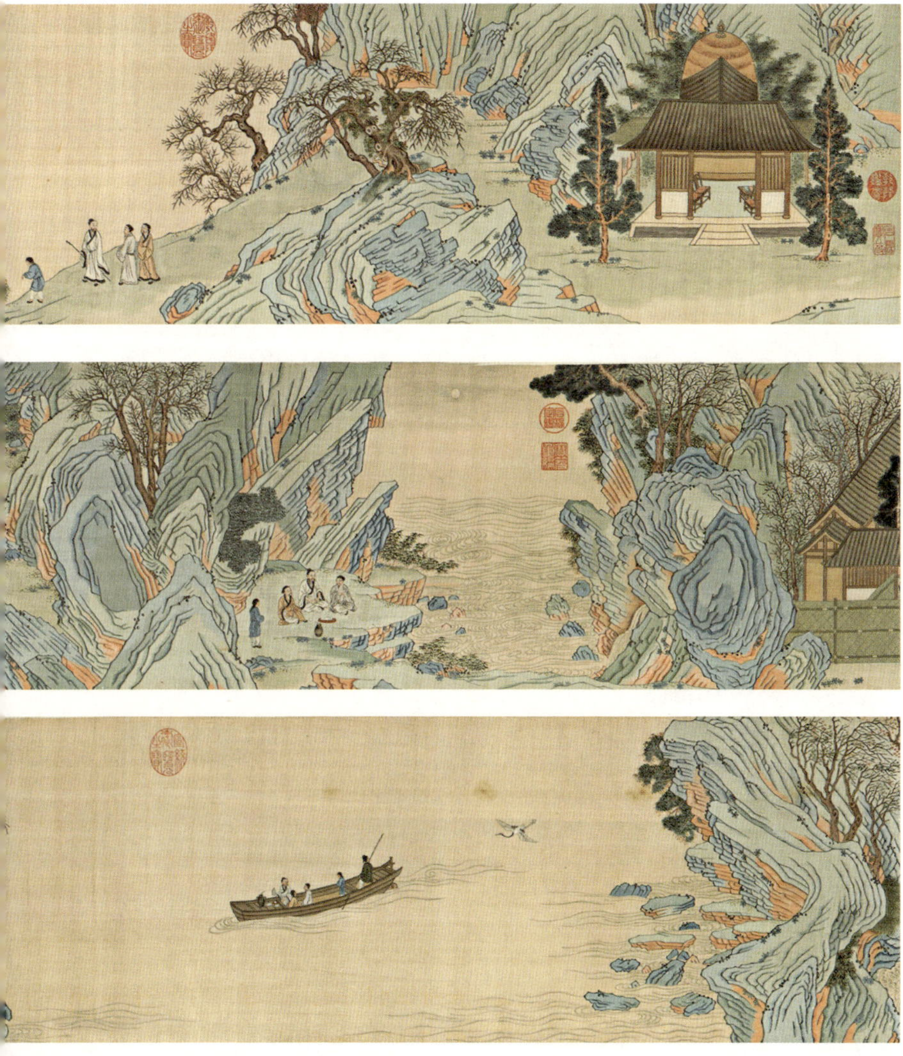

如清人钱杜的《后赤壁赋图》,画图是三面环山,一面临水,有船泊岸,一人独立石上,水上飞鹤突显,简笔勾画,仅用少数几个物态表现赋的意旨。

对照赋文与赋图,意象的聚焦都是通过物象的描绘或呈示来实现的。但品读赋文中大量的物象,画家取之于图幅又有着自己的呈现方式,例如择取法,就是选择重点物象绘于画幅,例如《前赤壁赋图》中的月、舟、人、酒与石壁、树木,是以几个典型的物态展示全幅画的动态,也就是以"应物象形"的方式聚焦意象而构设画面。这种方式的优点是重点突出,形成视角的冲击力,然无法展示的则是赋文中物象因时序变迁的流动性。例如赋中的"举酒属客""饮酒乐甚""举匏樽以相属"到"相与枕藉乎舟中",都离不开"酒"的物象,但其却经历了由"清风徐来,水波不兴"的初游,到渐有"遗世独立"感受而伴以舷"歌"的情境,再到对曹孟德"酾酒临江,横槊赋诗"的历史回顾,最终用"水与月"之喻达至人生哲理的思考。而这些赋文描写的"酒"的变化,在诸图中只能通过人物的形态做定格式的表达,很难看到故事的演变与情感的起伏。因此,我们读赋文与看赋图,对理解苏赋的意境,是相得益彰的。

影响与魅力

赤壁的拟效,不仅在赋图书写,还有很多围绕《赤壁赋》

的文字摹写。这又表现在两方面:一是后人写赋模仿苏赋,例如金人赵秉文的《游悬泉赋》,赋题似与赤壁无关,然观其开篇谓"庚午之岁,九月既望,赵子与客游承天之废关,置酒乎妫女之侧",继后描写的"千山苍苍,素月如拭""既而叹曰""少焉""二客"等语象,模仿甚至套用苏轼《前赤壁赋》中的词语、情境,至于赋末的"赵子曰"所述,完全是摹写《赤壁赋》中"苏子曰"而成,以"水"与"月"之喻变换成"见"与"闻"之理而已。二是用赋体题写《赤壁赋图》,例如清人沈治泰的律体《赤壁图赋》,以"得意江山在眼中"为韵,其中赤壁景观、苏赋情境、图写物象、读图韵致,以及赋者的人生感慨,尽显多层次的阅读趣味。这类赋中有自然之赤壁,历史之赤壁,苏赋之赤壁,赋图之赤壁与读图赋中赤壁的多重组合,这也许正是以赤壁为母题的赋与图重复拟效所溢出的艺术魅力。

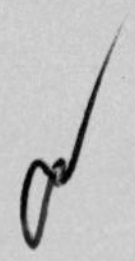